한자와 나오키
半沢直樹

한자와 나오키

1

당한 만큼 갚아준다

INFLUENTIAL
인플루엔셜

차례

• 일러두기

본문의 주는 모두 옮긴이가 독자의 이해를 돕기 위해 붙인 것입니다.

프롤로그

취업 전선

비밀스러운 지시에는 이유가 있게 마련이다. 협정 파기다.

산업중앙은행에서 전화가 걸려온 것은 8월 20일, 밤 9시가 조금 넘은 시각이었다. 상대는 취업 희망자용 요청 자료를 보내줘서 고맙다고 말한 뒤, 아직 산업중앙은행에 관심이 있는지 물었다. "네, 그렇습니다"라고 대답하자 "그럼 내일 오후 2시, 이케부쿠로 지점 앞에서 《선데이 마이아사》 신문을 들고 있는 사람에게 당신의 이름을 말하십시오. 이건 아무에게도 말하시면 안 됩니다"라고 스파이 소설에나 나올 법한 지시를 하고 전화를 끊었다.

"《선데이 마이아사》란 말이지……."

수화기를 천천히 내려놓으면서 한자와는 나지막이 중얼거렸다. 하지만 마음 깊은 곳에서는 솟구치는 흥분을 주체할 수 없었다.

구직 협정—이것은 학생의 구직 활동에 관해 기업과 대학 사이에 정한 협정으로, 학생이 기업을 방문할 수 있는 날은 9월 1일부터이므로 기업은 그날까지 학생을 접촉해서는 안 된다는 협정이다. 그런데 그 약속을 기업 쪽에서 일방적으로 깨뜨린 것이다. 세상에서 신사협정이라고 부르던 약속을 깨뜨린 만큼, 은행은 신사가 아니라고 스스로 밝힌 꼴이나 다름없었다.

취직하려는 사람보다 일자리가 많아서 기업마다 문을 활짝 열어놓고 인재를 기다리는 올해의 취업 전선에서, 특히 인기가 집중되었던 은행 업계에는 채용 인원보다 지원자가 훨씬 많았다. 하지만 은행에서 정말로 원하는 것은 한줌의 우수한 인재들뿐이었다.

신사협정은 한 기업이 깨뜨리면 나머지 기업들도 앞을 다투어 깨뜨리는 법이다.

맨 먼저 협정을 깨뜨린 기업이 어디인지는 알 수 없지만, 실제로 산업중앙은행의 전화를 필두로 자정이 가까운 시간까지 도시은행•의 모든 상위권 은행과 생명보험사 한 곳에서 전화가 걸려오는 바람에, 그때까지 새하얀 공백이었던 한자와의 수첩은 면접 일정으로 빼곡히 채워졌다.

"와아, 난리도 아니야! 드디어 불이 붙었어!"

흥분한 목소리로 전화를 걸어온 사람은 경제학부에서 같은 수업을 듣던 미야모토였다. 요즘과 달리 기업의 홈페이지도 메일도 없던 시대였던 만큼 정보 교환은 주로 전화로 이루어졌다.

"넌 어디 볼 거야?"

한자와는 일부러 시큰둥하게 대답했다.

• 도쿄와 오사카 같은 대도시에 본점을 두고, 전국 규모로 업무를 전개하는 일반 은행.

"글쎄……. 은행과 생명보험부터 시작해볼까?"

그러자 미야모토는 속사포처럼 마구 떠들어댔다.

"은행과 생명보험부터라고? 지금 태평하게 말할 때야? 그쪽은 치열한 전쟁터야, 전쟁터! 제일 인기가 있는 산업중앙은행은 우리 학교 학생만으로 경쟁률이 50 대 1이 넘는다는 소문이 자자하다고!"

"에이, 설마 그럴 리가 있겠어? 과장이겠지."

"과장은 무슨! 진짜라니까!"

그 이후, 미야모토는 언제나 그렇듯이 자신이 왜 금융기관이 아니라 제조업계를 선택했는지 20분이나 떠들었다. 그러다 결국 "아! 전화 들어왔다. 끊어"라며 별안간 전화를 뚝 끊었다.

에어컨도 없는 작은 방에서, 강풍 버튼이 눌러진 조그만 선풍기가 덜덜덜 소리를 내며 연신 머리를 돌리고 있었다. 도큐토요코 선 신마루코 역에서 걸어서 10분쯤 걸리는 하숙집 2층이다. 네 평 남짓한 방의 활짝 열어놓은 창문 밖으로 주인집의 새카만 삼각형 지붕이 보였다.

저녁때 아르바이트하는 입시학원에 가서 초등학교 5학년, 6학년 학생을 가르치고 보충수업까지 해준 뒤 주린 배를 움켜쥐고 조금 전에 들어온 참이었다. 전화를 받느라 먹다 만 컵라면은 먹을 기분이 들지 않아서 공용 싱크대에 버렸다.

한자와는 새삼스레 생각했다.

"드디어 시작이다!"

약속한 시간보다 조금 일찍 도착하자 양복 차림의 남성이 뜨겁게 내리쬐는 태양 밑에서 잡지를 들고 서 있었다.

이름을 말하자 남성은 가볍게 고개를 끄덕이더니, 한 명이 더 오니까 잠시만 기다리라고 말했다. 한자와와 비슷한 또래로 보이는 젊은 남성이었다. 남성과 같이 몇 분을 기다렸다. 한자와와 똑같이 면접용 양복을 차려입은 학생이 나타난 것은 약속한 2시 정각이었다. 남성은 그들을 산업중앙은행 이케부쿠로 지점의 뒷문으로 데려간 뒤, 그곳을 통해 안으로 들어갔다.

그 단계에서 이 은행에 다닐 수 있을지 없을지는 알 수 없지만, 어쨌든 한자와가 은행이라는 곳에 발을 집어넣은 것은 그것이 처음이었다. 뒷문에서 위를 향해 쭉 뻗은 계단은 기묘하게 구부러지면서 안쪽으로 이어졌다.

"잘 따라오세요. 방범상 구조가 복잡해서 길을 잃을 수도 있으니까요."

안내해주는 남성은 그렇게 말하면서 익숙한 발놀림으로 구불구불한 통로를 올라가거나 내려갔다. 어디선가 전화벨 울리는 소리가 희미하게 들렸다.

회의실에 도착했다. 안에서 기다리던 학생 몇 명이 새로 들어온 한자와와 또 한 명의 남성을 재빨리 위아래로 훑어보았다. 여기서는 서로 라이벌이다.

"호명할 때까지 여기서 기다리십시오. 어디라도 좋으니까 편한 곳에 앉으시기 바랍니다."

창가의 의자를 당겨서 10분쯤 기다리는 사이에 한자와보다 먼저 와서 기다리던 학생들은 이름을 불려서 사라지고, 새로운 학생들이 들어왔다. 대화는 거의 없었다. 공조 시스템에서 나오는 공기 소리만이 희미하게 들릴 따름이었다.

잠시 후, 옆에 앉은 남자가 불쑥 한자와에게 말을 걸었다.

"긴장되지 않나요? 어느 대학인가요?"

"게이오입니다."

"그래요? 나도 그런데."

남자는 그렇게 말하더니 양복 안주머니에서 명함을 꺼냈다. 지금은 명함을 가지고 다니는 학생이 드물지 않지만 당시만 해도 그런 사람은 허세가 있는 일부 사람들뿐이었다. 남자가 내민 합창단 명함을 받아든 한자와는 그제야 처음으로 상대의 얼굴을 똑바로 보았다. 좋은 집안에서 자란 듯한 하얗고 통통한 얼굴에 등줄기를 쭉 펴고 앉은 모습이 인상적이었다.

한자와가 자신의 이름을 말하자 같은 학교라서 마음이 놓였는지, 합창단 녀석은 친근한 말투로 물었다.

"어디 볼 거야?"

"여기와 생명보험회사를 볼까 해."

"어디?"

"대일본생명."

"흐음. 난 오직 도시은행이야. 학부는?"

"경제."

"난 법률이야. 하타사와 교수의 세미나를 들었어."

하타사와라면 알고 있다. 상법 교수인데, 그의 세미나는 취업에 유리하다는 소문이 자자했다. 산업중앙은행을 포함해 일류기업에 선배를 많이 배출했을 것이다. 그렇게 말하자 합창단 녀석은 "여기서 그게 통할지는 잘 모르겠지만"이라고 겸손하게 말하면서도 은근히 자신 있는 표정을 지었다.

"무슨 일이 있으면 정보를 교환하자. 전화번호 가르쳐줄래?"

한자와는 하숙집 전화번호를 말해주었다.

"집 전화번호야?"

"하숙집이야. 하지만 내 방에 있는 개인 전화니까 언제 걸어도 상관없어."

"그래? 힘들겠구나."

뭐가 힘드냐고 묻기도 전에 그는 호명되어서 회의실에서 나갔다. 한자와는 허세부리는 녀석을 싫어했다. 새침한 얼굴로 노래를 부르는 합창단 녀석은 애초에 마음에 들지 않았지만, 부유한 환경과 좋은 성장 과정을 여봐란듯이 과시하는 모습에는 더욱 배알이 꼴렸다. 화가 나서 그런지 긴장이 풀렸다.

안내하는 사람이 한자와의 이름을 부른 것은 그로부터 5분쯤 지나서였다.

3층 대회의실에 긴 테이블 두 개를 붙인 형태의 면접 부스가 좌우에 세 개씩 놓여 있었다. 그곳이 1차 면접장이었다.

"저쪽으로 가십시오."

안내하는 사람이 안쪽 테이블을 가리켰다. 면접장 한가운데를 지날 때 "의욕은 어느 누구에게도 뒤지지 않습니다!"라는 상투적인 면접용 멘트가 들려서, 한자와는 면접 보는 학생을 힐끔 쳐다보았다. 조금 전의 합창단 녀석이다. 지금은 허세를 완전히 던져버리고, 긴장으로 인해 붉게 달아오른 얼굴로 간절하게 호소하고 있었다. 반면에 면접관은 그런 말은 지겨울 만큼 들었다는 얼굴로 한 귀로 흘려보냈다. 이 녀석은 떨어졌다.

테이블로 다가가자 기다리던 면접관 두 명이 의자를 권했다.

"어디 보자, 한자와 군이군. 왜 우리 은행을 지원했지? 지원 동기부터 말해보겠나?"

질문하는 사람은 30대 후반이고, 옆의 조금 젊은 남성은 기록 담당인지 한 손에 서류판을 들고 말없이 한자와를 쳐다보았다.

"평소부터 금융업계에 관심이 많았습니다. 특히 은행 일을 통해 세상에 도움이 되고 싶어서 지원했습니다."

흔한 대답이다. 더 파고들겠군. 그렇게 생각한 순간, 예상한 대로 추가 질문이 이어졌다.

"하지만 은행은 한두 군데가 아니잖나? 단지 은행에서 일하고 싶다면 딱히 산업중앙은행이 아니라도 상관없지 않을까? 솔직히 말해보게. 1지망은 어디지?"

"1지망은 물론 산업중앙은행입니다."

면접관은 대답하지 않았다. 면접을 보는 학생은 모두 똑같이 대답하기 때문이다. 사실인지 거짓인지는 둘째 치고 그렇게 대답하는 것이 면접의 예의다. 승부는 지금부터다.

"하지만 처음에는 제1지망이 아니었습니다."

두 면접관이 강렬한 시선으로 빨아들일 듯이 한자와를 쳐다보았다.

"산업중앙은행에 다니는 선배들을 만나는 사이에 소통이 잘되는 것이 귀 은행의 사풍이자 문화라는 사실을 알게 되었습니다. 이런 점은 다른 은행에서 찾아볼 수 없는 매력으로, 그런 분들과 같이 일하고 싶다는 생각이 들었습니다. 은행은 어디나 비슷하다고 하는데, 저에게는 결코 비슷하지 않습니다. 산업중앙은행에서 일하는 게 제 꿈입니다."

"그래?"

면접관은 미소도 짓지 않고 한자와의 눈을 들여다보았다.

"1지망이라는 건 알았어. 그런데 세상에 도움이 되고 싶다면 꼭 은행이 아니라도 상관없잖나?"

그렇다. 당연한 지적이다.

"저의 아버지는 작은 회사를 경영하고 있습니다. 회사를 시작한 지 20년이 넘었는데, 결코 편안한 길은 아니었습니다."

질문하는 남성의 눈빛이 달라졌다. 한자와의 말에 관심을 가진 것이다.

"제가 중학생이었던 어느 날, 수업이 끝나고 집에 가자 많은 사람들이 시끌벅적 소란을 피우고 있었습니다. 아버지 회사의 대형 거래처가 도산한 겁니다. 수십 명의 채권자들 앞에서 '우리는 괜찮으니까 걱정하지 마십시오'라고 죽을힘을 다해 호소하던 아버지의 얼굴을 지금도 잊을 수 없습니다. 그때 아버지 회사를 도와준 곳이 은행이었습니다."

"주거래은행이었군."

다음 순간, 질문했던 남성의 얼굴 안에서 눈썹이 꿈틀거렸다. 한자와가 "아닙니다. 주거래은행이 아니었습니다"라고 대답했기 때문이다.

"당시 아버지 회사를 구해준 곳은 그때까지 인사 정도로밖에 거래하지 않았던 도시은행이었습니다. 아버지 회사의 주거래은행은 그 지역의 제2 지방은행이었습니다. 원래 지역 기업에 대한 애정이 강한 곳이라서, 아버지는 그 은행을 철석같이 믿고 있었습니다. 그런데 막상 일이 터지자 주거래은행이던 지방은행은 일찌감치 대출을 회수하려고 했고, 반대로 거래는 적어도 아버지의 기술력을 정확하게 간파했던 도시은행은 대출을 해서 도와주었습니다. 나중에 아버지로부터 그 이야기를 듣고 꼭 그 은행에 들어가리라고 마음먹었습니다. 은행에 들어가서 아버지 회사처럼 곤경에 처한 회사들을 도와주고 싶다! 그렇게 생각했습니다."

대답은 없었다. 그 대신 질문하던 사람과 기록하기 위해 서류판에 손을 올려놓은 사람이 한자와의 얼굴을 물끄러미 바라보았다.

질문을 하던 사람이 말을 잃어버린 듯 몇 초 동안 멍하니 있다가 "알겠습니다"라고 재빨리 말하고, 서류판에 손을 올려놓은 젊은 사람과 눈짓을 교환했다.

"수고했어. 결과는 차후에 알려주겠네. 인연이 있으면 또 만나지."

"그럼 가보겠습니다."

그 대답이 플러스로 작용했을까? 마이너스로 작용했을까? 어쨌든 1차 면접이 끝나고 다시 복잡한 복도를 지나서 한자와는 뜨거운 태양이 내리쬐는 거리로 나왔다. 잘했는지 못했는지는 잘 모르겠다. 그대로 길거리를 돌아다니다 하숙집으로 돌아오자 그날 밤 산업중앙은행으로부터 전화가 걸려왔다. 2차 면접 날짜를 알려주는 전화였다.

시나가와에 있는 퍼시픽 호텔의 대형 홀은 백 명이 넘는 학생들의 열기로 후텁지근했다. 그 뜨거운 열기에 한자와도 한몫을 했다. 어젯밤 산업중앙은행에서 전화가 와서 1차 면접에 합격했으니 다음 날 아침 9시까지 이 호텔로 오라고 한 것이다. 9시라서 첫 번째 그룹인 줄 알았는데 그렇지 않았다. 한자와보다 더 일찍 오라고 한 사람들도 있었다. 1차 면접 순서로 정했는지, 전화받은 순서대로 정했는지는 알 수 없었다.

한자와는 벽 쪽에 있는 의자에 앉아서, 과연 이 중에 몇 명이 산업중앙은행에 들어갈까 생각해보았다. 다섯 명일까? 열 명일까? 아니, 그렇게 간단한 일이 아니다. 아마 오늘도 어딘가에서 1차 면접을 하고, 그 사람들이 내일 이 자리에 참석할 것이다. 그런 일이 앞으로도 며칠간 반복되지 않을까? 2차 면접이니까 인원수를 상당히 축소했으리라는 예상은 보기 좋게 빗나가서, 그의 학교 학생만 해도 경쟁률이 50 대 1이 넘는다는 미야모토의 말이 거짓이 아님을 알게 된 것도 이때였다.

"이거 어째 앞날이 험할 것 같네."

그 말을 듣고 한자와는 뒤를 돌아보았다. 옆에 앉은 남자가 친근한 미소를 지으며 한자와에게 말을 건 것이다.

"그러게. 난 인원수가 훨씬 적을 줄 알았는데."

"나도 그렇게 예상했는데 보기 좋게 빗나갔어. 경제학부의 한자와지?"

한자와는 깜짝 놀라며 눈을 크게 떴다.

"그래. 그쪽은……?"

"오시키야. 나카누마 세미나를 같이 들었던 오시키."

"아아!"

그러고 보니 생각이 났다. 세미나 대표들의 모임에서 가끔 본 적이 있었다. 인상이 선명하지 않은 것은 오시키가 원래 말수가 없는 데다 눈에 띄지 않는 사람이었기 때문이다. 나카누마 교수는 거시경제학의 권위자로, 그의 세미나에 들어가기는 보통 어려운 일이 아니었다. 그런 세미나를 대표해서 나올 정도니 오시키는 소박한 인상과 달리 상당한 실력의 소유자임이 틀림없었다.

"산업중앙은행에 들어가고 싶은데, 받아줄까?"

오시키는 긴장으로 가득 찬 분위기에 어울리지 않게 느긋하게 말했다. 말투에서 도호쿠 지방의 억양이 느껴졌다. 도쿄로 상경하는 도호쿠 지방의 사람 중에는 사투리가 신경 쓰여서 과묵해지는 사람이 있는데, 오시키도 그런 사람일지도 모르겠다.

"어제 1차 면접은 어디서 봤어?"

오시키가 그렇게 물어서, 두 사람은 잠시 면접에 관해 이야기를 나누었다. 어딘지 모르게 따뜻함이 느껴지는 사람으로, 이상하리만큼 한자와와 죽이 잘 맞았다.

오시키가 먼저 호명되고, 잠시 지나서 한자와의 이름을 불렀다.

호텔의 대형 홀을 파티션으로 구분해놓은 공간으로, 이케부쿠로 지점의 3층 면접장과는 비교가 되지 않을 만큼 수많은 면접 부스가 늘어서 있었다. 면접은 일대일이었다. 빈 부스에서 기다리고 있자 이윽고 한 면접관이 나타났다.

"왜 우리 은행을 지원했지?"

질문은 어제와 똑같았다. 한자와의 2차 면접이 시작되었다.

이날의 면접은 약간 독특했다.

면접관은 한 명이 아니라 여러 명이었고, 그들이 한 명씩 번갈아서 나타났다. 나중에 안 사실이지만 한 명이 면접을 하고 "이 학생은 괜찮다"라고 판단하면 두 번째 면접관이 와서 첫 번째 면접관의 판단이 옳은지 재확인한다. "이 녀석은 틀렸다"라고 판단해도 만일을 위해 다시 한 명이 면접을 하고, 몇 명의 의견이 일치한 단계에서 당락을 정하는 시스템이었다. 면접시간은 한 명에 15분 정도. 간단히 끝났다고 생각했더니 "잠깐만 기다리게"라고 하면서 두 번째 면접관이 나타났다. 다시 세 번째, 네 번째 면접관이 나타나면서 눈 깜짝할 사이에 한 시간이 지났다.

한자와의 등 뒤에서 유창한 영어가 들린 것은 두 번째 면접관이 자리에서 일어섰을 때였다.

특기가 영어라고 말한 것일까? 지금 영어로 말한 사람은 학생이겠지만 상대도 영어로 대답하면서 가끔 웃음이 새어 나오는 것을 보면 분위기가 상당히 좋은 듯했다. 한자와도 영어를 못하지는 않지만 지금 말하는 학생의 발음은 원어민만큼 아름답고 자연스러웠다.

'보통이 아니군.'

그렇게 생각하고 뒤를 돌아본 순간, 뜻밖의 광경을 발견하고 그는 자신의 눈을 의심했다. 지금 원어민처럼 영어로 자연스럽게 말한 사람은 조금 전에 만난 오시키가 아닌가. 도호쿠 사투리와 너무도 큰 간극에 눈을 동그랗게 뜨고, '이 녀석은 합격이군'이라고 생각했다. 그것은 직감이었다. 그 직감을 믿는다면 자신도 합격이다.

"여어."

그로부터 이틀 후, 한자와는 일본 금융경제의 중심지 오테마치에서 빌딩 숲이 내려다보이는 산업중앙은행 본점의 한 사무실에 있었다. 조금 늦게 들어온 남성은 한자와를 보고 놀라지도 않고, 사람 좋아 보이는 친근한 미소를 지었다.

한자와도 웃으면서 대꾸했다.

"여어."

"내정을 받았군."

"그래."

오시키는 얼굴에 웃음을 매달고 그 자리에 있는 면면을 둘러보았다. 내정을 받은 것은 어제 아침에 있었던 3차 면접에서였다. 면접 형식은 2차 면접과 똑같았지만 다른 학생들처럼 면접에 임하려고 했던 한자와에게는 '마중하는 사람'이 왔다. 안내하는 사람이 따라오라고 해서 면접 도중에 라이벌을 힐끔 쳐다보며 따라갔더니, 그곳에 있던 사람이 내정되었다고 알려주었다.

아마 오시키도, 그리고 여기에 있는 다른 세 명도 한자와와 똑같은 방법으로 내정 사실을 들었음이 틀림없다. 자신들이 원하는 인재는 다른 사람을 신경 쓰지 않고 채용한다. 그것이 은행의 방식이다.

"역시 그랬군. 오시키, 넌 합격하리라고 생각했어."

그렇게 말하며 다가온 사람은 그들과 같은 경제학부 출신의 도마리 시노부였다. 도마리의 얼굴은 한자와도 알고 있었다. 어느 유명한 세미나의 반장으로, 대학에서 모르는 사람이 없을 만큼 유명했다.

"이리들 와봐. 소개해줄게."

도마리가 그렇게 말하자 같은 공간에 있던 다른 두 명도 가까이 다가왔다. 안경을 쓴 예민해 보이는 남자와 운동선수처럼 보이는 덩치 큰 남자였다.

"안경 쓴 녀석이 법학부의 가리타야. 선배에게 들었는데 가리타는 사법시험 2차에 합격한 수재라고 하더군. 은행에 들어가면 인사부 엘리트가 되겠지. 장차 인사부장감이야. 그리고 이쪽의 덩치 큰 녀석이 상학부의 곤도. 곤도는 하스모토 세미나의 반장으로, 현재 이 은행의 업무부장인 안도 씨가 그 토론 수업의 1기생이지. 안도 부장님은 날아가는 새도 떨어뜨릴 만큼 위세가 당당하니까 그 부장님이 팔팔할 동안은 이 녀석도 출세할 거야."

"안도가 넘어지면 모두 넘어진다고 하더군."

곤도가 그렇게 말하면서 웃었다. 도마리는 이제 막 들어온 오시키를 소개했다.

"이 녀석은 오시키야. 나카누마 세미나에서 총무를 담당했지. 공부를 아주 잘해. 아마 학부에서 3등 안에 들었을걸! 그렇지? 말을 해보면 알겠지만 도호쿠 사람으로, 사람 좋기로 유명해. 더구나 사투리를 쓰는 건 일본어뿐이고, 영어 실력은 입을 다물 수 없을 정도지. 꿈은 세계적인 뱅커. 앞으로 몇 년 지나면 여행 가방 하나만 달랑 들고 전 세계를 누비고 다닐걸."

오시키는 쑥스러운 듯 웃었지만 부정하지는 않았다. 너그럽고 포용력 있는 사람이다. 뿐만 아니라 강한 의지가 느껴졌다. 이어서 도마리는 한자와를 가리켰다.

"이쪽은 오히라 세미나의 한자와. 우리 경제학부에서 모르는 사람이 없을 정도지. 내가 말하지 않아도 조만간 알게 될 테니까 자세한 건 생략할게. 한 가지만 미리 말하자면 상대를 가리지 않고 독설을 퍼붓고, 화가 나면 말이 짧아지는 녀석이야. 입씨름을 할 때는 다들 주의하도록!"

"말 다했어?"

한자와가 도마리를 노려보고 말을 이었다.

"이 녀석은 도마리. 실력은 둘째 치고 요령이 장난 아니야. 혀를 내두를 만큼 발이 넓어서 게이오 학생의 절반은 이 녀석 친구일걸. 모르는 게 있으면 이 녀석에게 물어봐. 거의 다 알고 있을 테니까."

다들 일제히 웃음을 터트렸다.

이 당시에는 내정된 학생 모두 아침부터 밤까지 회사 안에 묶어두고 감시하는 게 당연했다. 이것을 '구속'이라고 한다.

실제로 어제 아침에 내정을 받은 한자와는 밤 9시가 넘을 때까지 은행 본부 건물 안에서 한 발짝도 나갈 수 없었다. 선불리 풀어줬다가 모처럼 채용한 학생을 다른 곳에 빼앗기면 곤란하기 때문이다. 은행 쪽에서는 내정한 학생을 혼자 개별실에 감금해 놓고 "볼일이 있으면 안쪽에서 노크해주십시오"라고 말했다. 개별실 밖에는 번갈아 감시자를 붙여놓고 화장실까지 따라다녔다. 아마 도마리와 오시키도 똑같은 상황이었겠지만 이날 겨우 다른 내정자와 합류해서 그룹 단위의 '구속'이 시작되었다.

때는 1988년. 이른바 거품 경제가 절정을 향해 미친 듯이 돌진

하던 시절이었다. 당시 도시은행은 전부 열세 곳이었다. 호송선단 방식•이라는 금융행정의 보호 속에서 은행이라는 조직에 들어가면 평생 편안히 살 수 있었던 시절로, 은행원은 엘리트의 대명사였다.

세상에서는 애니메이션 영화인 〈이웃집 토토로〉가 극장에서 개봉되자마자 공전의 히트를 기록하고, 두 달 후인 6월에는 리크루트 사건•이 드러났다. 요절한 전설적인 가수 오자키 유타카가 아직 살아서 새로운 싱글 앨범인 〈태양의 파편〉을 발매했다. 하지만 사람들의 기억에 남아 있는 것은 같은 해 9월 17일부터 시작된 서울 올림픽일지도 모른다. 어쨌든…….

거품 경제가 미친 듯이 날뛰기 직전, 다섯 학생은 제각기 푸른 꿈과 거대한 희망을 가슴에 품고 은행 문으로 들어섰다.

앞으로 무슨 일이 일어날지도 모른 채.

• 경쟁력이 뒤떨어지는 기업이 낙오하지 않도록 행정 기관이 인허가 권한 등을 사용해서 업계 전체를 조종하는 것.

• 1988년에 일본에서 발생한 대형 비리 사건. 취업정보 서비스 회사인 리크루트가 정계, 관계, 재계 인사들에게 자회사의 비상장 주식을 싼 값에 양도하는 방식으로 뇌물을 공여해 큰 사회 문제가 되었다.

1장

꼬리 자르기

1

"모든 일의 시작은 분식회계를 간파하지 못했기 때문이군."

지점장인 아사노 다다스는 땅이 꺼져라 한숨을 내쉬었다. 그 말에 담긴 미묘한 뉘앙스가 마음에 걸렸지만 한자와 나오키는 대꾸하지 않았다.

오사카 시 니시 구. 요쓰바시스지와 주오오도리의 교차로에 있는 도쿄중앙은행 오사카 서부 지점. 지금 그들이 있는 곳은 그곳의 지점장실이다. 메가뱅크•의 하나인 도쿄중앙은행에서도 손꼽히는 대형 지점답게 넓은 실내에는 집무용 책상과 가죽 응접 세트가 놓여 있었다.

융자과장인 한자와는 부하직원인 나카니시 에이지와 함께 그 소파에 나란히 앉아 있었다. 아사노는 맞은편 팔걸이 소파에 다리를 꼬고 앉은 채, 고뇌에 잠긴 표정을 짓고 있었다.

현재 시각은 저녁 7시 반. 이날 1차부도를 낸 서부오사카철강

• 은행 간 인수합병을 통해 만들어진 초대형 은행.

에서 어떻게 하면 채권을 회수할 수 있을지 의논하기 위해 지점장과 부지점장, 한자와와 나카니시 등 네 사람이 머리를 맞대고 있는 참이었다.

"그나저나 한자와 과장, 회수할 전망은 있나?"

아사노의 옆에서 부지점장인 에지마 히로시가 물었다. 인사부장대리로 본부에서 오랫동안 일해서 스마트한 면이 있는 아사노와 달리, 지금까지 여러 지점을 돌아다니며 밑바닥에서 올라온 에지마는 실팍한 체격에 뽀글머리 파마의 외모에서 알 수 있듯이 우직하게 힘으로 밀고 나가는 타입이다. 이 지점으로 전근 와서 처음 거래처를 방문했을 때, 상대 회사 경비원이 조직폭력배로 착각해서 막아섰다는 이야기는 단지 소문만이 아니다. 겉모습과 달리 목소리가 날카롭고 톤이 높은 사람이었다.

"글쎄요, 5억 엔이 거의 알몸이라서요."

일본 은행에서 '알몸'이라고 하면 신용 대출을 가리킨다. 즉, 담보 없이 대출해주는 것이다. 만약 상대가 도산하면 고스란히 손실이 된다.

한자와는 다시 말을 이었다.

"히가시다 사장과는 지금도 연락이 안 됩니다. 오늘 아침에 당좌예금의 잔고가 부족하단 사실을 알았을 때부터 연락하고 있습니다만……."

이제 와서 전화를 받을 것 같지는 않다.

"쳇!"

에지마는 증오스럽다는 듯이 혀를 찼다. 그의 불만은 연락이 되지 않는 히가시다가 아니라 한자와에게 향한 것처럼 보였다.

"왜 분식회계를 좀 더 일찍 눈치채지 못했지? 한심하군! 융자과장이니까 제대로 책임을 지지 않으면 곤란하지."

그 회사에 대한 대출 경위와 분식회계가 발각된 상황으로 보면 에지마의 말은 당치도 않다.

"애초에 분식회계를 간파하지 못했다니! 창피해서 본부에 보고할 수가 없잖아! 이걸 어떻게 설명하란 건가? 자네를 믿었기에 융자를 통과시킨 거야!"

"저를 믿어서 대출을 통과시켰다고요……?"

한자와가 어이없는 얼굴로 물었다.

"당연하지!"

에지마는 시뻘겋게 달아오른 얼굴로 한자와를 노려보았다.

한자와는 처음부터 서부오사카철강이라는 회사와 거래를 하고 싶지 않았다. 아사노가 대출해주겠다고 약속했기 때문에 어쩔 수 없었지만, 본래라면 관계를 끊고 싶었다.

그런데 긴급 대출로 품의를 올리고, 억지로 본부의 승인을 받아냈다.

우수지점 표창을 노린 아사노의 폭주였다. 그 폭주를 막지 못했다는 점에서는 한자와에게도 책임이 있을지 모르겠다. 하지만 대출금을 회수할 수 없게 되자 모든 책임을 한자와 한 사람에게 떠넘기는 듯한 말에는 화가 나지 않을 수 없었다. 이래서는 '공은 내 것, 실수는 부하직원의 것'이란 말의 전형적인 패턴이 아닌가?

"그래서? 채권 서류는 전부 있겠지?"

에지마가 토해내듯 물었다.

"일단 확인했습니다."

서류라고 해도 기본 약정 이외에는 금전소비대차계약서와 사장의 보증서가 각각 한 장씩 있을 뿐이다.

에지마는 탁자 위에 펼친 서부오사카철강과 사장의 자산 일람표를 구멍이 뚫릴 만큼 노려보았다. 담보를 삼을 만한 부동산이 있는지 찾는 모양이지만 이제 와서 그런 게 있을 리 만무하다.

"압류할 수 있는 예금은?"

"없습니다. 우리 은행의 예금은 모두 대출과 상계(相計)했습니다. 전부 합쳐봐야 2백만 엔 정도밖에 안 되지만요. 간사이시티은행에도 예금이 있는데, 이미 그쪽 은행의 대출금과 상계했을 겁니다."

"집은 간사이시티은행에 담보로 잡혔나? 그쪽의 손실 금액은 3억 엔으로, 우리 은행보다 적잖아? 더구나 이만한 규모의 회사 대표야. 별장이라든지 담보가 될 만한 부동산이 있을 거잖아?"

"하나도 없다고 합니다."

에지마가 믿을 수 없다는 듯이 눈썹을 꿈틀거렸다.

"그럼 부인의 친정은 어떤가?"

한자와는 한숨을 내쉬었다. 히가시다 사장의 처가는 대출과 아무 관계가 없다. 에지마는 지금 전후좌우를 제대로 살펴보지 않고 회수를 향해 무턱대고 달리려고 하고 있다.

"사장을 만나면 확인해보겠지만, 부채 총액도 상당할 것 같아서 회수하기는 힘들 것 같습니다."

한자와가 냉정하게 대답하자 에지마의 분노가 정점에 도달했다.

"뭐야? 지금 '같습니다'라고 했나? 자네, 정말로 책임을 느끼고 있어? 매사에 그런 식이니까 이런 일이 생기는 게 아닌가? 분식회계를 안 시점에서 채권 회수 방안을 제대로 검토했다면 이렇게 되지는 않았을 거야!"

한자와는 에지마의 얼굴을 뚫어지게 쳐다보았다.

이자는 지금 진심으로 그렇게 말하는 것인가.

채권 회수 방안을 검토하지 않기는커녕 분식회계를 했다는 사실을 알고 나서 매일 서부오사카철강으로 히가시다 사장을 찾아갔다.

하지만 재무분석 결과를 들이대며 분식회계를 추궁하는 한자와를 향해 히가시다는 횡설수설 변명을 늘어놓으며 이리저리 빠져나가려고 했다. 결국 말로는 도망칠 수 없다고 판단했는지 회사에 없다고 거짓말을 하거나 약속을 펑크 내는 방법으로 나와서 결국 채권 회수의 구체적인 방안을 세울 수 없었다. 그 건에 관해서는 자세한 사항까지 전부 메모해서 에지마에게도, 아사노에게도 이미 보고한 터였다.

그런데 이제 와서 엉뚱한 말을 하다니.

"그래서? 이대로 있으면 우리 은행에 4억 9800만 엔의 대손이 발생한다는 건가?"

한자와가 정리한 담보현황표를 얼어붙은 것처럼 들여다보던 아사노 지점장이 벌레라도 씹은 듯한 얼굴로 이야기의 방향을 바꾸었다.

"그렇게 됩니다. 나머지는 회사를 처분했을 때 배당이 얼마나 되느냐에 달렸습니다."

"배당 같은 걸 기대할 수 있겠어?"

에지마가 토해내듯 말했다.

배당이란 회사의 자산을 전부 처분했을 때 채권자에게 변제하는 돈을 말한다. 예를 들어 부채 10억 엔의 회사가 도산한 뒤 자산을 매각했는데 3억 엔이 되었다고 하자. 이 돈에서 최종적으로 채권자에게 변제하는 돈을 배당이라고 한다. 물론 전액을 받을 수 있는 것은 아니다.

"한자와 과장, 정말 한심하기 짝이 없군."

아사노는 깊은 한숨과 함께 말을 토해냈다. 그 말을 들은 순간, 한자와는 숨을 들이마셨다. 거기에는 한자와에 대한 차가운 증오가 담겨 있었기 때문이다.

2

오사카 중심부의 서쪽 지역. 오사카 만까지 부채꼴로 펼쳐진

철강 도매업 거리. 도쿄중앙은행 오사카 서부 지점은 그 부채꼴의 요충지에 자리 잡고 있다.

이른바 메가뱅크의 하나다. 도쿄에 본점이 있는 도쿄중앙은행 간사이 본부의 점포는 약 50여 곳. 그중에서 오사카 서부 지점은 오사카 본점과 우메다, 센바와 어깨를 나란히 하는 4대 지점의 하나로, 이른바 중핵 점포로서 자리매김하고 있다.

아사노는 오랫동안 인사 분야에서 일해온 엘리트 은행원으로, 지점으로 나온 것은 18년 만이다. 지점장 경험을 잘 살리면 임원 자리가 코앞으로 다가온다고 생각해서 그런지 실적을 올리려고 필사적이다. 대부분의 은행이 그렇듯이 도쿄중앙은행도 합병으로 탄생한 은행으로, 자리에 비해 갑자기 행원 수가 많아졌다. 젊은 행원 쪽에서 보면 예전에는 일류대학을 졸업하면 당연히 보장되었던 과장 자리가 멀어지고, 순조롭게 은행원 길을 걸어온 아사노만 해도 부장 승진이 좁은 문이 되었다.

기회는 얼마 되지 않는다. 그 기회를 놓치면 잘해야 다른 지점의 지점장으로 수평 이동이고, 운이 나쁘면 관계사로 파견될 운명이 기다리고 있다.

아사노처럼 동기 중에서 선두로 달려온 자존심 높은 엘리트에게 출세의 계단에서 미끄러지는 것은 견디기 힘든 굴욕임이 틀림없다.

그런 아사노가 오사카 서부 지점의 지점장으로 부임한 것은 작년 6월. 한자와가 본부 심사부에서 전근 명령을 받기 두 달 전의 일이었다. 하지만 작년의 실적은 한심하기 짝이 없었다. 더구나 실적을 엉망으로 만든 전임 지점장의 뒤치다꺼리에 에너지를 빼앗긴 탓에 올해의 실적은 더욱 줄어들고 말았다.

당시 아사노가 계장 이상의 행원이 참석한 회식 자리에서 입버릇처럼 한 말은 다음과 같았다.

"이번 회기는 어쩔 수 없어. 다음 회기에 운명을 걸자!"

그런 아사노가 서부오사카철강을 끌어온 것은 올해 2월이다. 철강회사가 빼곡히 들어선 이타치보리에 있는 이 회사는 연매출 50억 엔의 중견 기업이다. 다음 회기에 운명을 걸기에는 최고의 회사로 보였다.

한자와도 업무과의 신사업발굴팀 자료를 보고 서부오사카철강이라는 이름 정도는 알고 있었다.

우량 기업이라는 소문이 있었으나 아무리 찾아가도 만나주지 않는 난공불락의 회사였다. 업무과와 융자과의 모든 사람들이 이제 손을 들 수밖에 없다고 생각했을 즈음, 어느 회의 석상에서 아사노가 태연한 얼굴로 말했다.

"어제 서부오사카철강 사장을 만났어."

그 말을 듣고 한자와뿐 아니라 신사업발굴팀 사람들도 깜짝 놀라 입을 다물지 못했다.

"그 회사의 사장을 만나셨다고요? 그곳은 아무리 찾아가도 만나주지 않는 곳인데요?"

업무과장인 가쿠타 슈가 믿을 수 없다는 표정으로 이렇게 말했을 정도였다.

"그래? 그냥 흔쾌히 만나주던데?"

아사노는 어딘지 모르게 자랑스럽게 말하더니, "마침 필요한 자금이 있다더군"이라고 덧붙여서 다시 그 자리에 있는 사람들을 경악하게 만들었다. 처음 만나서 그렇게 깊숙한 이야기까지 하는 일은 상당히 어렵기 때문이다.

"담당자를 보내겠다고 말해놨어. 한자와 과장, 그 회사에 가서 사장과 이야기를 마무리 짓지 않겠나? 우리 쪽 담당자는…… 어디 보자……."

아사노는 회의 테이블 끝에 있는 젊은 행원들을 빙 둘러보고 나서 덧붙였다.

"나카니시 씨는 어때? 이제 슬슬 혼자 해낼 때가 됐잖아?"

나카니시는 입행한 지 2년밖에 안 되어서, 이제 겨우 선배로부터 거래처를 물려받은 신출내기 행원이었다.

"나카니시는 아직 이르다고 생각합니다."

창백해진 나카니시의 얼굴을 슬쩍 쳐다보면서 한자와는 에둘러 반대했다. 하지만 아사노는 그의 말에 신경도 쓰지 않았다.

"그렇지 않아. 영세 기업이 아니라 그렇게 큰 회사가 오히려 공부가 될 거야. 처음에는 한자와 과장이 동석해서 그쪽과 이야기를 정리해줘."

아사노는 한 번 정하면 물러서지 않는 고집불통인 면이 있다. 한자와는 받아들이는 수밖에 없었다.

나카니시가 운전하는 업무용 차를 타고 한자와가 서부오사카 철강으로 향한 것은 그 회의를 한 다음 날 아침이었다.

접수처에 은행 명함을 내밀자 "어서 오십시오"라는 말도, "잠시만 기다리십시오"라는 말도 없이 재빨리 접견실을 가리켰다. 은행 간판을 믿고 거드름을 피울 생각은 없지만, 손님을 대하는 태도로서는 빈말이라도 친절하다고 할 수 없었다.

사내에 활기가 없고 긴장감이 부족하며 해이해진 느낌이 들었다. 담배를 피우면서 시시덕거리는 사람은 있어도 전화를 받는 사람은 아무도 없어서, 전화벨이 귀에 거슬릴 만큼 계속 울려 퍼졌다. 손님인 한자와 일행이 근처를 지나가도 인사를 하기는커녕 고개를 숙이지도 않았다.

'마음에 들지 않는군.'

한자와는 접견실로 가면서 그렇게 생각했다.

회사는 결국 사람의 모임이기 때문에, 사원의 모습을 보면 회사 분위기가 어떤지 대강 짐작할 수 있다.

미리 약속을 했음에도 불구하고 접견실에서 10분을 기다려야 했다.

이윽고 접견실로 들어온 히가시다 미쓰루 사장은 키는 작아도 체격이 탄탄한 남자였다. 그는 성큼성큼 들어와 소파에 털썩 앉아 다리를 꼬았다. 그리고 무슨 말을 하기도 전에 손가락 사이에 있는 담배를 재떨이에 비벼 끄더니, 그 동작을 유지한 채 퉁명스럽게 물었다.

"오늘은 또 뭐야? 은행에서 왔나?"

"실은 자금이 필요하다는 말씀을 듣고 왔습니다."

"자금이라고? 무슨 말이지?"

"그제 아사노 지점장이 찾아뵀을 때 말씀을 나누셨던 건입니다. 순서가 바뀌었지만 저는 이런 사람입니다. 잘 부탁드리겠습니다."

한자와가 명함을 내밀자 나카니시도 이어서 명함을 내밀었다. 하지만 히가시다는 명함 두 장을 힐끗 쳐다보더니 조각조각 찢어서 휴지통에 버렸다.

"은행원의 명함을 받아봐야 계속 쌓이기만 할 뿐이지. 거래해 달라고 사정하는 곳이 하도 많아서 골치가 아플 지경이야. 알다시피 우리는 간사이시티은행 한 군데만 이용하거든."

히가시다는 기름기가 도는 네모난 얼굴을 심술궂게 찡그리면서 엷은 미소를 지었다.

'이 자식이……!'

한자와가 그렇게 생각했을 때, 나카니시가 옆에서 덜덜 떨기 시작했다.

"어제 아사노 지점장에게 대출 이야기를 하셨다고 들었습니다만."

"아하, 운전자금 말인가? 그쪽에서 빌린다는 말은 한마디도 안 했어. 다른 은행은 담당자가 오는데, 그쪽은 지점장이 몇 번이나 찾아오더군. 우리 경리과장이 한 번만 만나주라고 하도 사정을 해서 만나준 것뿐이야. 그런데 그쪽 지점장, 뭔가 착각한 거 아니야?"

옆에서 떨고 있던 나카니시가 아연한 표정을 지었다. 그런 표정을 짓고 싶은 것은 한자와도 마찬가지였다. 이야기가 너무도 다르지 않은가.

그건 그렇고 천박하기 짝이 없는 남자였다. 독불장군처럼 보이는 이마 밑에서 번뜩이는 눈빛은 날카롭고, 위압감이 가득했다.

하지만 여기까지 와서 빈손으로 돌아갈 수는 없었다.

한자와가 조심스럽게 물었다.

"혹시 괜찮으시면 말씀해주실 수 있겠습니까? 운전자금이 얼마나 되나요?"

"뭐야?"

히가시다는 귀찮은 표정을 짓더니 탁자의 담배케이스에서 담배 하나를 꺼내 불을 붙였다.

"그렇게 사정하니까 말해주지. 한 2, 3억이면 되지 않을까?"

"저희 은행으로 검토해주실 수 있으실까요?"

지점장의 지시대로라면 "저희 은행이 융통해드리면 안 될까요?"라고 말해도 되지만 아직 품의는 통과하지 못했다. 품의 승인도 없는 상태에서 대출해주겠다고 말하면 대출예약이 된다. 대출예약은 은행 융자에서 엄격히 금하고 있다.

"검토해달라고? 흥!"

예상한 대로 히가시다는 콧방귀를 뀌었다.

한자와가 지점으로 돌아오자 아사노의 혹독한 질책이 기다리고 있었다.

"지금 장난하는 거야? 필요한 금액까지 들었으면서 털레털레 빈손으로 돌아오다니!"

뭐라고 말해야 좋을지 몰라서 한자와는 입을 다물었다. 깊숙이 파고들어 협의하지 않고 물러났다는 아사노의 말은 사실이지만, 그것과는 별개로 히가시다라는 남자에게 형용할 수 없는 거부감을 느낀 것도 사실이었다.

자신의 명함을 찢어버렸기 때문이 아니다. 이번 일을 냉정히 분석해보면 찜찜한 구석이 한두 군데가 아니다.

우선 아사노 지점장이 너무도 쉽게 히가시다를 만났다는 점이다.

히가시다는 분명히 경리과장이 한 번만 만나주라고 사정했다고 했다. 하지만 융자담당자의 명함을 찢어버리는 행동과 지점장이 몇 번씩 찾아와서 만나주었다는 상황은 앞뒤가 맞지 않는다.

히가시다가 필요한 금액을 너무도 쉽게 말했다는 점도 마음에 걸렸다.

보통 새로운 은행과 거래할 생각이 없으면, 아무리 담당자를 만났다고 해도 필요한 금액을 말하지는 않는다. 검토해달라는 한자와의 제안에는 콧방귀를 뀌었으면서 "우리 쪽에서 대출해드리겠습니다"라는 말을 기다렸던 것처럼 여겨졌다.

히가시다가 대출을 기대하고 있었던 게 아닐까?

거절하는 태도를 보이면서도 지금까지 상대도 하지 않았던 도쿄중앙은행의 지점장을 만나지를 않나, 마음만 먹으면 얼마든지 거부할 수도 있었던 한자와와 나카니시를 만나지를 않나…….
자세한 사정은 잘 모르겠지만 간사이시티은행으로부터 대출을 받기 어려운 상황이 아닐까?

그 이유를 조사하기 위해서는 서부오사카철강의 결산서가 필요하다. 하지만 히가시다는 "대출을 검토하고 싶은데 결산서 복사본을 받을 수 있을까요?"라는 한자와의 제안을 "내가 언제 돈을 빌려달라고 했어? 참 뻔뻔하기도 하군"이라는 말로 일축하면서 버럭 화를 냈다.

"이제 됐어. 자네에게 맡긴 게 잘못이었군. 내일 내가 직접 다녀오지. 사장과 약속을 잡아줘."

혐오감을 노골적으로 드러내는 아사노의 말을 듣고, 나카니시가 황급히 전화를 걸러 갔다. 한자와는 말없이 제자리로 돌아올 수밖에 없었다. 이윽고 오전 10시로 약속을 잡았다고 보고하는 나카니시의 목소리를 듣고, 한자와의 마음속에서는 점점 더 불신감이 팽배해졌다.

역시 이상하다. 히가시다는 도쿄중앙은행을 무시하면서도 계속 기회를 주고 있다. 히가시다의 뱃속에서 추측할 수 없는 무엇인가가 꿈틀거리고 있는 것이 분명하다.

하지만 지금의 아사노에게는 무슨 말을 해도 소용없다. 눈앞에 매달린 실적에 눈이 멀고, 머릿속에 있는 것은 오직 실적 우수

지점에 주는 표창뿐이다. 서부오사카철강은 아사노의 머리에 이미 실적으로 들어가 있다.

다음 날, 아사노는 나카니시를 데리고 서부오사카철강으로 갔다.

돌아온 것은 점심식사 전이었다.

아사노는 입을 열자마자 말했다.

"이야기를 매듭짓고 왔네. 대출 금액은 5억. 차입 기간은 5년에 고정금리. 담보 없이 신용. 당장 품의를 올려."

나카니시의 책상 위에 서부오사카철강의 3분기 결산서를 비롯해 재무자료가 산더미처럼 쌓여 있었다.

"나카니시, 잘됐군. 지점장님께 고마워해."

아사노의 이야기를 옆에서 듣고 있던 에지마가 사무실 한쪽 구석에 있는 나카니시에게 말했다. 은행은 도제 제도 같은 면이 있어서, 나이순으로 책상을 늘어놓는 관습이 있다. 책상의 순서까지 관료적이다.

나카니시는 맨 끝자리인 카운터 끝에서 꾸벅 고개를 숙였다. 하지만 아사노의 다음 말을 듣고 얼굴이 새파랗게 변하며 그대로 굳어졌다.

"나카니시 씨, 내일 아침까지 품의서를 제출해줘."

한자와도 깜짝 놀라서 고개를 들고 반박했다.

"내일 아침까지요? 그건 어렵습니다. 재무 분석도 해야 하고요."

나카니시는 자리에서 일어서서 3분기 결산서를 내려다본 채 아무 말도 하지 않았다. 자신이 없다는 것은 얼굴을 보면 알 수 있었다. 아사노가 그런 나카니시를 보면서 말했다.

"사장의 마음이 바뀌기 전에 긴급 품의를 올려야지. 자네도 이제 신입이 아니야. 자기 힘으로 어떻게든 해내. 내일 아침까지 완성해서 한자와 과장에게 보여주고, 그런 다음에 내게 올려. 문제가 없으면 즉시 결재할 거야."

독재자 지점장이 그렇듯이 아사노는 명령조로 말하더니 이야기가 끝났다는 식으로 자리에서 일어나서 화장실에 갔다.

"할 수 있겠어?"

한자와가 묻자 나카니시는 쉽게 대답을 하지 못했다.

"분석은 수작업으로 해야 하지요?"

"그렇겠지."

최근에는 컴퓨터 시스템이 발전해서 거래처에서 받아온 결산서는 전부 부문별로 컴퓨터에 입력하게 되어 있다.

회사별로 양식이 다른 결산서를 공통 양식으로 정리해서 자금운용표나 현금흐름표, 각종 경영지표를 자동으로 산출하고, 그것에 따라 신용등급도 정한다.

할 수 없는 건 아니겠지만 그것을 전부 수작업으로 해야 한다면 정신이 아득해질 수밖에 없다. 입행한 이후 자동화 시스템에 익숙해 있는 나카니시 쪽에서 보면 더욱 그러하리라.

"일단 오후 일정을 취소하고 품의서를 쓰겠습니다."

제자리로 돌아간 나카니시의 옆얼굴이 딱딱하게 굳었다.

다음 날 아침. 한자와가 8시가 조금 지나서 출근해 컴퓨터를 켰더니, 결재 시스템에 서부오사카철강의 품의서가 올라와 있었다.

"과장님, 부탁합니다."

나카니시가 자리에서 일어나 인쇄한 품의서를 한자와에게 가져왔다. 밤을 꼬박 새웠는지, 눈에는 핏발이 서고 표정은 안타까울 정도로 지쳐 보였다.

"수고했어. 즉시 확인해볼게."

해냈다…….

나카니시는 안도의 미소를 짓고는 무거운 발걸음으로 제자리로 향했다.

한자와는 약 10분에 걸쳐서 서류를 대강 훑어보고 완성된 재무분석 결과를 확인했다.

아직 혼자 일을 해낼 수 없는 신입이라서 어쩔 수 없지만 전체적으로 이론적 체계가 빈약했다. 즉시 숫자를 재점검하려고 했을 때, "팀장 회의!"라는 에지마의 목소리가 들렸다. 한자와는 일단 작업을 중단한 뒤 회의에 참석하기 위해 지점장실로 들어갔다.

그 이후 조례가 시작되고 융자과 행원들과 간단히 회의를 마친 뒤 제자리로 돌아왔을 때, 이변을 알아차렸다. 서부오사카철강 품의서에 아사노의 도장이 찍혀 있었던 것이다. 더구나 온라인으로 이미 융자부로 보낸 다음이었다. 한자와는 당황하지 않을 수 없었다.

"지점장님, 이 품의서는 아직 충분히 살펴보지 못했는데요."

아사노의 얼굴에는 불만이 역력했다.

"내가 아침 일찍 달라고 했잖아! 뭐 하느라 이때까지 안 살펴 봤어?"

옆에서 에지마가 끼어들었다.

"자네 말이야, 지점장님 말씀 못 들었나? 나카니시는 밤을 꼬박 새워서 품의를 올렸어. 그걸 느지막이 출근해서 빈둥거리다 아직도 못 보다니."

"융자부에 연락해서 일단 돌려달라고 하고 싶습니다."

한자와는 주장을 굽히지 않았다. 자신이 확인하지 않은 품의는 본부에 보내고 싶지 않았다.

"이번 건은 긴급 품의야. 과장의 늑장 대처에 허비할 시간이 없어!"

아사노는 단호하게 말하더니, 다시 반론을 제기하려고 하는 한자와에게서 고개를 돌리며 덧붙였다.

"하여간 사람 말을 제대로 듣지 않는다니까."

3

나카니시가 품의서에서 주장한 것처럼 업계 경력은 오래되지 않았지만 특수강 분야에서는 나름대로 알려진 기업이라는 표현도 나쁘지 않다. 나쁘지는 않지만…….

"다짜고짜 5억 엔에다 더구나 알몸인가요?"

떨떠름한 표정을 짓는 융자부 담당 조사역인 가와하라 도시오에게, 한자와는 당연한 지적이라고 생각하면서도 전략안건이라는 한마디로 밀고나갔다. 마음은 내키지 않았지만 무슨 일이 있어도 품의를 통과시키라는 아사노의 엄명이 있었기 때문이다.

아사노에게는 또 다른 조바심도 있었을 것이다.

이유는 지점의 실적만이 아니다. 공적자금을 받았으면서 중소기업 대출 금액을 줄인 도쿄중앙은행 전체의 문제도 있었다. 마침 그 시기를 전후해서 금융청의 업무개선 명령이 내려왔다. 본부에서는 중소기업에 대한 대출을 늘리라고 독려하고 있었지만, 철강회사가 중심인 환경에서는 좋은 대출처를 찾을 수 없었다. 기존의 거래처에 눈을 돌리려고 해도 실적이 안정된 기업에는 이미 대출을 해주었고, 아직 손대지 않고 남은 기업은 만년 적자에 시달리거나 이런저런 문제가 있는 영세 중소기업뿐이었다.

하지만 그런 환경을 한탄해봐야 어쩔 수 없다. 추가 목표 달성 상황에 따라서는 표창장이 날아갈 수도 있다. 이 5억 엔이 있느냐 없느냐에 따라서 큰 차이가 있는 것이다.

"가와하라는 뭐래?"

한자와가 가와하라와 몇 번째 통화를 마치고 한숨을 쉬면서 수화기를 내려놓자 귀를 쫑긋 세우고 있었던 아사노가 물었다.

"신규 거래인 만큼 담보가 없는 건 당연하다고 말했더니, 대출

금액을 줄일 수 없냐고 하더군요."

"말도 안 되는 소리 하지 마!"

아사노는 주변이 떠나갈 듯 소리친 뒤, 의자에 앉은 채 차가운 눈길로 한자와를 올려다보았다.

"이 품의를 통과시키지 못하면 자네는 융자과장 자격이 없어."

아사노는 인사부 부장대리 출신이라는 경력을 슬쩍 내비쳤다. 실제로 아직 인사부 안에 강력한 영향력을 가지고 있어서, 지점으로 온 이후에도 몇 명을 영전시키며 자신의 힘을 과시했다.

부하직원을 영전시킨다는 것은 좌천시킬 수도 있다는 뜻이다. 공무원과 마찬가지로 인사 문제가 최대의 관심사인 은행원에게 인사권을 잡히는 것은 영혼을 잡히는 것과 똑같다.

한자와는 무언의 압력을 느끼고 입을 다물었다.

'정말 더럽군.'

그렇게 생각했지만 가와하라를 설득한 보람이 있어서 서부오사카철강에 대한 품의는 사흘 만에 전액이 승인되었다.

은행의 기말(期末)이 코앞으로 다가온 2월 중순의 일이었다.

4

경제신문을 펼쳤다.

그동안 하도 많이 봐서 그런지, 한 은행이 가지고 있는 수조 엔의 부실 채권 금액을 보고도 한자와는 조금도 놀라지 않았다.

한자와뿐만 아니라 도쿄중앙은행의 다른 행원들도, 다른 은행의 행원들도, 심지어 은행은 이용하면서도 은행계의 속사정을 모르는 국민들조차 지금은 어떤 놀라움도, 어떤 감정도 없지 않을까?

"부실 채권이 수조 엔에 이른다고? 그래서 뭐?"라는 식이다.

처음에는 누구나 은행이 망하면 어떻게 될까 하는 불안에 휩싸였다.

주택 대출금을 갚으라고 하는 게 아닐까, 그동안 저축한 내 소중한 돈이 없어지는 게 아닐까 걱정한 것이다.

그런데 실제로 대부분의 예금은 보험에 들어 있어서 보호를 받고, 정부는 과격한 개혁에 엉거주춤하면서 페이 오프(pay off)• 도 단계적으로밖에 적용하지 않았다.

더구나 주택 대출금은 은행에게 우량 자산으로, 거래 은행이 망해도 다른 은행이 떠맡아준다.

실제로 거대 은행이 망한다고 해도 국민의 생활에 영향이 있는 것도 아니고, 결국 바뀌는 것은 아무것도 없다는 사실을 모두 알아차리기 시작했다.

홋카이도가 가장 좋은 사례다. 도시은행이었던 홋카이도척식은행이 도산해서 지역 경제가 무너진 것처럼 말하는데, 과연 그

• 금융기관이 파산했을 때, 예금보험기구가 예금자의 예금 중 일부를 지급 보증하는 제도.

것이 사실일까? 실제로 지역 경제가 불황의 늪에서 허덕이는 이유는 은행이 없어졌기 때문이 아니라 일본 전체의 경기가 나빠졌기 때문이다. 따라서 공적 자금으로 은행을 지켜야 한다는 이유에 모든 사람이 고개를 갸웃거린 것은 당연하다.

홋카이도척식은행이 없어져서 돈을 빌리기 힘들어졌다는 경영자도 있다고 하는데, 그것은 홋카이도에 한정된 이야기가 아니라 일본의 전역이 마찬가지다. 홋카이도에서 예전과 달라진 점은 은행이 없어짐으로써 금고가 많이 팔렸다는 것 정도가 아닐까?

일본채권신용은행이 날아가고 일본장기신용은행이 쓰러져도 달라진 것은 아무것도 없다. 도산할 만한 곳이 도산한 것으로, 자본주의 사회라면 당연히 있을 수 있는 도태일 뿐이다.

한자와가 도쿄중앙은행의 전신인 산업중앙은행에 입행한 1988년은 말 그대로 거품 경제의 전성기였다.

학생의 취업 전선에서 도시은행은 최고의 인기를 구가했다. 은행이 망하는 일은 상상도 할 수 없는 시대였다. 실적이 좋은 은행들은 잇달아 미국 은행을 매수하여 글로벌 전략을 추진했다. 그와 동시에 일본에서는 부동산 폭등과 주가 상승 등의 신용 창조를 배경으로, 마구잡이 대출의 개막이라고 할 수 있는 금리덤핑의 대출 경쟁이 치열해진 시기이기도 했다.

그로부터 10여 년. 은행은 말 그대로 쇠퇴의 비탈길을 따라 내려왔다.

은행에는 거액의 부실 채권이 산더미처럼 쌓여 있지만, 한 지점이라는 단위로 포착했을 때, 한 회사에 5억 엔이라는 부실 채권 금액은 결코 적지 않다.

더구나 융자한 지 6개월도 되지 않은 스피드 도산이라면 더욱 눈에 띈다.

서부오사카철강에 대한 5억 엔 융자는 2월 마지막 주에 실행되어, 새로 개설한 당좌예금 계좌로 입금되었다.

이윽고 약간의 결제자금을 남기고 서부오사카철강의 주거래 은행인 간사이시티은행 계좌로 이체되면서 도쿄중앙은행 계좌에서는 돈이 거의 사라졌다.

"과장님, 잠깐 시간 있으세요?"

나카니시가 한자와의 책상 앞에 선 채, 서부오사카철강의 결산서가 이상하다고 말한 것은 대출 승인이 나고 넉 달이 지난 6월 하순의 일이었다.

지긋지긋한 장마가 시작되었다. 주오오도리에 있는 지점의 창문을, 내리는 것도 아니고 안 내리는 것도 아닌 가랑비가 부슬부슬 적시고 있었다.

서부오사카철강의 결산월은 4월이다.

회사의 결산서는 보통 납세기한에 맞춰서 두 달 후에 만들어진다. 따라서 서부오사카철강의 결산서는 6월에 나온다.

막 완성된 새로운 결산서를 받아든 나카니시는 그곳에 적힌 적자 금액을 보고 깜짝 놀라서 한자와에게 보고한 것이다.

"적자?"

한자와는 자신의 귀를 의심했다. 서부오사카철강에서 제출한 자료에 따르면 전기 결산에서는 약 1억 엔의 흑자가 나야 정상이다. 이래서는 이야기가 다르지 않은가.

"원인은 뭐지?"

한자와는 나카니시가 든 결산서를 빼앗듯이 보았다.

그의 시선이 맨 먼저 향한 곳은 극단적으로 줄어든 매출이었다. 계산기를 두드려보았다. 전기 대비 30퍼센트 감소. 적자 금액은 4천만 엔.

갑자기 머리에 피가 솟구쳤다.

"이봐, 이건 말이 안 되잖아!"

자기도 모르게 큰소리로 말하자 나카니시는 야단맞은 학생처럼 고개를 숙였다.

"이유는 물어봤나?"

"경기가 나빠서 매출이 감소했다고 합니다."

"히가시다 사장이 그렇게 말했어?"

"아니요, 나미노 과장입니다. 사장님은 못 만났습니다."

한자와의 뇌리에 빼빼 마르고 생쥐처럼 생긴 남자의 얼굴이 떠올랐다. 독재자 사장의 회사에서 흔히 볼 수 있는, 신뢰가 가지 않는 경리과장이다.

"그러고 보니 시산표가 있었지?"

아사노가 신규 대출을 위한 서류를 가져왔을 때의 일이다. 대출을 검토하는 단계에서 전기 말로부터 10개월이나 지났기 때문에, 아사노는 3분기 결산서 이외에 실적을 확인할 수 있는 시산표를 받아왔을 것이다.

서부오사카철강의 신용파일에서 꺼낸 시산표를 바라보면서 한자와는 중얼거렸다.

"역시 이상해. 2월의 시산표에서 8천만 엔의 흑자였던 회사가 어떻게 4월의 본 결산에서 4천만 엔의 적자로 추락하지? 이건 아무리 생각해도 이상하잖아?"

"네에……."

나카니시는 어찌할 바를 모르는 표정을 지었다.

한자와는 그 자리에서 나미노 과장에게 전화를 걸었다.

"결산서는 잘 받았습니다. 잠깐 묻고 싶은 게 있는데, 괜찮으십니까?"

"네, 제가 아는 거라면 뭐든지……."

나미노의 목소리에는 낭패스러움이 역력했다. 조만간 한자와로부터 추궁당할 것을 예상하고 있었을지도 모른다.

"보내주신 결산서에 적자라고 되어 있는데요, 어떻게 된 거죠? 사장님 말씀으론 1억 엔 정도 흑자가 날 거라고 하셨는데요."

"죄송합니다. 소재 산업이 여전히 불황이라서 말이죠……."

"불황이란 건 충분히 알고 있습니다. 그렇다면 흑자 이야기는 어떻게 된 거죠?"

"매출이 감소하는 바람에……."

한자와는 재빨리 나미노의 말을 가로막았다.

"2월 시점에서 매출은 45억 엔이었습니다. 평균을 내면 한 달에 4억 5천만 엔이죠. 그런데 왜 본 결산에서 47억 엔, 즉 2개월 동안 2억 엔밖에 증가하지 않았는지 설명해주시겠습니까?"

"네? 2월에 45억 엔이었다고요?"

나미노가 시치미를 뗐다.

"귀사에서 받은 시산표에는 그렇게 되어 있는데요."

"잠시만 기다리십시오."

부스럭부스럭 하는 소리가 들렸다. 전화기 너머에서 서류라도 뒤지는 모양이다. 그대로 1분 가까이 기다렸다가 "잠시 후에 전화 드리겠습니다"라는 나미노의 말을 듣고 한자와는 수화기를 내동댕이쳤다.

"나카니시 씨. 처음에 받은 3분기 결산서를 보여줘."

옆에서 계속 지켜보고 있던 나카니시가 신용파일에서 황급히 3분기 결산서를 빼왔다.

"이거 자네가 복사했나? 지점장님이 방문했을 때, 자네가 같이 갔었지?"

한자와는 표에 붙어 있는 세무신고서의 복사본을 손가락으로 툭툭 두들겼다. 나카니시는 영문을 모르겠다는 표정을 지으며 고개를 가로저었다.

"아뇨, 지점장님과 이야기가 마무리되어서 결산서를 요구했더니 이걸 줘서 가져왔습니다."

"오리지널을 봤나?"

"네?"

"이 복사본의 원본을 봤냐고!"

나카니시는 두 눈을 점처럼 한가운데에 모았다. 긴장했을 때의 버릇이다.

"아뇨, 못 봤는데요."

한자와는 땅이 꺼져라 한숨을 쉬었다. 나카니시에게 물어봐야 소용없다.

현 단계에서 아사노에게 보고할지 말지 잠시 생각해보았다. 아직이다. 상황을 정확하게 파악하지 않고 섣불리 보고할 수는 없다.

"됐어. 이건 내가 좀 볼게."

한자와는 서부오사카철강의 3분기 결산서를 손에 든 채, 찜찜한 얼굴로 제자리로 돌아가는 나카니시의 등을 바라보았다.

5

"분식회계라고?"

다음 날 아침, 재무 분석 결과를 보고한 한자와를 향해 아사노는 노골적으로 불쾌한 표정을 지었다. 심정은 이해한다. 최악의 결과다. 아사노는 신하로부터 듣기 싫은 소리를 들은 폭군처럼, 사실 자체보다 그것을 보고한 사람에게 분노를 표출했다.

한자와가 지적한 서부오사카철강의 재무제표의 문제점은 대강 다음과 같았다.

우선 제출한 결산서에 있는 외상매출금과 받을어음, 외상매입금이라는 계정과목의 숫자가 불규칙해 합리적으로 설명할 수 없다는 것. 재고를 조정해서 이익을 만들어냈을 가능성이 있다는 것. 그것과 관계가 있지만 복사본인 세무신고서가 위조되었을 가능성이 있다는 것. 또 올 2월까지 시산표의 매출액은 분명히 조작되었다는 것 등. 마지막 부분에 관해서는 나미노 경리과장에게 문의했지만 아직까지 회답이 없다고 덧붙였다.

"오늘 회사로 직접 찾아가 보겠습니다만, 경리과장으로부터 회답이 없다는 것은 이쪽의 지적이 정확하기 때문이 아닐까 합니다."

"결산서는 언제 받았나!"

아사노가 버럭 화를 내며 들고 있던 연필을 한자와가 제출한 보고서 위에 내던졌다. 그러고는 팔짱을 끼고 얼굴을 찡그리며 한자와를 올려다보았다.

"그런 건 대출을 심사하기 전에 말했어야지! 이제 와서 그게 무슨 말인가?"

"그때 결산서를 세밀히 조사했으면 알았을지도 모르겠지만,

그만한 시간적 여유가 없었습니다. 이번에 새 결산서를 입수해서 알아낸 겁니다."

"한자와 과장, 그런 건 변명에 불과해. 그때도 제대로 봤으면 충분히 알았을 거야."

옆에서 듣고 있던 에지마가 가시 돋친 말을 했다.

자신의 귀를 의심하고 싶다는 말은 이런 상황을 가리키는 것이리라. 한자와는 공을 세우기 위해 조바심을 낸 나머지 시간도 주지 않고 잡아채듯이 품의서를 올린 건 누구냐고 따지고 싶었다. 자기들 사정으로 여신 판단의 시간을 생략해놓고 문제가 터지면 책임을 지라는 것은 너무도 비열한 짓이 아닌가!

에지마가 심각한 얼굴로 아사노를 돌아보았다.

"지점장님, 어떻게 할까요?"

아사노는 팔짱을 낀 채 잠시 생각에 잠겼다가 천천히 입을 열었다.

"우리가 대출해준 5억 엔은 어떻게 됐지?"

"이미 빼갔습니다."

"언제?"

'그런 게 남아 있을 리가 없잖아!'라고 생각하면서 한자와는 대답했다.

"대출을 실행한 지 1주일쯤 지났을 때였을 겁니다."

"그런 건 진작에 보고했어야지!"

"보고했습니다만."

한자와는 반론을 제기했다. 은행에는 예금 잔고가 바뀔 때마다 정리하는 거래처별 관리표가 있다. 아사노도 매일 아침 온라인으로 열람하게 되어 있는 파일이다. 변동이 큰 것부터 정리되어 있기 때문에 간과했다고 한다면 아사노의 실수다. 물론 날짜에 따라서 다르지만 5억 엔이나 줄어들면 관리표의 위쪽에 있었음이 틀림없다.

그런데 아사노는 기억나지 않는다고 주장했다. 그러면서 "이렇게 중요한 일을 다른 일과 똑같이 처리하면 곤란하지"라고 책임 전가라고밖에 표현할 수 없는 말을 계속했다.

"어쨌든 지금 자네가 한 말이 사실인지 아닌지 당장 서부오사카철강에 가서 확인하고 와. 그리고 만약 분식회계라면 즉시 5억 엔을 회수해. 이건 있을 수 없는 일이야. 알겠나!"

아사노의 말을 들을 것까지도 없다.

한자와는 즉시 서부오사카철강에 전화를 걸었지만 히가시다는 출장 중이고, 대신 전화를 받은 나미노도 대답을 재촉하는 한자와에게, 지금은 바쁘니까 내일까지 기다려달라는 식으로 도망칠 궁리만 했다.

"아뇨, 기다릴 수 없습니다. 이건 귀사에도 매우 중요한 일이니까 잠시 시간을 내주십시오. 몇 시에라도 찾아뵐 테니까요."

옥신각신한 끝에 약속 시간을 받아내고, 한자와는 업무용 차가 있는 지하주차장까지 단숨에 뛰어 내려갔다.

서부오사카철강의 접견실에는 인접한 공장의 망치질 소리가 울려 퍼졌다. 이 회사는 니시 구에 있는 이 공장 이외에 동부 오사카 시내에 3천 평의 제2공장을 가지고 있었다. 자료에 따르면 제2공장을 가동한 것은 지금으로부터 5년 전이다. 대형 판매처인 신일본특수강에서 증산해달라는 지시를 받고, 10억 엔이란 거액을 투자해서 만든 최신예 공장이다.

"한자와 과장님, 시간이 별로 없으니까 간단히 부탁합니다."

에어컨을 최대로 틀어놓아서 실내는 추울 정도였다. 그런데 나미노는 이마에 솟구친 커다란 땀방울을 연신 손수건으로 닦아냈다.

"일단 어제 여쭤봤던 건은 어떻게 됐죠? 매출이 급격히 감소한 것 말입니다."

나미노의 시선이 허공을 헤매다가 한자와의 등 뒤에 있는 벽을 향했다. 시선을 한자와의 얼굴로 되돌렸을 때는 억지웃음을 지으면서 이마에 맺힌 땀을 다시 손수건으로 닦았다.

"죄송합니다. 어제부터 하도 바빠서 미처 알아보지 못했습니다. 그건 조사해서 나중에 알려드리겠습니다."

"제가 직접 알아보지요. 총계정원장을 보여주십시오. 제가 직접 집계할 테니까요."

한자와는 그렇게 말한 뒤, 가져온 자료 위에 가방에서 꺼낸 전자계산기를 올려놓았다. 나미노의 얼굴이 굳어지면서 웃음이 부자연스럽게 일그러졌다.

“그렇게까지 하실 필요는 없습니다. 저희 쪽에서 집계하겠습니다.”

“나미노 과장님, 잘 들으세요.”

한자와는 몸을 앞으로 쑥 내밀고, 나약해 보이는 나미노의 얼굴을 노려보았다.

“지금 가볍게 생각하시는 것 같은데, 이건 그냥 넘길 수 없는 엄청난 문제입니다.”

대답하는 대신에 나미노의 목젖이 위아래로 움직였다.

“제 솔직한 생각을 말씀드리겠습니다. 그 시산표의 숫자는 분식회계겠죠. 사실은 적자인데, 그걸 감추려고 하신 게 아닙니까? 그렇다면 지금 여기에서 확실히 말씀해주십시오.”

나미노가 눈에 띄게 동요했다.

“아뇨, 그건……. 그건 잘 모르겠습니다.”

“잘 모르겠다니, 그게 무슨 말씀이시죠? 시산표는 경리과에서 작성하잖습니까? 과장님께서 잘 모르신다는 건 말이 안 되는 것 같은데요.”

“그건 그렇지만 대출 건은 사장님과 세무사가 의논하기 때문에…….”

나미노의 변명을 가로막고 한자와가 이야기의 방향을 바꾸었다.

“그러면 영수증은 누가 관리하시죠?”

“네?”

“영수증은 경리부에서 정리하시죠?”

"네, 그런데요……."

"그럼 법인세를 지급한 영수증을 보여주십시오. 예전에 받은 복사본과 맞춰볼 테니까요."

나미노가 말문이 막히는지 입술을 꼭 깨물었다가 더듬거리며 말했다.

"그게요…… 세무 관계 영수증은 세무사 사무실에서 보관하거든요. 그래서, 그러니까……."

신고서의 앞면에는 서부오사카철강의 고문 세무사 사무실 이름과 전화번호가 적혀 있었다.

"그럼 이 자리에서 세무사 사무실에 전화를 걸어볼까요?"

"자, 잠깐만 기다리십시오."

한자와는 당황하는 나미노를 노려보았다.

"과장님, 시치미 떼지 말고 솔직히 말해주십시오. 이건 분식회계지요?"

나미노는 고개를 숙인 채 대답하지 않았다.

"히가시다 사장님께서 함구하라고 하시던가요?"

목덜미 주변이 움찔거렸지만 그래도 나미노는 입을 열지 않았다. 물을 것까지도 없이 그러리라고 짐작했다. 한자와는 한숨을 쉬고 나서 타이르듯 말했다.

"이렇게 증거가 많으니까 과장님께서 말을 안 해도 마찬가지입니다."

나미노의 입에서 서부오사카철강의 상황을 설명하는 말이 흘러나온 것은 그로부터 잠시 지나서였다.

"실은 주력 판매처인 신일본특수강의 주문이 격감했고……."

예상이 틀어진 것은 5년 전에 지은 최신예 제2공장이었다. 신일본특수강으로부터 증산해달라는 말을 듣고, 히가시다는 구조조정으로 타격을 입은 회사를 단숨에 일으키기 위해 거액을 투자해 공장을 지었다. 하지만 그 이후 신일본특수강의 일방적인 사정으로 증산 약속은 물 건너가고 모든 계획은 백지로 돌아갔다.

불확실한 구두 약속을 믿고 무턱대고 돌진한 것이 애초의 잘못이었다. 그 결과 과잉 채무를 짊어진 채 무거운 변제 부담과 금리 지급으로 자금 사정이 악화되었고, 더구나 경기가 침체되면서 기존의 주문까지 줄어들어 실적은 밑바닥을 헤매게 되었다고 한다.

서부오사카철강은 오랫동안 간사이시티은행하고만 거래해온 기업이다.

어설프게 한 은행하고만 거래했기 때문에, 변제 자금이 정체되자 다른 곳에서 돈을 빌릴 수 없게 되었다.

히가시다의 지시로 이중장부를 작성한 배경에는 그런 사정이 숨어 있었다. 적자가 확대되고 조작이 점점 커지면서, 재고를 조정하는 단순한 분식회계에 머물지 않고 가공 매출을 만들어 인건비를 비롯한 고정비를 크게 부풀렸다. 그렇게 해서 나미노 말에 따르면 '있지도 않은' 회사의 모습을 만들어냈다는 것이다.

이야기를 대강 듣고 나서 한자와가 물었다.

"그렇다면 진짜 실적은 어떻게 됩니까?"

순식간에 늙어버린 나미노는 무거운 허리를 들고 일어나더니, 이윽고 골판지 상자에 담긴 재무 자료를 가져왔다.

"이게 진짜 자료입니다."

자료를 펼친 순간, 한자와는 무의식중에 눈을 크게 떴다.

"이렇게…… 이렇게 나쁘단 말인가……."

적자는 4천만 엔이 아니라 2억 엔이 훌쩍 넘었다. 이미 채무 초과로 추락한 실적은 처참한 중환자의 모습이었다.

"죄송합니다."

한자와는 깊숙이 고개를 숙인 나미노를 향해 말했다.

"과장님, 이건 심각한 범죄입니다. 그리고……."

다른 것이 마음에 걸렸다. 분식회계의 규모가 심상치 않았다.

"자금 사정은 괜찮나요?"

양쪽 무릎 위에 있는 나미노의 주먹이 파르르 떨렸다. 그는 거액의 분식회계를 간파당한 것에 동요하면서도 구원을 요청하듯 한자와를 바라보았다. 입을 움찔거렸지만 말은 나오지 않았다.

"우리 대출이 없었으면 벽에 부딪혔을 텐데요. 앞으로 자금 융통은 어떻게 되죠?"

"사장님 말씀으론 이제 곧 큰 주문이 올 거라고 하셨습니다."

"큰 주문이라고요? 어디서요?"

"신규 거래처라는 것까진 들었는데, 자세한 건 잘……."

"그건 사실이라고 생각합니까?"

당신도 그렇게 생각하지 않으리라……. 이런 상황에서 히가시다의 이야기를 어떻게 믿느냐고 말하고 싶었지만 차마 입에 담을 수는 없었다. 예상한 대로 나미노는 얼굴을 일그러뜨리며 다시 입을 다물었다.

결국 히가시다 미쓰루라는 창업자 사장이 독재자처럼 군림하는 이 회사는 경리과장인 나미노조차 중요한 일은 하나도 모르고 있었다.

"이 건에 관해서는 일단 은행으로 돌아가서 어떻게 대응할지 검토하겠습니다."

한자와는 잠시 말을 끊었다가 차갑게 말했다.

"경우에 따라서는 자금을 돌려주어야 할 수도 있으니까 그렇게 알고 계십시오."

"그럴 수가……."

나미노가 무슨 말인가 하려는 것을 보고 한자와는 재빨리 가로막았다.

"이건 엄청난 문제입니다. 히가시다 사장님에게는 급히 저희 은행으로 오셔서 사정을 설명해주시라고 전해주십시오. 아시겠지요?"

"알겠습니다."

나미노는 심한 충격을 받은 듯했지만 일말의 동정도 솟구치지 않았다. 분식회계를 감춘 것에 분노가 치밀어서, 할 수만 있다면 주먹을 날리고 싶을 정도였다. 하지만 이런 조무래기를 상대해봤자 소용없다. 문제는 히가시다다. 그 뻔뻔스러운 얼굴을 떠올리기만 해도 창자가 뒤틀리는 듯했다.

오후가 되어도 히가시다에게서는 아무런 연락이 없었다.

"우리를 우습게 보다니."

아니면 도망치는 것일까?

서부오사카철강의 신용파일에 있는 사장의 휴대폰 번호로 전화를 걸었지만, 자동응답으로 넘어갔다. 메시지를 보내고 기다렸지만 저녁이 되어도 감감무소식이었다.

의도적으로 피하고 있다고밖에 여겨지지 않았다.

한자와는 기다리다 지쳐서 나미노에게 연락을 했다.

"히가시다 사장님과 통화하고 싶습니다만 연결이 되지 않더군요."

"그래요? 꼭 연락을 드리라고 말씀드렸는데요. 잠시만 기다리십시오. 바꿔드릴게요."

"회사로 돌아오셨습니까?"

"네."

뭐라고 대꾸하기 전에 통화연결음인 슈만의 트로이메라이가 흘러나왔다. 그러자 마침내 한자와의 분노가 폭발하고 말았다. 그는 수화기를 내동댕이치고 자리에서 일어섰다.

"어디 가세요?"

과장대리인 가키우치 쓰토무가 물었다.

"서부오사카철강!"

한자와는 그 한마디를 남기고 자리를 박차고 나갔다.

서부오사카철강의 접수처로 가자 경리과 자리의 나미노가 화들짝 놀라는 것이 보였다.

"사장님 만나러 왔습니다."

한자와가 그렇게 말하자 접수처로 나온 나미노는 엉뚱한 방향을 쳐다본 채, 머리칼이 얼마 남지 않은 머리에 손을 대고 "이런!"이라고 말했다.

"사장님을 만나러 오셨나요……?"

나미노는 얼굴을 찡그리더니 사장실이 있는 등 뒤를 슬쩍 돌아보았다. 그리고 어떻게 해야 할지 망설이는 표정으로 "잠시만 기다리십시오"라고 말한 뒤, 사장실 안으로 들어갔다가 즉시 다시 나왔다.

"죄송하지만 이렇게 불쑥 찾아오시면 곤란하다고 하셔서요……."

나미노는 곤혹스러운 표정으로 말했다.

"손님이 계신가요?"

"그건 아닌데요……."

나미노는 고개를 흔들었다.

"그렇다면 실례하겠습니다.

"아, 잠시만요……."

한자와는 나미노의 만류에도 아랑곳하지 않고 사장실을 향해 성큼성큼 걸어갔다. 그리고 노크도 하지 않고 문을 활짝 열었다.

"안녕하십니까!"

히가시다가 고개를 들고 안색을 바꾸었다. 황급히 따라온 나미노는 문 옆에서 안절부절못하고 있었다.

히가시다가 침을 튀기며 말했다.

"당장 나가! 누구 허락을 받고 여기에 들어왔지? 불법침입으로 경찰에 신고할 거야!"

"안심하십시오. 곧 철수할 테니까요."

한자와는 그렇게 말한 뒤, 책상에서 일어나서 몇 걸음 걸어 나온 히가시노를 똑바로 쳐다보며 덧붙였다.

"지난번에 대출해드린 금액을 변제해주십시오."

"뭐라고?"

"변제해달라고 했습니다. 절차대로 하라고 하시면 내용증명으로 청구서라도 보낼까요?"

"말이 안 되잖아! 이건 은행의 횡포야! 기한이익•을 뺏을 작정인가!"

한자와는 뱃속에서 부글부글 끓어오르는 분노를 간신히 억누르며 말했다.

"히가시다 사장. 분식회계한 회사에 기한이익을 줄 만큼 은행은 만만하지 않아. 우리를 무시하면 곤란하지!"

• 채무자가 법률 행위의 기한에 의해 얻는 이익.

한자와와 히가시다는 서로를 노려보았다.

한자와가 다시 입을 열었다.

"수표를 주십시오. 금액은 5억. 변제용으로 받아서 돌아가겠습니다."

"흐음. 수표를 달라고 하면 얼마든지 주겠어. 돈을 회수할 수 있다면 해보시든가."

히가시다가 코웃음을 치며 덧붙였다.

"그쪽 은행의 당좌예금 계좌에는 한 푼도 없어. 부도를 낼 수는 없잖아? 은행이 변제용 수표로 부도를 냈다고 하면 웃음거리가 되는 건 내가 아니라 그쪽이야. 그거 재미있겠군. 어디 해볼 테면 해보시지."

"더는 도망칠 수 없다는 걸 알고 이제 배 째라는 식으로 나오는 건가요? 이거야 원, 꼭 조직폭력배 같군요."

한자와는 거침없이 말하는 본래의 성격대로 말했다.

"누가 도망친다는 거야?"

"도망치는 게 아니라면 왜 제대로 설명해주지 않으시죠?"

"내가 왜 도망쳐? 당신이 있지도 않은 말을 하니까 하도 기가 막혀서 상대를 안 하는 것뿐이야."

"있지도 않은 말이요? 사장님, 이제 와서 그러시면 안 되죠. 사장님이 지금 해야 할 일은 도망치는 것도 배 째라는 식으로 나오는 것도 시치미 떼는 것도 아닙니다. 분식회계를 인정하고 사죄할 건 사죄한 다음, 앞으로 회사를 어떻게 경영할지 우리와 의논하는 게 아닌가요? 최소한의 성의를 보여주셔야죠."

"흐음. 은행에 회사 경영을 의논해서 회사가 좋아졌다는 이야기는 내 평생 들어본 적이 없어. 당신들은 단지 돈 빌려주는 곳이야. 당신들 일은 남의 뱃속을 짐작하는 것일 뿐, 경영은 아마추어에 불과하지. 구조조정이라고 하면 오직 경비 삭감밖에 모르는 작자들과 경영을 의논하라고? 지나가는 개가 웃겠군!"

하지만 한자와는 주눅 들지 않았다.

"수억 엔의 적자가 날 때까지 경영을 악화시킨 게 누구지? 히가시다 사장! 당신은 경영자 자격이 없어!"

"흥! 그렇게 큰소리쳐봤자야. 빌린 돈은 안 갚아. 내가 그 돈을 갚을 것 같아? 은행에 가서 그쪽의 철부지 지점장한테 그렇게 보고해. 그럼 잘 가게."

히가시다는 그 말을 남기고 한자와를 내버려둔 채 재빨리 사장실에서 빠져나갔다.

그 이후 몇 번씩 설명을 요구하고 변제를 요청했지만, 그는 뻔뻔스럽게 요리조리 피했다.

서부오사카철강이 주거래은행인 간사이시티은행 이타치보리 지점에서 1차부도를 냈다는 보고를 받은 것은 그로부터 한 달 후의 일이었다.

2장

거품 시대의 입행 동기

1

도산이라고? 그게 뭐 어쨌다고?

지난 10여 년 사이에 세상 사람들에게 이상한 면역이 생겼다. 은행원도 마찬가지라서, 거품 경제 시대 이전이라면 거래처가 도산했다는 소식은 놀라운 일이었지만 지금은 거래처 한두 군데가 날아갔다고 해서 그렇게 소란을 피우지 않는다. "그게 뭐 어때서?"라는 식이다.

하지만 자신이 담당한 거래처가 도산했다면 이야기는 다르다. 담당자에게는 사무적으로 처리해야 할 일이 생기기 때문이다.

물론 도산한 경험이 있는 사람은 그렇게 많지 않아서, 그런 경우에 돈을 빌려준 은행이 어떤 태도로 나오는지 자세히 아는 사람은 거의 없다. 은행 측으로 볼 때 대손(貸損)•의 발생은 아프긴 하지만 현장의 은행원에게 그보다 더 아픈 것은 도산으로 인해 골치 아픈 사무 절차에 휘말리는 일이다.

• 대출금 등을 돌려받지 못하여 손해 보는 일.

일단 대출해준 기업이 부도를 냈을 때, 은행에서는 몇 가지 서류를 준비해야 한다.

당좌해약통지서, 청구서, 상계통지서 등이다.

당좌해약통지서에는 다음과 같은 식으로 쓰여 있다.

"부도를 낼 만큼 신용이 불안한 회사에 명예로운 당좌예금 계좌를 개설해주는 것은 당 은행의 불명예이기 때문에 폐쇄하겠다."

청구서는 "부도를 내서 신용이고 나발이고 없어졌으므로 그쪽에 빌려준 돈은 한 푼도 떼먹지 말고 다 갚아라"라는 서류이고, 상계통지서는 "당신의 예금은 차입금과 상계했으니까 너무 기분 나쁘게 생각하지 마라"라는 내용이다.

이 서류들은 '배달증명부 내용증명' 우편이라는, 혀도 잘 돌아가지 않는 어마어마한 이름으로 배달되는데, 이런 서류를 보내면 "내용은 완벽하고 틀림없이 상대에게 도착했다. 이 바보야!"라는 증명이 된다.

은행원 쪽에서 보면 이제 아무 이익도 되지 않는 거래처를 위해 이렇게 복잡한 서류를 만들어 보내는 것은 상당히 번거로운 일이다. 참고로 1엔의 이자까지 정확히 계산해야 하므로 더욱 골치가 아프다.

서부오사카철강의 경우, 차입금은 5억 엔의 한 계좌뿐이다. 그런 점에서 보면 그래도 낫지만, 오랫동안 거래해온 거래처라면 융자만으로도 5개 계좌에서 10개 계좌 등 예금계좌가 많아서 일괄적으로 상계한다고 해도 어느 예금을 어느 대출과 상계해야 할지 알 수 없는 경우가 많다. 엄청나게 복잡한 퍼즐 같다고나 할까?

"A예금계좌의 해약반환금 얼마를 몇 번째 대출금의 원금 얼마, 이자에 얼마, 몇 번째 대출금의 원금 얼마, 이자 얼마"라고 끝없이 이어지는 상계통지서는 받는 쪽에서도 뭐가 뭔지 알 수 없다. 하지만 다행인지 불행인지 도산한 당사자는 한꺼번에 우르르 몰려오는 채권자를 대응하느라 때로는 도망치고 때로는 노이로제에 걸리고 때로는 건강을 해치고 또 때로는 스스로 목숨을 끊어서 내용을 검토할 정신이 하나도 없다—물론 이것은 농담이지만 여기에는 한 가지 문제가 있다. 무엇을 가지고 도산이라고 하느냐는 문제다.

실은 도산의 정의는 정확하지 않다. 애초에 이것은 법률용어가 아니라서, 법학과 학생이 자주 사용하는 《법률학 소사전》에도 '도산'이라는 항목은 없다.

따라서 1차부도를 냈지만 이것을 서부오사카철강의 도산으로 보느냐 마느냐는 판단하기가 쉽지 않다.

부도란 당좌예금의 잔고 부족으로 기업이 발행한 어음을 결제할 수 없는 상황을 가리킨다.

참고로 당좌예금이란 기업이 주로 대금을 결제하기 위해 개설하는 계좌로, 발행한 수표나 어음은 이 계좌의 잔고에서 빠져나간다. 편리하긴 하지만 이자는 한 푼도 붙지 않는 게 특징이다.

부도어음이란 서비스 대금으로 받은 어음을 상대 은행에게 내밀고 지급을 요청했는데 "당좌예금의 결제 자금 부족으로 지급할 수 없다"라고 돌아온 어음을 말한다. '결제'라는 단어를 어렵게 생각하는 사람이 많은데, 쉽게 말하면 '지급'이란 말과 똑같다.

경기가 나빠지면 어음을 결제할 수 없어서 어음 결제 기일을 연기해달라는 요청이 늘어난다. 연기에 이은 연기로 좀처럼 결제가 되지 않는 어음에도 여러 종류가 있어서, 열 달 열흘짜리 어음은 임신어음, 210일짜리 어음은 태풍어음이라고 하고, 비행기 어음은 좀처럼 결제가 되지 않지만 가끔 결제되는 어음을 가리킨다.

다시 옆길로 새지만 일부러 '1차' 부도라고 횟수를 표기하는 건 무엇 때문일까? 어음 부도는 2차까지 있기 때문이다. 1차부도에서는 제도상의 벌칙은 받지 않지만 두 번째 부도를 내면 자동적으로 어음교환소에서 거래정지처분을 받음과 동시에 "너는 믿을 수 없으니까 어음이나 수표를 몰수하겠다"라는 통지를 받는 것이나 마찬가지다.

"난 또 뭐라고. 부도라고 해도 어음과 수표를 발행할 수 없는 것뿐이잖아?"라고 생각해서는 안 된다.

이런 사태는 기업 신뢰도에 치명타가 되고 "어음을 몰수당하는 녀석과는 절대로 거래할 수 없다!"는 반응으로 이어져서, 대부분 거래처에게 외면당하게 된다. 그와 동시에 "너에게 판 물건의 대금을 당장 현금으로 지급해!"라고 요구하면서 이른바 채권자라는 이름의 단체가 회사에 몰려오고, 현금으로 지급하지 못하면 상대가 아무리 사정해도 빨간 딱지를 덕지덕지 붙여서 압류한다. 험상궂게 생긴 형씨들이 등장하는 것도 이때다. 그렇게 되면 회사가 정상으로 돌아갈 수 없고 세상에서 말하는 '도산'이 되는 것이다.

"1차부도이긴 하지만 이런 상황에서는 다시 살아나기 힘들겠군요, 지점장님."

부지점장인 에지마의 의견을 듣고 아사노는 고개를 주억거렸다. 2차까지 기다릴 필요가 없다는 판단이다. 이 판단에는 한자와도 동감이다. 거액의 적자를 숨긴 분식회계가 확실한 만큼 사실은 이전에 채권을 회수해야 했다. 그렇게 하지 않은 것은 "조금만 더 기다려. 도산하지 않으면 분식회계도 문제가 되지 않을 거야"라는 아사노의 구두 지시가 있었기 때문이다. 아사노의 교묘한 점은 나중에 문제가 될 만한 이런 지시는 결코 서면으로 남기지 않는다는 것이다.

하지만 결국 아사노의 예상은 빗나가고, 지금 그들은 절박한 사태에 직면해서 머리를 싸안고 고민하고 있다. 서부오사카철강의 분식회계를 본부에 보고해야 하는 것이다.

"일단 자네가 히가시다 사장의 집으로 찾아가봐. 나카니시는 청구서를 작성하고. 알았어?"

나카니시의 핏기 없는 얼굴에 불안한 빛이 드리웠다. 아직 경험이 많지 않은 만큼 채권 회수의 서류 작성은 처음이다.

한자와는 가키우치에게 나카니시를 도와주라고 말하고 지점을 나온 뒤, 혼마치 역에서 지하철을 타고 우메다로 향했다. 퇴근하고 집으로 가는 승객으로 한큐전철 교토 선은 발 디딜 틈도 없었다. 한자와의 목적지는 히가시다의 집이 있는 히가시요도가와구였다. 우메다 역을 나온 열차는 이윽고 요도가와 강에 걸린 철교를 건너기 시작했다. 밤하늘 밑에서 보는 강물은 새카맣고 칙칙하게 보였다.

히가시다의 집에서 가장 가까운 아와지 역에서 내려, 역 앞에 밀집한 상점가를 빠져나왔다. 이 주변은 준 공업지대다. 아파트와 공장이 뒤섞여 있는 지역으로 분위기가 살벌하기 그지없다. 어디에 도금공장이라도 있는지, 역한 냄새가 코를 찔렀다. 히가시다가 사는 히가시요도가와 그랜드하이츠는 그런 곳에 덩그러니 서 있는 고층 아파트였다.

한자와는 은행원의 습성대로 아파트의 주춧돌을 찾아서 건축 연월일을 확인했다.

1992년 5월.

"틀렸군."

거품 경제가 붕괴된 이후라지만 아파트는 지금보다 훨씬 비싸게 매매되었던 시절에 지어졌다. 당시 매매가는 7, 8천만 엔쯤 했겠지만 지금은 잘해야 반값이나 될까? 아니, 주변이 이런 상황이라면 3천만 엔에도 처분하기 힘들 것이다. 아파트를 구입할 당시에 대출을 받았을 테니까, 그렇다면 지금쯤 담보 부족 상태에 처해 있지 않을까? 담보에 여력이 있다면 아파트 매각 대금에서 조금은 회수할 수 있으리라고 기대했는데, 아무래도 틀린 모양이다.

현관으로 들어가자 사내 세 명이 탐색하는 시선으로 한자와를 쳐다보았다.

보안 시스템에 집의 호수를 입력하고 대답을 기다렸다. 응답이 없었다. 그 대신 등 뒤에서 거친 목소리가 들렸다.

"히가시다라면 집에 없어."

사내 셋 중 한 명이다. 채권자다.

"회사가 빈껍데기라서 이쪽에 왔는데 말이야. 그 빌어먹을 놈, 야반도주했을지도 몰라."

겉으로 보기엔 평범한 샐러리맨처럼 보였지만 말투가 거칠었다.

"당신, 은행원이지? 얼마 떼어먹혔어?"

사내는 한자와의 옷차림을 보고 은행원임을 간파했다. 그쪽 계통 사람일까? 채권액을 말할 수는 없어서 "뭐 그럭저럭"이라고 말하자 즉시 "포기하는 게 좋을 거야"라는 대답이 돌아왔다.

채권이 5억 엔이라고 하면 사내의 눈이 휘둥그레지겠지만 한자와는 "그렇군" 하고 적당히 대꾸했다. 그때 우편물이 넘치는 우편함이 그의 시선에 들어왔다.

며칠간 방치되어 있었다는 것을 한눈에 알 수 있었다. '야반도주'라고 말한 근거는 바로 이것이었다.

이들의 소행인지, 우편함의 뚜껑이 떨어져서 우편물이 바닥에 마구 흩어져 있었다. 바닥에 흩어진 우편물에는 신발 자국이 찍힌 것도 있었다. 채권 회수 과정에서 볼 수 있는 거친 일면이다.

계속 기다려봐야 히가시다가 모습을 드러내는 일은 없을 것이다.

"이대로 도망치겠다는 건가?"

아파트에서 나온 한자와는 그렇게 중얼거리고, 히가시다의 태도에 새삼 분노를 느꼈다. 거만하기 짝이 없는 녀석이었다. 경영이 나빠지는 요인은 여러 가지가 있겠지만 어쨌든 거래처에 민폐를 끼쳤으면 일단 사죄부터 하는 것이 인간의 도리가 아닌가.

"죄송합니다. 제가 할 수 있는 일은 최선을 다해서 하겠습니다."

이렇게 말하며 성심성의를 보인다면 어쩔 수 없다고 포기할 수도 있다. 그런데 비판이나 질책을 정면으로 받을 용기도 없는 주제에, 입만 살아서 나불거리는 히가시다 같은 작자가 사장입네 거드름을 피웠다고 생각하니 머리 뚜껑이 열릴 만큼 분노가 끓어올랐다.

"틀렸어. 벌써 튀었어."

한자와는 지점으로 돌아와서 가키우치에게 말했다. 담보가 있으면 몰라도 계좌에 있는 예금을 모두 상계하면 나머지는 회수할 도리가 없다.

"과장님, 어떻게 할까요?"

가키우치의 진지한 얼굴을 바라보면서 한자와는 깊은 한숨을 쉬었다.

"만사 끝장이야."

채권 서류의 발송 준비를 마친 것은 결국 마지막 지하철이 끊긴 시각으로, 같은 사택에 사는 가키우치와 같이 은행 앞에서 택시를 탔다. 다카라즈카에 있는 지은 지 30년이 넘은 낡은 사택에 도착한 것은 1시가 넘어서였다. 다른 동에 사는 가키우치와 헤어지고 집으로 들어가자 아내인 하나가 맞아주었다.

"괜찮아?"

문제가 있어서 늦어진다고 미리 연락해두었다.

"괜찮다곤 할 수 없어."

한자와는 팔에 걸친 양복을 아내에게 내밀고 안으로 들어간 뒤 넥타이를 풀어서 옷걸이에 걸었다.

"도산이야?"

한자와는 눈을 크게 떴다. 웬일로 감이 좋다고 생각했더니 "아까 가키우치 씨 아내에게서 전화가 왔었어"라고 말했다.

어느 은행이나 비슷하지만 도쿄중앙은행의 경우, 결혼 상대의 70퍼센트는 같은 은행 행원이다. 은행원끼리 결혼해서 좋은 점은 일이 얼마나 힘들고 어려운지 이해해주는 것인데, 하나는 한자와의 대학 후배에 결혼한 후에도 광고회사에서 일하고 있다. 일하는 분야가 다른 데다 하나는 원래 경제 분야에 관심이 없고, 더구나 재무나 융자에 관해서는 단어조차 모르는 문외한이었다.

“얼마 떼였는데?”

“이건 비밀인데 5억이야.”

업무상의 비밀이라고 하면서 숨겨봐야 어차피 가키우치의 아내에게 들을 테니까 소용없다.

“누구 책임이 되는데?”

“아마 전원일 거야.”

아사노의 곤혹스러운 얼굴과 네 탓이라는 식으로 말하는 에지마의 말투를 떠올리면서 한자와는 얼굴을 찡그렸다.

“전원이라니?”

“지점장과 부지점장, 그리고 나. 담당자는 아직 신참이니까 면책이 될 거고.”

“하지만 절차대로 심사했는데 당신 책임이 되는 건 이상하잖아?”

하나가 핵심을 날카롭게 찔렀다.

“그야 그렇지. 이번에는 특히 그래.”

본부에 품의를 올릴 때, 혼자 앞서나간 아사노의 행동을 말해주자 하나가 눈을 치켜떴다.

“그런데 왜 당신까지 연대책임을 져야 하는데? 당신은 잠깐 기다려달라고 했잖아? 잘못은 지점장이 저질렀고. 왜 그렇게 확실히 말하지 않았어?”

원래부터 합리주의자에 무슨 일이든 거침없이 말하는 하나 쪽에서 보면, 가끔 한자와의 행동을 이해할 수 없어서 답답한 모양이었다.

"지금 누구 잘못인지 따져서 뭐 해? 흑백은 나중에 확실히 가려질 거야."

"과연 그럴까?"

하나는 콧마루를 위로 쳐든 채 눈썹을 찡그리며 덧붙였다.

"은행에는 그런 일이 자주 있잖아? 자기 실수를 부하 탓으로 돌리는 거. 그런 얘기를 종종 들었거든. 당신에게 사표를 쓰라고 강요하지 않는다고 어떻게 장담하지?"

한자와는 말문이 막혔다. 아내의 말이 맞기는 하지만 은행의, 아니 기존 방식의 회사에 비춰보면 맞지 않는 구석도 있다. 밖에서도 이런 식으로 말하는지 "사모님이 아주 똑부러져요"라고 하는 사람이 있어서, 그때는 비아냥거림이라고 여기며 상대의 얼굴을 똑바로 쳐다보았을 정도였다.

"정신 바짝 차려. 우리는 인간관계를 끊고 오사카까지 왔으니까 당신이 열심히 하지 않으면 곤란해."

'우리'라는 것은 아내와 아들인 다카히로를 말한다. 초등학교 2학년짜리에게 무슨 인간관계가 있느냐고 생각했지만 지금은 그런 걸 따질 때가 아니다. 예전에 대학 후배였던 시절에는 얌전했는데, 어느새 큰소리를 치면서 한자와보다 자신의 사정을 먼저 생각하는 사람이 되었다. 한자와가 출세해서 월급을 많이 받고 "당신 남편은 굉장해요!"라는 말을 듣고 싶다는 얄팍한 생각도 훤히 보여서 화가 났다.

"일이 잘못되면 가장 비참해질 사람은 나야, 나! 알고 있어?"

한자와는 가까스로 반론을 제기했다. 은행 안에서는 솔직하게 거침없이 말하지만, 어찌된 일인지 아내 앞에서는 우물쭈물하게 된다.

하나도 발끈하면서 반박했다.

"그 정도는 나도 알아. 하지만 우리도 비참해진다는 걸 알아 둬. 최악의 경우에도 부장 정도는 된다고 했잖아?"

그게 언제 적 이야기던가? 막 결혼했을 무렵인가?

한자와는 어이가 없어서 혀를 찼다. 반박할 말은 이미 어디론가 사라졌다.

2

"한 건에 5억은 좀 심하군."

도마리는 그렇게 말하더니, 들어 올린 소주잔 너머로 한자와의 표정을 살피면서 덧붙였다.

"본부에도 이미 소문이 났어."

도마리는 현재 융자부 기획팀 조사역이다.

"내 잘못이 아니야. 지점장이 받아와서 어쩔 수 없이 올린 안건이거든."

"그런 말이 통하면 좋겠는데. 너희 지점장 말이야, 최근 간사이 본부에 자주 얼굴을 내민다고 하더군."

서부오사카철강이 1차부도를 낸 지 일주일이 지났다.

지금 우메다의 술집에서 테이블을 에워싸고 있는 사람은 출장으로 오사카에 온 도마리와 한자와 이외에 가리타, 곤도 등 네 명이었다. 가리타는 작년에 도쿄에서 이동해서 지금은 간사이 법무실의 조사역으로 있고, 곤도는 오사카 사무소에 설치된 시스템부 분실의 조사역으로 있다.

"자세한 건 잘 모르지만 미리 손을 써두려고 간 거 아니야?"

"미리 손을 쓴다고?"

도마리의 말을 들을 때까지 아사노가 간사이 본부에 자주 간다는 사실도 몰랐다. 한자와의 입에서 신음소리가 흘러나왔다.

"뭐 때문에 손을 쓰는지는 알겠지?"

도마리가 물었다.

"뭐 때문에 그러는데?"

멍한 구석이 있는 가리타가 임연수어구이를 먹으면서 물었다. 가리타는 여전히 학자 타입으로 어딘지 모르게 세상과 동떨어진 면이 있었다.

"책임을 회피하려는 거겠지."

아무래도 상관없다는 듯이 중얼거린 사람은 곤도다. 곤도는 최근에도 컨디션이 좋지 않은지 안색이 칙칙하다.

이 멤버들을 만나면 내정을 받고 '구속'되었던 그해 여름날이 떠오른다. 디즈니랜드에 가고 하코네의 온천에도 갔으며 수영장에도

가고 해수욕장에도 갔다. 한 그룹에 주어진 하루의 예산을 전부 사용할 때까지 매일 놀고 또 놀았다. 구속에서 해방되는 건 항상 밤 11시가 넘어서였다. 그리고 매일 똑같은 일을 되풀이했다.

당시 동기들과 많은 이야기를 나누었다. 한지와는 지금도 똑똑히 기억하고 있다. 그때 도마리가 뜨겁게 말했던 꿈은 프로젝트 파이낸싱(project financing)•이다. 나는 수백억, 또는 천억 단위의 개발 프로젝트를 추진할 거야—술만 들어가면 도마리의 열변은 멈출 줄을 몰랐다.

그런 도마리는 연수 후에 신주쿠 지점으로 발령 났고, 그 이후 아카사카 지점을 거쳐 그토록 원하던 프로젝트 파이낸싱과는 관련이 없는 융자부에서 일하고 있다. 입행한 지 16년이 지난 지금도 중소기업 융자에서 벗어나지 못했다.

이것에 대해 그의 생각을 들은 적은 없지만 프로젝트 파이낸싱의 꿈은 이미 절반쯤 무너졌다고 할 수 있으리라.

그러고 보니 거품 경제가 한창인 시절, 은행을 지원한 사람 중에는 프로젝트 파이낸싱을 하고 싶어서 지원했다는 사람이 많았다. 입이 떡 벌어지는 거액을 물처럼 융자해주고, 융자를 위해 투자 안건을 소개하는 본말전도가 버젓이 통했던 시절, 거액 융자를 동반한 대형 프로젝트에 착수하는 것이 뱅커의 꿈이었기 때문이다.

• 사회간접자본이나 대형 건설 사업 등 특정 사업의 사업성과 수익성을 보고 자금을 지원하는 금융 기법.

하지만 당시 착수한 프로젝트는 그 이후에 찾아온 불황으로 인해 채산이 맞지 않고, 거액 손실의 원인이 되었음은 상상하기 힘들지 않다. 그런 이유로 꿈은 이루어지지 않았을지도 모르겠지만, 그 길을 가지 않은 도마리는 어느 의미에서 운이 좋았다고도 할 수 있다.

한편 간사이 법무실 조사역인 가리타는 은행에 들어오고 나서도 사법시험을 목표로 했다. 당시 은행에는 자격증 가진 사람을 늘리려는 목적으로 여러 연수제도가 있었다. 가리타는 그중에서도 가장 어려운 '사법시험 코스'에 선발되었다.

연수기간은 2년. 그 2년 동안 가리타는 은행 실무에서 해방되어 사법시험을 목표로 공부만 할 수 있는 특별한 존재였다. 입행 동기들이 말단으로 각 지점에서 혹사당하고 있을 때, 가리타는 우아하게 육법전서를 손에 들고 낮이고 밤이고 공부에 전념했다.

처음에는 동기들의 부러움을 한몸에 받았다.

"가리타는 할 수 있어. 1년째에 사법시험에 합격할 거야."

그런 소문이 그럴 듯하게 흐르는 가운데, 연수 코스 1년째에 응시한 사법시험에서 참패했다. 그리고 2년째에도 떨어지면서 분위기가 심상치 않아졌다.

그 이후 가리타는 법무실의 말단으로 일하면서 "앞으로 사법시험을 보려면 일 끝내고 알아서 공부해. 모처럼 주어진 기회를 물거품으로 만든 대가는 치러야 할 거야"라는 듯이 대부분의 동기가 과장대리가 되어도 평사원에서 벗어나지 못했다.

그때 사법시험에 합격했으면 가리타의 미래는 완전히 달라졌을 것이다. 하지만 가리타의 프로필에는 지금도 사법시험 합격이라는 글자가 없다. 아직 포기하지 않고 도전한다는 소문이 바람을 타고 들렸지만 본인에게 확인하지는 않았다.

결국 가리타가 일반 행원에서 벗어나 직급을 얻은 것은 가장 빨리 승진한 동기보다 3년이나 늦은 시기였다. 직급은 도마리와 같은 조사역이지만, 도마리는 한자와와 똑같은 6급이고 가리타는 5급으로 한 단계 낮다. 일률적으로 말할 순 없지만 연봉만 해도 2백만 엔 이상 차이가 날 것이다.

그리고 또 한 사람. 지금 시스템부에 있는 곤도도 도마리와 같은 조사역이지만 직급은 가리타와 똑같은 5급에 머물러 있다.

가리타의 예를 보아도 알 수 있지만, 승진이 늦어지는 데에는 나름대로 사정이 있다. 곤도의 경우에는 병이었다. 덩치도 크고 실팍한 곤도가 병에 시달리는 것은 아이러니가 아닐 수 없다.

지금으로부터 5년 전, 곤도는 새로 개설된 아키하바라 동부 지점에 있었다.

직책은 과장대리. 거품 경제가 무너지고 10년쯤 지나면서 은행의 실적은 거액 부실 채권으로 바닥을 향해 곤두박질치고 있었다. 그런 와중에 신설된 아키하바라 동부 지점은 실적이 부진한 와중에 "실적을 올려라!"라고 은행장이 직접 명령을 내리며 대대적으로 힘을 쏟은 전략점포였다.

그런 만큼 압박이 장난이 아니었다. 전략점포에 발탁될 정도였던 만큼 곤도는 그때까지 높은 평가를 받았다. 과장대리로 승진한 것도 동기들 중에서 제일 빨랐다. 일을 잘한다는 평가를 받았기에 특별히 그 지점으로 보낸 것이다. 기대한 만큼 실적을 올리면 동기 중 선두 그룹에서 쾌속 질주했을 것임이 틀림없다. 그런데…….

곤도는 기대한 만큼 실적을 올리지 못해서 고민에 빠졌다. 곤도가 맡았던 신규 거래처 개척은 지점에서 가장 어려운 일이다. 소문으로는, 상사와의 궁합도 좋지 않았다. 특히 당시 지점장이었던 기무라 나오타카는 불같은 성격으로 악명 높은 사람으로, 인간의 미묘한 감정은 완전히 무시하는 독재자 타입이다.

한편 곤도는 지적이고 섬세한 사람으로, 회의나 조례 등에서 철저하게 기무라의 표적이 되었다.

정신적으로 지친 곤도는 결국 조현병이 발병해 1년간 휴직하게 되었다.

은행에서는 병으로 인해 오랫동안 자리를 비우면 승진에 막대한 불이익을 받게 된다. 더구나 조현병이라면 인사고과에서 얼마나 마이너스가 되었을지 상상할 수도 없다. 결국 곤도는 현재 부하직원도 없고 명함도 없는 부서에서 허송세월을 보내고 있다. 조사역임에도 불구하고 연봉은 7백만 엔이 되지 않는다. 아이는 둘. 전업주부인 아내와 아무런 연고도 없는 오사카까지 와서 사택에서 살고 있다.

우울한 얼굴로 젓가락질을 하는 곤도를 보고 있자니 "한자와,

인사부가 새로운 실험을 하고 있는 거 알아?"라고 말했을 때의 일이 생각났다. 곤도가 휴직을 마치고 복귀한 지 얼마 되지 않았을 때의 일이었다. "이제 괜찮으니까 가끔 한잔하자"라는 곤도의 말에 따라 두 사람은 신바시의 꼬치구이집에 갔다.

"인사부의 실험? 그게 뭐야?"

한자와는 무심코 젓가락을 멈추고 곤도를 보았다. 곤도는 그런 한자와를 바라보며 전자파에 관해서 말했다.

"한자와, 잘 들어. 내가 지금부터 하는 말을 믿을 수 없을지도 몰라. 하지만 사실이야."

곤도는 그렇게 말문을 열더니, 사람은 생각할 때마다 뇌에서 약한 전파가 나온다고 했다.

"그 전파를 잡아서 분석하면 그 사람이 무슨 생각을 하는지 알 수 있어. 요즘 첨단기술은 그런 수준까지 도달했지."

한자와는 곤도가 무슨 말을 하고 싶은지 알 수 없어서 입을 다물고 듣기만 했다. 휴직하는 동안, 곤도는 책을 많이 읽었다고 한다. 정치나 경제에 관한 책은 물론이고 역사와 물리 등 자신이 읽은 다양한 책들에 관해 늘어놓았다.

"내가 왜 이런 책들을 읽었을 것 같아?"

"글쎄……."

한자와는 고개를 갸웃거렸다. 그때는 아직 곤도의 '뇌'를 의심하지 않았다. 곤도가 휴직한 이유가 조현병 때문이었다는 사실도 나중에 알았다. 그때는 다만 몸이 좋지 않다고만 들었던 것이다.

"왜 그런 책을 읽었는데?"

"그건 아까 말한 전자파와 관계가 있어."

그 이후 이어지는 곤도의 말을 듣고 한자와는 어떻게 반응을 보여야 할지 알 수 없었다.

어느 날, 곤도는 뒤쪽에서 부장의 목소리를 들었다고 한다. 일하다 지쳐서 "내일 해도 되겠지?"라고 하던 일을 책상 서랍 안에 집어넣었을 때였다.

"자네 말이야, 제대로 일하지 못해?"

뒤쪽에서 어이없는 듯이 말하는 부장의 목소리가 들렸다. 곤도는 깜짝 놀라서 뒤를 돌아보았다. 뒤에는 아무도 없었다. 그 말이 자신의 머릿속으로 보낸 말이라는 사실을 알아차릴 때까지 한동안 시간이 걸렸다고 한다.

곤도는 진지한 얼굴로 말을 이었다.

"놈들은 그때부터 내 머릿속으로 조금씩 이야기를 하기 시작했어. 예를 들면 작은 목소리로 처음 듣는 책 제목을 말하는 거야. 그 책을 읽으라고 말이야. 처음에는 그 말을 믿을 수 없었어. 그런데 서점에 가서 찾아보면 그런 제목의 책이 있는 거야. 그 책을 읽으면 다음은 이 책, 다음은 저 책이라는 식으로 놈들은 내가 모르는 책 제목을 잇달아 말했어. 그리고 그 책을 읽는 사이에 뇌와 전자파의 관계를 알게 되었지."

"놈들이 누군데?"

이야기의 도중부터 곤도가 무슨 말을 하는지 상상이 되었고,

어떤 상황에 있는지도 짐작이 갔지만 한자와는 그렇게 묻지 않을 수 없었다.

"그야 당연히 인사부지. 이건 녀석들의 실험이야."

인사부가 전자파를 이용해 행원들을 관리할 방법을 은밀히 검토하고 있다는 것이 곤도의 주장이었다. 예산은 천정부지로 높다고 한다. 최첨단 IT 기술을 이용해 행원의 뇌에서 발생하는 전파를 잡아 분석한 뒤 직접 뇌에 지시를 보낸다. 이것이 인사부가 목표로 하는 관리 방법이다…….

사람들을 통해 곤도의 병에 대해 들은 것은 그 이후였다. 곤도를 만나서 몇 번 술을 마신 적도 있었지만 한자와가 먼저 전자파에 관해 말한 적은 한 번도 없었다. 그러는 사이에 곤도의 정신 상태가 어떤지도 모른 채 지금까지 시간이 흘렀다.

"너희 지점도 큰일이군. 거래처에 그렇게 휘둘리다니 말이야."

곤도는 한자와가 가엾다는 듯이 말했다.

"내가 보기엔 거래처에 휘둘렸다기보다 지점장한테 휘둘린 것 같아."

한자와가 그렇게 말하자 그날 밤 처음으로 곤도의 창백한 얼굴에 웃음이 감돌았다.

"큰일이군. 정말 큰일이야. 그러고 보면 우리 은행에 나처럼 편한 사람은 없어."

어떻게 반응을 해야 할지 몰라서 세 사람은 입을 다물었다. 지금 편할 리가 없지 않은가.

곤도가 다시 덧붙였다.

"이 세상 모든 건 생각대로 되지 않는 법이야. 일이란 게 원래 그렇잖아. 여기서 꿈을 실현시킨 녀석이 있어?"

"없어."

맨 먼저 도마리가 말했다. 눈길이 조금 진지해졌다.

"오시키는 꿈을 실현시켰어."

그렇게 말한 사람은 가리타였다.

한자와는 한순간 숨을 들이마셨다. 커다란 망치로 뒤통수를 얻어맞은 느낌이 들었다. 그렇다, 오시키는 꿈을 실현시켰다. 오시키의 꿈은 국제파 뱅커가 되어 세계를 날아다니는 것이었다. 은행원 중에는 엘리트 샐러리맨 집안 출신이 많은데, 오시키는 아오모리 농사꾼 집안의 장남이었다.

은행에 취직할 때까지 외국에 가본 적은 한 번도 없었다. 졸업여행으로 대부분의 대학생이 외국에 갈 때, 오시키는 가난한 부모에게 손을 벌릴 수가 없어서 대학입시 학원에서 아르바이트를 하면서 영어회화 학원에 다녔다.

착실하고 부지런했다. 허세도 없고 얌전한 사람이었지만 미래에 관해서 이야기할 때는 착하게 생긴 얼굴 안에서 눈빛이 달라졌다. 마치 슈트 케이스 하나만 들고 비행기의 비즈니스석에 앉아 있는 자신의 모습을 눈앞에서 보는 것처럼 환한 미소를 지었다.

한자와는 그런 오시키를 좋아했다.

하지만 오시키는 이제 없다.

911 테러. 미국 동시다발 테러로 세계무역센터 빌딩이 붕괴되면서 오시키는 행방불명되었다. 그리고 결국 시신을 찾지 못한 채 지금에 이르고 있다.

도마리가 말했다.

"녀석은 미국에 가고 싶어 했지. 하고 싶은 일을 했으니까 그것만으로 행복했을 거야."

"그랬다면 좋겠는데."

가리타가 숙연하게 말했다.

"오시키의 가족은 어떻게 됐어? 가족이 있었지?"

그렇게 물은 사람은 곤도였다.

"결혼해서 아이가 둘이었어. 초등학생과 유치원생이었을 거야. 다들 아직 미국에 있나 봐."

"왜?"

곤도가 또 물었지만 도마리는 작게 한숨을 쉬면서 한동안 입을 열지 않았다.

"나도 들은 이야기인데…… 포기할 수 없대."

"그래? 그렇겠지."

한자와는 그렇게 말하고 술병의 술을 따랐다.

"아직 감정을 정리하지 못했을 거야."

도마리는 스스로를 이해시키듯이 말했다.

마치 장례식에 참석한 것처럼 조용해졌을 때, 가리타가 화제를 돌렸다.

"그나저나 한자와 말이야, 이제 와서 손을 써도 늦지 않았을까? 이미 대손은 확정이잖아? 회수할 수 있는 방법이라도 있어?"

한자와가 냉정하게 대답했다.

"지금으로선 없어."

"대출을 해줄 때까지의 경위도 좋지 않아. 한자와, 너도 문제야. 왜 그런 대출을 통과시켰어?"

도마리가 의아한 얼굴로 물었다.

"통과시킨 게 아니야. 지점장이 혼자 앞서 나갔어. 내 마음에 들지 않는다고 그만두자고 할 수는 없잖아?"

자기도 모르게 한자와의 목소리가 거칠어졌다.

"그건 그렇지만……."

도마리는 잠시 입을 다물더니, 뜨거운 물로 희석한 소주를 입으로 가져갔다.

가리타가 말했다.

"그게 조직이란 거지."

곤도가 비아냥거리듯 말했다.

"다 아는 것처럼 말하는군. 넌 지점에서 일한 적이 없잖아?"

"어디에 있어도 조직은 조직이야."

가리타는 그렇게 말하더니 "혹시 징계를 받을까?"라고 이마를 찡그리며 도마리에게 물었다. 아무리 당사자라도 그런 정보는 지점에 있는 한자와보다 융자부에 있는 도마리가 더 빠르다.

도마리는 미간에 주름을 잡으며 조심스럽게 한자와를 쳐다보았다.

"아마 그럴 거야."

"벌써 그런 얘기가 나왔어? 겨우 일주일밖에 안 됐는데?"

한자와가 불쾌한 얼굴로 다그쳤다.

"돈을 회수할 전망이 없으면 일주일이든 하루든 상관없잖아? 더 심각한 건 대출을 실행한 후, 5개월밖에 안 됐다는 거야. 더구나 분식회계를 간파하지 못했다고 하더군. 이건 심각한 문제야."

분하긴 하지만 분식회계에 관해서는 도마리의 말이 맞다. 아무리 아사노가 재촉했어도 자신이 수긍할 때까지 확인해야 했다. 이 한 번의 도산 사건으로 우수지점 표창의 꿈은 물거품처럼 사라졌다.

"뼈아픈 실책이군. 아사노도 위쪽을 노리고 있었을 텐데 이번 일로 어렵지 않을까?"

곤도의 말에 도마리는 무슨 말인가 하려고 하다가 재빨리 집어삼켰다. 하지만 한자와의 귀에는 너도 마찬가지라는 말처럼 들렸다.

"이미 일어난 일은 어쩔 수 없지."

도마리는 기분을 바꾸듯이 말하더니 한자와를 보면서 새삼스럽게 물었다.

"그보다 정말로 회수할 방법은 없는 거야?"

"담보 여력은 어디에도 없어. 회사와 집은 간사이시티은행이 딱 달라붙어 있고."

"사장 이름이 히가시다라고 했던가? 혹시 다른 은행에 예금을 숨겨놓은 거 아니야? 가끔 그런 식으로 하는 중소기업 경영자가 있잖아? 위험할 때를 대비해서 재산을 숨겨놓는 녀석 말이야."

"그런 게 있으면 이렇게 속을 태우겠어?"

"찾아봤어? 진지하게 찾아봤냐고?"

한자와가 얼굴을 들었다. 여느 때와 달리 도마리의 말에서 절박함을 느꼈기 때문이다. 본부 안에서 자신의 처지가 상당히 궁지에 몰려 있음을 깨닫고 한자와는 입을 다물었다.

"한자와, 찾아봤냐고 물었잖아!"

"조사할 방도가 없어."

"탐정을 써서라도 빨리 알아봐."

두 사람의 대화를 듣고 있던 가리타가 끼어들었다.

"도마리가 더 필사적이군. 무슨 일 있어?"

세 사람의 진지한 눈길을 받고 도마리는 잠시 머뭇거렸다. 그리고 "이건 절대로 비밀이야"라고 말하고는 한자와를 빤히 쳐다보았다.

"너희 지점장, 그 대출은 네 실수라고 주장하고 있어."

"뭐야?"

말문이 막힌 한자와를 대신해서 곤도가 짧게 물었다.

"무슨 말이야?"

"그러니까 말이야……."

도마리는 상체를 앞으로 내밀고 목소리를 낮추었다.

"'서부오사카철강의 대출 사고는 융자과장인 한자와의 능력 부족으로 인해, 충분히 발견할 수 있었던 분식회계를 간파하지 못해서 일어난 일이다. 나는 한자와의 재무 분석을 믿고 판단했을 뿐이다. 이번 일에 내 책임은 없다'라고 주장하고 있다고."

분노로 온몸이 떨렸다. 그런 헛소리를 지껄이다니.

다음 순간, 미간에 주름을 잡은 아사노의 얼굴이 되살아났다. 서부오사카철강이 1차부도를 낸 날, 저녁 회의에서 보여준 곤혹스러운 표정이었다.

한자와가 물었다.

"그게 정말이야?"

"그래, 정말이야."

한자와가 주먹으로 테이블을 내리치면서 소리쳤다.

"그런 건 진작에 말했어야지. 그렇게 중요한 걸 숨기면 어떡해!"

"숨긴 게 아니야. 그 말을 하면 네가 내일부터 어떤 얼굴로 아사노의 얼굴을 보겠어? 그래서 일부러 말을 안 한 것뿐이야."

"지금 그걸 신경 쓸 때가 아니잖아!"

분노에 휩싸인 한자와를 대신해서 가리타가 관심 있는 얼굴로 물었다.

"그보다 아사노가 본부에 손을 쓴 건 어떻게 되고 있어?"

"지금으로선 다들 아사노의 주장을 '네, 그렇게 된 거군요'라고 받아들이는 건 아니야. 그러니까 그 점은 걱정하지 말라고 하고 싶지만, 어쨌든 그 작자는 하마다와 이어져 있거든."

하마다 준조는 예전에 인사부장이었고 지금은 전무이사다. 이번 대출 사고는 물론 하마다의 귀에도 들어갔을 테고, 징계를 한다면 하마다의 결재를 거쳐야 한다.

"아사노를 지점장에 앉힌 건 하마다 전무야. 따라서 아사노에게 유리할지도 몰라. 인사부에서 하마다 전무에 대한 배려가 작용할 테니까. 아사노에게 지점장 부적격자란 딱지를 붙이는 건 아사노를 추천한 하마다 전무에게 사람 보는 눈이 없다는 말이나 마찬가지니까."

"하지만 5억 엔의 손실에 대해선 누군가가 책임질 필요가 있으니까……."

곤도는 그렇게 말하다가 부루퉁한 표정을 지으며 덧붙였다.

"그러면 한자와는 희생양이 되는 거야?"

한자와가 토해내듯 말했다.

"농담하지 마. 나는 아사노의 출세를 위해 여기서 짓밟힐 생각은 없어."

그 말을 듣고 도마리가 선언하듯 말했다.

"한자와, 그렇다면 회수해. 지금은 채권 회수밖에 없어. 종적을 감춘 히가시다라는 사장을 찾아내. 찾아내서 걸레를 짜듯 철저하게 쥐어짜!"

3

채권 회수밖에 없다. 말은 간단하지만 일은 그렇게 간단하지 않다.

히가시다에게 그런 재산이 있을 리도 없고, 어딘가에 있다고 해도 정보가 부족한 지금 상태에서는 조사할 방도가 없다. 그런 사면초가의 상황에서 어느 신용조사회사 직원이 지점을 찾아온 것은 서부오사카철강이 도산한 지 열흘쯤 지났을 때였다.

평소에 과장인 한자와는 민간조사기관 사람을 만나지 않는다. 그런데 서부오사카철강의 신용 조사라고 하면서 그 사내가 찾아왔을 때, 마침 담당자인 나카니시는 외출 중이었고 문제가 문제인 만큼 다른 사람에게 맡길 수 없어서 한자와가 직접 상대하기로 했다.

사내의 이름은 기스기 다쿠지. 한자와와 비슷한 연배였다. 오사카상공리서치라는 회사의 신용과 과장대리라고 한다. 그는 고개를 숙인 채 조사한 자료를 보면서 말했다. 하지만 한자와의 말을 확인하듯 가끔 얼굴을 들 때마다 눈에는 날카로움이 자리하고 있었다.

"서부오사카철강의 도산 상황에 관해 조사하고 있습니다."

"어디서 의뢰했죠?"

"그건 말씀드릴 수 없습니다."

조사원의 상투적인 말이다. 한자와도 알고 싶어서 물은 것은 아니다.

“그런 건 덮어두고 이쪽 정보만 말해달라고요? 너무 뻔뻔한 거 아닌가요?”

한자와가 비아냥거리자 기스기는 음침한 얼굴에 희미한 미소를 띠며 머리를 긁적였다.

“죄송합니다. 어쨌든 그게 저희 일이니까요. 도쿄중앙은행의 채권 금액을 말씀해주실 수 있겠습니까?”

“우리에게 이점이 있다면 얼마든지 정보를 제공하지만 이렇게 일방적으론 좀…….”

융자과에 있으면 이런 유형의 조사원이 종종 찾아오는데, 대부분은 적당히 대꾸한 뒤 그만 가달라고 요구한다. 신용조사회사라고 해서 고객 정보를 말해줄 수는 없기 때문이다.

하지만 기스기는 생각지도 못한 말을 꺼냈다.

“그러면 제가 말씀드릴 테니까 맞는지 틀리는지만 가르쳐주시겠습니까?”

그리고 손에 들고 있는 자료를 보면서 숫자를 말했다.

한자와는 깜짝 놀라서 사내를 빤히 쳐다보았다. 대출 금액과 금리, 상계한 예금 잔고 등 조금도 틀리지 않는 정확한 숫자였기 때문이다.

“어떠신가요?”

“그 숫자는 어디서 들었죠?”

“아는 루트를 통해서요.”

"아는 루트요?"

한자와는 의심스러운 눈길로 상대를 보면서 덧붙였다.

"그 정도는 말해줘도 되지 않나요? 우리 은행의 거래 내용이 외부로 알려지는 건 기분 좋은 일이 아니지요. 본래는 비밀로 해야 하는 거니까요."

"그 말인즉슨 금액은 정확하다는 거군요."

"누구에게서 들었나요?"

기스기는 조사 자료에 시선을 떨구고 대답해야 할지 말지 망설이더니, 잠시 후 생각지도 못한 이름을 꺼냈다.

"좋습니다. 실은 나미노 과장입니다."

"나미노 과장이요?"

"단도직입적으로 물어봤더니 친절하게 이런저런 이야기를 해주더군요. 좋은 분이었습니다."

그 빌어먹을 인간……. 나미노의 생쥐 같은 얼굴을 떠올리고 한자와는 이를 갈았다.

부도가 확정된 날, 서부오사카철강을 찾아간 한자와의 눈에 들어온 것은 폐쇄된 사무실뿐이었다. 사원들은 이미 보이지 않았는데, 나중에 들은 이야기에 따르면 "이제 틀렸다"라는 말과 함께 오전에 집으로 돌아가라는 지시가 있었다고 한다.

나미노를 만난 것은 그 일이 있기 이틀 전, 분식회계 건으로 변제 요구를 한 것이 마지막이었다. 그때 나미노는 "사장님이 아니면 모릅니다"라는 말로 도망치기에 급급했고, 지금 어떤 상황인지 설명해달라는 요구에도 대답해주지 않았다.

히가시다도 행방불명이지만, 그 이후 서부오사카철강의 직원들이 어떻게 되었는지는 한자와의 귀에 들어오지 않았다.

"나미노 과장은 지금 뭐 하고 있나요?"

"고노하나에 있는 자택으로 찾아갔는데, 원래 본가가 그 주변에서 회사를 한다면서 그쪽으로 들어간다고 했습니다."

서부오사카철강과 관계가 없어진 순간, 자세한 상황을 주저리주저리 말한 것인가?

한자와는 배알이 꼬여서, "이 숫자가 맞나요?"라는 기스기의 질문에 "나미노 과장이 그렇게 말했다면 맞지 않을까요?"라고 퉁명스럽게 대답했다.

"그런데 그 회사의 부채 총액은 어느 정도인가요?"

"정확한 건 잘 모르겠지만 여러 분들의 이야기를 종합해보니 10억 엔쯤 될 것 같습니다."

"그 정도인가요?"

한자와는 눈을 크게 떴다. 실손 금액은 도쿄중앙은행이 그 절반인 5억 엔, 간사이시티은행이 3억 엔이다. 나머지 2억 엔은 어디인지 모르지만 예상했던 것보다 훨씬 적었다.

"제품 대금이 있는 곳은 어떻게 되었나요?"

"조금 남아 있었던 모양인데, 주거래처는 거의 깨끗합니다. 그런 점에서 볼 때, 히가시다 씨는 훌륭한 사장이었다고 할 수 있겠지요."

'훌륭하긴 개뿔이 훌륭해!'

한자와의 분노는 가라앉지 않았다. 농담하지 마라. 그렇다면 히가시다는 본업 관계자의 빚은 전부 변제하고, 은행에게만 거액을 갚지 않았단 말인가.

한자와의 속마음을 아는지 모르는지, 기스기는 주저리주저리 떠들었다.

"청산대차대조표를 만들어보면 부채가 좀 더 늘어날지도 모르겠지만요."

"잠깐만요. 그렇다면 서부오사카철강의 진짜 결산서를 손에 넣었단 말인가요?"

청산대차대조표란 회사의 자산에서 회수할 수 없는 외상매출금 등을 삭제하고 진짜 자산이 얼마나 되는지 검토하는 자료다. 그것을 작성하기 위해서는 그 회사의 진짜 대차대조표가 있어야 한다.

참고로 대차대조표는 회사의 단면도라고 할 수 있다. 자본금이 얼마고 얼마를 대출받았으며 어떻게 돈을 모았고 어떤 자산을 소유하고 있느냐를 보여주는 일람표라고 생각하면 이해하기 쉬울 것이다.

도쿄중앙은행에는 아직도 분식회계된 결산서밖에 없다. 히가시다는 결국 제대로 된 결산서 제출을 거부한 채 행방을 감추었다. 그런데 기스기는 진짜 대차대조표를 입수했을지도 모른다. 그리고 그것을 줄 만한 사람은 나미노밖에 없다.

"네, 가지고 있습니다."

기스기는 순순히 인정했다.

"그 자료를 보여주시겠습니까?"

한자와의 말에 기스기는 떨떠름한 표정을 지었다.

"이건 저희가 받은 것이라서 다른 곳에 유출하긴 좀……."

"그쪽 조사에 이렇게 협조하고 있잖습니까? 그쪽이 우리 지점에 조사하러 오시는 건 이번만이 아닐 겁니다. 우리와 좋은 관계를 유지해두는 편이 좋을 텐데요. 다른 곳에는 주지 않겠습니다. 이 안에서만 보고 일이 끝나면 문서파쇄기에 넣겠습니다."

기스기는 한자와의 얼굴을 보면서 잠시 망설이더니, 이윽고 "좋습니다"라고 말하고 가방 안에서 서류 봉투를 꺼냈다. 서류의 두께를 보고 한자와의 눈이 휘둥그레졌다.

"일단 3년 치 결산서와 재무 자료입니다."

한자와의 부하직원이 자료를 복사해올 때까지 기다리는 동안, 두 사람의 대화는 서부오사카철강의 도산으로 피해를 입은 업체로 넘어갔다.

"그러면 서부오사카철강의 거래처 중에서 돈을 못 받은 곳은 한 군데도 없습니까?"

"그렇지는 않습니다. 연쇄로 도산된 곳도 있지요. 나머지 부채를 그쪽이 떠안게 됐거든요."

"그래요? 회사 이름은 뭔가요?"

"다케시타금속이라는 회사입니다. 들어본 적이 있습니까?"

한자와는 고개를 가로저었다.

"연매출 5억 엔쯤 되는 작은 회사로, 오랫동안 서부오사카철강에 납품해온 주거래처였다고 하더군요. 결산서에 명세표가 붙어 있으니까 그걸 보시면 아실 겁니다. 관심이 있으시면 자료도 있습니다."

어디서 입수했는지 모르지만 기스기는 결산서 복사본을 내밀었다. 다케시타금속의 최신 결산서다. 한자와는 별로 관심이 없었지만 일단 복사를 했다. 은행에게 신용조사회사는 더할 수 없이 귀찮은 곳이지만 정보를 얻기 위해 저자세를 취하면서도, 한편으로 이렇게까지 정보를 많이 모았다는 사실에는 놀라움을 감출 수 없었다.

"히가시다가 어디 있는지는 아직 모르는데, 그에 관한 정보는 없습니까?"

"실은 저도 찾고 있는데 아무도 모르더군요. 부채 총액은 예상보다 적었지만 제로는 아닙니다. 건달 같은 사람도 얼쩡거리는 걸 보면 어딘가에 몸을 숨기고 있지 않을까요?"

"사채에 손을 대지는 않았나요?"

"그러지는 않은 것 같습니다. 만약에 그랬다면 그냥 넘어갈 수 없었을 텐데, 그런 이야기는 아직 못 들었거든요."

이윽고 복사가 끝나서 자료를 돌려주자 기스기는 조사에 협조해줘서 고맙다고 인사를 하고 돌아갔다. 제자리로 돌아온 한자와는 탐욕스러운 눈길로 서부오사카철강의 결산서를 살펴보았다.

4

회사가 왜 부도가 나는지 생각해본 적이 있는가?

회사가 왜 도산하는지 생각해본 적이 있는가?

어음이 부도나는 직접적인 이유는 자금 부족이다. 하지만 부도는 어음을 발행하는 회사에만 있고, 현금 장사만 하는 회사에는 부도가 없다.

어느 회사나 어음을 발행한다고 생각할 수도 있지만 꼭 그렇지는 않다.

토목건축 업계에서는 항상 웃으며 현금을 지급하는 것이 원칙이고, 외상매출금이 있어도 어음으로 지급하지 않는다. 세상에는 다양한 회사가 있으므로 개중에는 예외도 있겠지만, 현금으로 결제하는 회사가 벽에 부딪치는 것은 은행이 고개를 돌리고 외면했기 때문이다. 따라서 실적이 나쁜 중견 건설회사가 도산할 때는 백 퍼센트 은행에게 버림을 받았을 때다. 은행이 "이 회사는 망하게 하자"라든지 "이렇게 엉망인 회사는 도와줄 필요가 없다"라고 포기했을 때인 것이다.

회사에게 돈은 피와 같다는 말이 있다. 알 것 같기도 하고 모를 것 같기도 한 말이다. 느낌으로는 알아도, 그 피가 어떻게 흐르냐는 구체적인 이야기로 들어가면 일반인의 감각으로는 이해할 수 없다.

회사가 은행으로부터 대출을 받는 이유 중에 "납세 자금이 부족하니까 빌려주십시오"라는 것이 있다. 납세 자금이란 법인세 등을 납부하기 위한 자금이다.

기묘한 이야기가 아닐 수 없다. 세금을 낸다는 것은 돈을 벌었다는 증거인데, 왜 세금을 내기 위해 은행에서 돈을 빌리는가? 이상한 일이 아닌가!

이런 기묘한 이야기의 비밀은 다음과 같다. 회사라는 곳은 벌어들인 돈을 즉시 다음 사업에 투자하기 때문에, 막상 세금을 내려고 할 때 그만한 목돈이 없는 경우가 많다. 따라서 대출을 받지 않으면 세금을 낼 수 없는 상황이 발생한다.

이런 시스템은 돈이라는 피가 어떻게 흐르는지 해명하는 하나의 힌트가 된다.

돈의 흐름을 밝히는 일은 아마추어에게는 굉장히 어려운 일이지만, 프로인 은행원에게도 쉬운 일은 아니다.

때로는 몇 시간이나 숫자와 눈싸움을 해야 한다. 그래서 이해가 되면 그나마 다행이지만 아무리 눈싸움을 해도 이해할 수 없는 경우도 있다.

서부오사카철강의 결산서, 그리고 어떤 경로로 입수했는지는 모르겠으나 기스기가 입수한 간사이시티은행의 자료에서 한자와가 눈을 부릅뜨고 검토한 것도 바로 돈의 흐름이었다.

이 회사의 자금이, 피가 어떻게 흘러서 어디로 사라졌는가.

그런데 이번 경우에도 그렇게 쉽게 이해할 수 있는 상황이 아닌 듯했다.

서류를 검토하자마자 즉시 한 가지 의문이 떠오르고, 더구나 그 의문은 아무리 생각해도 풀리지 않는 난제로써 한자와를 괴롭혔다.

"왜 그러세요? 무슨 이상한 점이라도 있습니까?"

그날 밤 8시가 지나서였다. 심각한 표정으로 서류와 눈싸움을 하는 한자와를 보고 과장대리인 가키우치가 물었다.

"이상하다고 할까……. 외상매출금의 숫자가 마음에 걸려서 말이야."

그것을 발견한 것은 단순한 우연에 불과했다. 만약 서부오사카철강의 결산서만을 보았다면 이런 모순은 알아차리지 못했을지도 모른다.

"외상매출금이요?"

가키우치가 옆에서 들여다보았다.

이 지점에 오기 전에 증권본부에 있어서 그런지 가키우치는 숫자에 민감했다. 지금까지 재무 내용이 탄탄한 대기업만 상대해서 중소기업 수준에는 약간 엄격하다는 점이 옥에 티이기는 하지만 재무 상황을 파악하는 눈은 확실했다.

"잠깐 제가 봐도 될까요?"

가키우치는 재무 자료를 자기 책상으로 가져가서 이리저리 계산기를 두들겨보다가 잠시 후에 "딱히 이상한 점은 없는 것 같은데요"라고 말하며 가져왔다.

"실은 나도 처음에는 그렇게 생각했어."

"일단 3분기의 비교대차대조표를 보고 간단한 자금운용표를 만들어봤는데, 앞뒤가 맞지 않는 숫자는 보이지 않습니다. 어디가 이상한데요?"

"이걸 한번 보게."

한자와가 가키우치에게 보여준 것은 다케시타금속의 결산서였다.

"서부오사카철강의 하청 회사야. 연쇄 도산할 정도였던 만큼, 명세서를 보면 매출의 90퍼센트 이상이 서부오사카철강이야."

"그렇군요. 아주 밀착되어 있네요."

가키우치가 명세서를 들추면서 말했다. 이 예리한 남자가 언제 알아차릴까 지켜보고 있자 한자와의 예상보다 빨리 서부오사카철강의 서류와 맞지 않는 부분을 지적했다.

"서부오사카철강이 다케시타금속에서 매입한 금액과 다케시타금속이 서부오사카철강에 매출한 금액이 일치하지 않는군요."

"바로 그거야."

한자와는 그렇게 말한 뒤, 집계된 금액이 쓰여 있는 자료를 보았다. 서부오사카철강의 재무 자료에 따르면 다케시타금속에서 들여온 연간 매입액—즉 다케시타금속 쪽에서 보면 매출에 해당하는 금액은 7억 엔이 넘는다. 한편 다케시타금속이 계상(計上)한 매출은 5억 엔이 조금 안 된다. 참고로 두 회사의 결산기는 모두 4월이라서 마감의 차이에 따른 오차라고는 생각할 수 없다.

쉽게 말하면……. A와 B가 있다. A는 B에게 7억 엔을 지급했다고 하는데, B는 5억 엔밖에 받지 못했다고 하는 것과 똑같다.

"차액은 어디로 사라졌지?"

"자료의 출처는 확실한 곳이죠?"

머리 회전이 빠른 가키우치는 결산서의 진위 여부부터 확인했다. 분식회계로 몹시 고생했기 때문에 그것부터 따지는 심정을 이해할 수 있었다.

"서부오사카철강의 고문 세무사에게 물어보고 싶지만 그건 힘들겠지요?"

한자와는 고개를 끄덕였다. 세무사에게는 비밀엄수 의무가 있기 때문에, 아무리 도산 기업이라고 해도 히가시다의 양해가 없는 한 제3자에게 내용을 보여주지는 않는다.

"어떻게 하실 건거요?"

"다케시타금속이라는 회사에 가보려고."

가키우치는 눈을 크게 뜨고 손목시계를 보았다.

"지금 말인가요?"

"이 근처에 있거든."

다케시타금속의 결산서에 주소가 인쇄되어 있었다. 니시 구 신마치였다. 지점에서 걸어가면 10분도 채 걸리지 않는 곳이다. 한자와는 양복 윗도리에 팔을 끼우고 지점을 뒤로했다.

한자와는 철강 도매업 거리를 걸었다.

오사카의 중심지인 센바 지역이라고 하면 뭐니 뭐니 해도 섬유 도매업이지만, 한자와가 근무하는 오사카 서부 지점 근처에 가장 많은 것은 철강 업체였다.

같은 도심이라도 도쿄와 오사카의 가장 큰 차이점은, 오사카에 있는 대부분의 회사는 자기 땅과 건물을 소유하고 있다는 점이라고나 할까? 생각하기에 따라서는 담보력이 있으므로 대출받기 좋은 환경이라고 할 수도 있겠지만, 거품 경제 시대에는 오히려 마이너스로 작용했다.

땅값이 폭등하면서 회사 규모에 걸맞지 않은 여력을 가진 수많은 회사에서는 토지를 담보로 돈을 빌려 이런저런 투자에 손을 댔다. 설비 투자는 그래도 나은 편이다. 본업과 관계없는 주식투자와 금, 투자신탁 같은 운용상품을 구입하기 위해 토지를 담보로 돈을 빌린 곳이 많았다.

물론 항간에서 말하듯이 운용상품을 구입하라고 권한 곳은 대부분 은행이었다. 당시만 해도 지금으로선 상상도 할 수 없을 만큼 은행은 신용이 높아서, 은행에서 하는 말이니까 틀림없다고 누구나 믿었다.

그런데 그 이후 주가가 하락하면서 잠재 손실을 포함해 거액의 부채가 남았다. 그것만이라면 다행이지만 거품이 꺼지면서 땅값이 떨어졌기 때문에, 막상 운전자금을 빌려야 할 단계에 이르러서는 담보가 없는 사태에 빠진 것이다.

"운용상품을 사기 위한 대출과 운전자금은 별도입니다"라고 입에서 나오는 대로 말하며 투자를 권했던 은행원이 나중에 담보 부족으로 대출을 거절하는 경우가 적지 않아서 "약속이 다르다!"라고 옥신각신하는 사태가 속출했다. 은행을 불신하게 된 하나의 원인이 된 것이다.

1991년 거품 경제 말기에 접어들자 은행에 대한 불신감을 부추기는 사건이 잇따라 발생했다. 선두주자는 스미토모은행이 관련된 이토만 사건이다. 거액의 돈이 지하경제로 흘러들어간 이 사건에서는 기괴한 인물이 암약하는 어둠의 세계와 은행과의 접점에 스포트라이트가 맞춰졌다. 수천억 엔이나 되는 돈의 흐름은 지금까지 밝혀지지 않았다. 일본흥업은행이 요정 여주인에게 속아 넘어간 허술하기 짝이 없는 거액 사기 사건이 드러난 것도 같은 해였다. "콧대가 높던 일본흥업은행도 그리 대단하지 않군"이라고 세상의 비웃음을 한몸에 받기도 했다.

1994년에는 스미토모은행 나고야 지점장 살해 사건이 발생했는데, 사건은 실체가 밝혀지지 않은 채 결국 미궁에 빠졌다. "스미토모은행은 진상을 알고 있는데, 그게 밝혀지면 자기들에게 불리하니까 감추는 게 아닌가?"라는 소문만 무성할 뿐이다. 그래도 어쨌든 사건 자체가 미궁에 빠져서 진상은 지금도 드러나지 않았다.

은행 불신에 정점을 찍은 것은 1997년에 발생한, 증권회사의 손실보전 문제에서 기인한 다이이치간교은행의 스캔들이었다. 옛 대장성•의 성접대며 민관유착이며 잇달아 터져 나오는 대형

• 일본의 옛 중앙행정기관으로 국가 예산의 관리, 조세 및 금융 정책을 총괄했다.

불상사로, 45명이나 되는 파렴치한 관료와 은행원이 체포되기에 이르면서 은행은 신용이라는 간판을 스스로 깨뜨리고, 은행 불신이라는 단어로 대단원의 마무리를 지었다.

거품 경제가 무너지고 불황이 시작되면서 오사카 시 니시 구의 철강 도매업 거리는 큰 타격을 받았다. 철강이라는 업종 특성상 불경기의 영향으로 많은 회사들이 휘청거리거나 쓰러지고 10여 년 사이에 문을 닫는 회사가 늘어나면서 빗살이 빠지듯 서서히 도태된 것이다.

저녁 8시가 지났다곤 하지만 8월의 무더위는 숨이 턱턱 막힐 정도였다. 대낮에는 흔히 말하는 찜통 같은 더위로, 땀이 많은 한자와는 손수건을 두 개나 가지고 다녀도 부족할 정도였다.

영세 중소기업이 빼곡히 들어선 뒷길에 다케시타금속의 사옥이 자리하고 있었다. 가늘고 길쭉한 3층짜리 건물이었다.

희뿌연 하늘을 배경으로 상야등 불빛 아래에서 지저분한 콘크리트 벽면을 드러내고 있는 건물은 중소기업의 말로답게 초라하기 이를 데 없었다.

1층은 차고이고 안쪽이 사무실이었다. 건물 앞에는 "거래처 분들에게"로 시작되는 사죄문이 붙어 있었다.

우편함에서 '다케시타 기요히코'라는 이름을 발견했다. 아무도 없나 했더니 3층 창문에서 희미한 불빛이 새어 나왔다. 회사 위층이 자택으로, 불빛은 그 자택에서 나오고 있었다.

인터폰을 누르자 걸걸한 목소리가 흘러나왔다. 서부오사카철강 건으로 이야기를 듣고 싶다고 했더니 "지금은 바빠서 안 되네"라고 퉁명스러운 대답이 돌아왔다.

"잠시만 얘기를 들을 수 없을까요? 저희도 지금 난감해서 그럽니다."

잠시 생각하는지 한순간 조용해지더니 "그럼 5분만이네"라는 소리와 함께 인터폰이 끊어졌다.

이윽고 3층 문에서 예순 살쯤으로 보이는 남자가 얼굴을 내밀었다. 수수한 바지에 하얀색 셔츠 차림이다. 반백의 머리에 햇볕에 탄 불그스레한 얼굴은 회사 경영자라기보다 현장 노동자에 가까워 보였다.

"밤중에 불쑥 찾아와서 죄송합니다."

한자와가 일단 사과를 하자 다케시타가 물었다.

"무슨 일인가?"

"서부오사카철강의 히가시다 사장의 소식을 아시지 않을까 해서요."

"소식을 아냐고? 그걸 안다면 내가 진작에 쳐들어갔지."

다케시타는 담배 냄새가 나는 숨을 토해내면서 말했다.

"그렇다면 히가시다 사장과는……?"

"얼굴도 못 봤네. 그날도 입금되기를 기다렸지만 감감무소식이었지. 이상해서 전화를 걸었을 때는, 회사는 이미 껍데기밖에 안 남았더군. 귀신에 홀린 심정이었네. 덕분에 나도 거래처에 엄청난 민폐를 끼치고 말았지."

무뚝뚝하기는 했지만 이 사람은 도망치지 않고 집에 남아서 거래처에 사죄하고 있다. 그것만으로도 훌륭하다고 할 수 있다.

"부도가 난 후에도 연락은 없었나요?"

"없었네. 그런데 왜 나를 찾아왔지?"

"이것 좀 보십시오."

한자와는 서부오사카철강의 자료를 보여주었다.

"서부오사카철강은 귀사의 제품을 7억 엔어치 매입한 걸로 되어 있는데, 조사해본 결과 귀사의 매출은 5억 엔 정도더군요."

"뭐? 이상하군. 이게 정말인가?"

다케시타는 잠시 서류를 들여다보다가 고개를 갸웃거리며 돌려주었다.

"우리 결산은 틀림없네. 틀렸다면 이쪽이 틀렸겠지. 어차피 교활하기 짝이 없는 인간이니까 이상한 걸 생각해내지 않았겠나?"

"이상한 거리면……."

다케시타가 목소리를 낮추었다.

"예를 들면…… 탈세라든지."

"탈세요?"

"그렇다네. 그놈의 회사, 이번에는 도저히 버틸 수 없었던 모양이지만 그동안 돈을 많이 벌었거든. 이런 식으로 매입을 부풀려서 이익을 숨겨왔을 가능성이 있지."

"하지만 마지막에는 수억 엔의 적자였습니다."

적자라면 탈세할 일도 없으리라. 한자와는 그렇게 생각하고 물어봤지만 다케시타는 단호하게 말했다.

"그건 믿을 수 없네. 히가시다라는 인간, 우리도 오랫동안 거래해왔지만 무슨 생각을 하는지 모른달까, 하여간 나쁜 쪽으로는 머리가 팽팽 돌아가는 놈이지. 그동안 그 인간 때문에 얼마나 힘들었는지, 경기만 좋았다면 다른 거래처를 개척하려고 했을 정도였다네. 이번만 해도 크고 중요한 거래처에는 돈을 지급했는데, 우리 같은 영세기업에는 고개를 돌리고 외면하더군."

"그랬나요?"

한자와는 어이가 없었다. 대형 채권자에게는 의리를 지킨 반면, 소형 채권자에게는 눈물을 흘리게 만들었다는 게 사실인 모양이다.

"서부오사카철강과는 얼마나 거래를 하셨나요?"

"거래 자체는 오래 되었네. 우리도 몇 년 전까지는 여기저기 거래를 많이 했는데, 불경기로 인해 대형 거래처에서 밀려났지. 그 결과 거기밖에 남지 않았어. 이런 꼴을 당할 줄 알았다면 진작에 거래를 끊었을 텐데……."

다케시타의 얼굴이 보기에 안타까울 정도로 일그러졌다.

"아직 파산관재인•의 연락은 못 받았지만, 부채 총액은 얼마나 되나?"

기스기로부터 들은 금액을 말해주자 다케시타는 눈을 부릅뜨

• 파산자의 모든 재산을 채권자에게 공평하게 배당하기 위해 법원에 의해 선임된 법인이나 사람.

더니, 분노로 몸을 부들부들 떨었다.

"배당이 있을까?"

"그건 잘 모르겠습니다. 다만 부동산처럼 큰 재산은 전부 압류되었으니까 별로 기대할 수 없을 것 같습니다."

한자와 자신은 '별로'가 아니라 '거의' 기대하지 않지만 다케시타의 마음을 생각해서 그런 말은 차마 할 수 없었다.

"가능성이 거의 없군. 앞으로 어떻게 하면 좋을지……."

힘없이 고개를 떨군 다케시타를 한자와는 말없이 지켜보는 수밖에 없었다.

5

서부오사카철강의 법적 정리에 대해 파산관재인으로부터 연락이 온 것은 그 다음 날이었다. 법원이 파산 신청을 받아들였다는 이야기와 함께 채권신청서가 들어 있는 봉투가 도착한 것이다.

같은 날, 본부의 융자부에서도 한자와 앞으로 통지서가 한 통 도착했다. 서부오사카철강의 대손에 대한 조사에 착수해 면담을 하고 싶으니 담당자인 나카니시와 같이 도쿄의 본부로 출두하라는 내용이었다. 사전에 아무런 타진도 없는, 아닌 밤중에 홍두깨식의 출두 명령이었다.

한자와가 놀라서 부지점장인 에지마에게 보고하자 에지마는 서류를 흘깃 쳐다보고 돌려주었다.

이 녀석, 알고 있었군.

태도를 보고 알아차린 한자와를 앞에 두고, 에지마는 의뭉스러운 얼굴로 달력을 보았다.

"일정을 확실히 비워두게. 자업자득이야."

한자와는 대꾸하지 않았다.

'또 볼일이 남았나?'라는 얼굴로 의자에 앉은 채, 에지마가 한자와를 올려다보았다.

"면담은 저희만 하나요?"

"일단 실무담당자에게 사정을 듣고 싶은 모양이더군."

"그래요?"

찜찜한 마음으로 돌아선 한자와의 등을 향해 에지마의 말이 날아왔다.

"변명 같은 건 안 하는 게 좋을 거야."

"변명이요?"

"그러니까 말이야."

눈치 없는 녀석이라는 표정을 지으며 에지마는 목소리를 낮추더니, 비어 있는 지점장 자리를 슬쩍 보고 나서 덧붙였다.

"쓸데없는 말을 하면 이게 이렇게 될 거야. 다음을 생각해야지."

'이게'에 엄지를 세우고 '이렇게'에 양손의 검지를 머리 옆에 세웠다. 다음이라는 건 다음 자리라는 뜻이다. 융자과장인 한자와의 평가는 지점장인 아사노 손에 달렸다. 따라서 화를 내게 만들면 평가에 영향을 미친다는 뜻이다. 한마디로 말하면 협박이다.

"나카니시에게도 알아듣게 말해둬. 우리 지점에 먹칠을 하지 않도록 말이야."

잘라버릴 생각이다.

나카니시에게 면담 일정을 말하자 "네?"라고 말한 채 그대로 굳어졌다. 한자와의 책상 앞에서 멍하니 서 있는 나카니시의 얼굴에서 핏기가 사라졌다.

"이렇게 되어서 유감스럽지만 자네 책임까지는 묻지 않을 테니까 걱정 마."

애초에 입행 2년차인 나카니시에게는 무거운 짐이었다. 은행뿐만 아니라 어느 회사에서나 신참의 실수는 너그럽게 봐준다.

"한자와, 편지 도착했어?"

융자부의 도마리로부터 전화가 걸려온 것은 그날 밤 9시가 지나서였다.

"왔어. 그쪽은 얘기가 어떻게 되고 있어?"

"상황이 심상치 않아. 이렇게 말하긴 좀 그렇지만 네 처지가 아주 안 좋아. 수억 엔의 분식회계를 간파하지 못한 것은 완전히 융자과장의 실수라고 되어 있어."

"말도 안 돼. 대출을 받아들인 경위에 대해선 알고 있나? 그런 상태라면 누구라도……."

도마리가 재빨리 한자와의 말을 가로막았다.

"그런 얘기가 통할 것 같아? 한마디로 말하면 품의를 위한 품의였다고 이쪽에선 생각해. 어쨌든 손실이 5억 엔이나 난 건 틀림없는 사실이니까."

"품의를 위한 품의였다고?"

품의 승인을 얻기 위해서만 기를 쓰고, 가장 중요한 여신 판단을 소홀히 했다는 뜻이라고 도마리는 대답했다.

"그게 전부 내 책임이란 말이야?"

반쯤 자포자기한 한자와의 귀에 무거운 한숨 소리가 들렸다.

"면담에는 융자부뿐만 아니라 인사부 차장도 참석하는 모양이야. 형태는 다르지만 실제로 조사위원회에 가깝다고 생각하는 편이 좋을 거야."

"말도 안 돼!"

한자와의 말에 분노가 담겼다.

도마리의 목소리가 높아졌다.

"그래서 말했잖아! 어떻게든 회수하라고! 한 회사에 5억 엔의 손실은 너무 커. 이렇게 되면 대출을 해준 경위가 문제가 아니야. 오직 결과만 있을 뿐이지!"

"내가 그렇게 쉽게 물러설 것 같아?"

"한자와, 잘 들어."

도마리가 정색을 하고 진지하게 말을 이었다.

"이만한 손실을 냈는데 아무도 징계 받지 않고 그냥 넘어갈 수는 없어. 누군가는 반드시 책임을 져야 해. 아사노는 자기에게 잘못이 없다고 미리 손을 써놓았고, 그게 인정되면 네가 모가지 당하는 게 자연스러운 흐름이야. 이대로 가면 아사노와 에지마는 질책 정도로 끝나지만 네 미래는 캄캄해. 암흑이라고! 하지만 한 번 생각해봐. 5억 엔은 분명히 거액이지만 지금은 은행 전체로 볼 때 수백억 단위의 채권을 포기하는 시대야. 솔직히 말하면 그 정도는 대단하지 않아. 이렇게 시시한 일로 네가 발목을 잡히지 않았으면 좋겠어. 내가 회수하라고 한 건 은행을 위해서가 아니라 너를 위해서야."

"걱정해줘서 눈물 나게 고맙군."

한자와의 말에 빈정거림이 담겼다.

"한자와, 어떻게 해봐. 진짜 위험해!"

도마리의 전화를 끊고 나서 한자와는 머리를 감쌌다.

아무리 어떻게 해보라고 재촉을 해도 구체적인 아이디어가 떠오르지 않았다. 애당초 그렇게 단순한 문제가 아니고, 마음을 먹는다고 쉽게 할 수 있는 일도 아니다.

화가 나서 견딜 수 없었다. 실적을 올리기 위해 억지로 대출을 끌어와 놓고, 실패의 책임을 아랫사람에게 떠넘기려고 하는 아사노의 방식은 비열하기 짝이 없다. 하지만 그것에 대항할 방법이 도마리의 말처럼 채권 회수밖에 없다면, 이제 손 쓸 도리가 없는 것이나 마찬가지다.

아무리 머리를 쥐어짜도 현재 상황을 타개할 묘안은 떠오르지 않았다.

면담이 있던 날, 한자와는 나카니시와 같이 아침 6시대의 노조미 열차에 몸을 싣고 도쿄로 향했다.

면담은 10시부터다. 처음에 나카니시가 들어가서 40분쯤 있다가 나올 때까지 한자와는 융자부 층에 있는 대기실에 혼자 앉아 있었다.

이윽고 노크 소리가 들리고 나카니시가 초주검이 된 모습으로 들어왔다. 얼마나 시달렸는지 온몸이 시든 배추처럼 축 늘어져 있었다.

"과장님, 들어가세요."

면담 장소는 같은 층에 있는 회의실이었다.

탁자를 사이에 두고 맞은편에 세 사람이 앉아 있었다. "앉으십시오"라는 말을 듣고 한자와는 의자에 앉았다.

"오사카 서부 지점의 한자와 나오키 과장이죠?"

그렇게 묻는 목소리에는 오만함이 잔뜩 배어 있었다. 한자와가 "네"라고 대답해도 상대는 자기소개를 하지 않았다.

"오늘 일부러 오사카에서 오시라고 한 건 다른 일이 아니라, 당신이 대출을 해준 서부오사카철강 말입니다만……."

상대는 그렇게 말하면서, 앞에 있는 오렌지색 파일을 오른손으로 탁 두들겼다. 서부오사카철강의 신용파일이다.

"올 2월에 5억 엔을 대출해서 지난달에 부도가 났지요. 대출금액의 거의 전액이 대손된 건에 관해 경위를 묻고 싶습니다. 미리 말씀드리겠지만 이런 자리를 마련한 건 여신 판단 과정에서 중대한 과실이 있는 게 아닐까 하는 의혹이 있기 때문이지요. 그러니 신중하게 대답해주시기 바랍니다."

상대는 의견이라도 묻듯이 잠시 말을 끊고 한자와를 보았다. 하지만 한자와가 대답하지 않고 잠자코 있자 그대로 말을 이었다.

"당신이 쓴 보고서에 따르면 그 회사의 결산서가 분식회계였다고 하는데, 우리가 볼 때는 애초에 2월 시점에서 그것을 발견하지 못한 게 문제라고 생각합니다. 왜 그렇게 되었지요? 그 점에 대해서 의견을 말씀해주십시오."

"긴급 품의라서 충분히 심사할 시간이 없었습니다."

"그런데 융자부의 가와하라 조사역에게 본 건을 승인해달라고 강하게 압박했다고 하더군요. 충분히 심사할 시간도 없었는데, 그런 식으로 압박해도 되나요?"

변명은 하지 않는 편이 좋다는 에지마의 말이 떠올랐지만, 상대의 얼굴을 본 순간 그 말은 무시하기로 했다. 아사노를 감싸주면 그야말로 상대의 함정에 빠지는 셈이다. 아사노는 지금 모든 책임을 한자와에게 떠넘기려고 하고 있지 않는가.

"제 의사로 그렇게 한 게 아닙니다. 윗선의 지시를 따랐을 뿐입니다."

세 명이 나란히 앉아 있는 가운데, 질문한 사람은 한가운데에 있는 남성이다. 왼쪽에 있는 20대 남성은 기록 담당이라서 한자와가 말을 할 때마다 서류판에 뭔가를 써넣고 있었다. 오른쪽에 있는 인사부 차장 같은 남성은 잔뜩 화가 난 얼굴로 한자와를 노려보았다. 지금도 한자와의 말을 듣고 벌레를 씹은 듯이 오만상을 구기는 것을 보면 아사노의 입김이 닿았다는 사실을 알 수 있었다.

인사부 차장이 입을 열었다.

"자네는 융자과장이잖나? 어떻게 자기 의사가 아니라고 변명을 할 수 있지?"

"지금 변명이라고 하셨나요?"

한자와는 발끈해서 상대를 노려보았다.

"변명이 아니라 사실입니다. 이건 지점장의 문제입니다. 저기……."

상대의 이름표를 읽으려고 했지만 팔에 가려서 절반이 보이지 않았다.

"성함이……."

"오기소 차장님입니다."

옆에 앉아 있던 융자부 사람이 말했다. 이 녀석의 이름은 사다오카다. 아까 대기실에 있을 때 잠시 얼굴을 내민 도마리에게 들었다. 동기 중에서 유망주라고 한다. 도쿄대 출신이고 "역겨운 녀석이야"라는 특이사항이 붙었다. 도마리의 말처럼 본부 엘리트 은행원에게 흔히 볼 수 있는, 거만하게 말하는 남자였다.

"서부오사카철강을 방문한 아사노 지점장님이 결산서와 재무제표를 가지고 돌아와서, 다음 날 아침까지 품의서를 제출하라고 지시했습니다. 저는 그대로 했을 뿐입니다."

"그 과정에서 당신은 분식회계를 발견하지 못했군. 나도 나중에 검토해봤는데, 자네 경력이라면 간파하기 어렵지 않았을 텐데?"

"그럴 시간이 없었습니다. 그 전에 제 손에서 서류를 빼앗아갔으니까요. 아사노 지점장님께선 자신이 있었나 봅니다."

오기소가 비난하는 눈길로 한자와를 쳐다보았다.

"지금 지점장 탓으로 돌리려는 건가? 자네에겐 5억 엔의 손실이라는 결과가 아무렇지도 않나? 반성의 빛이 털끝만큼도 없어 보이는군."

한자와의 입에서 실소가 새어 나왔다.

"지금 여기서 우는 시늉이라도 하라는 건가요? 그렇게 해서 대출금이 돌아온다면 얼마든지 하겠습니다. 하지만 지금은 그렇게 할 때가 아닙니다. 제가 분식회계를 간파하지 못한 건 사실이지만 그건 융자부도 마찬가지가 아닌가요? 사다오카 씨. 자료는 똑같은 걸 제출했습니다. 융자부는 승인을 내릴 때까지 사흘이나 걸렸는데, 역시 분식회계를 알아차리지 못했지요. 그렇다면 지점만 탓하는 건 말이 안 되지 않습니까?"

사다오카의 얼굴이 시뻘겋게 달아올랐다.

본부의 호출을 받으면 지점 사람들은 모두 얌전해진다고 생각한 모양이다. 하지만 한자와는 그런 유형이 아니었다. 더구나 오사카 서부 지점의 융자과장으로 지점에 나간 것은 신입 행원으로 은행에 들어온 지 15년 만이다. 원래는 본부에서 대기업을 상대로 일을 했다. 중소기업을 상대하는 융자부에게 기가 죽을 마음은 손톱만큼도 없었다. 만약 징계를 받아야 한다면 적어도 이 자들의 착각을 철저하게 지적해줄 생각이었다.

"어, 억지로 밀어붙였다고 하던데?"

사다오카가 간신히 반론을 제기했다. 정면으로 싸움을 걸면 부잣집 도련님 출신의 엘리트는 겁을 집어먹는다.

"억지를 부렸다고요? 융자부에서는 억지를 부리면 품의를 승인해주나요? 괜찮다고 생각하니까 승인해준 거 아닙니까!"

한자와는 목소리를 높여서 덧붙였다.

"지점에는 영업목표가 있어! 그것을 꼭 달성해야 한다는 사정도 있고! 가능하면 대출해줘야 할 상황에서, 본부에 제출한 품의를 밀지 않는 지점이 어디 있지?"

사다오카는 분노로 얼굴을 붉게 물들이며 반론에 나섰다.

"우리 은행은 현장주의야. 여신 판단에서는 현장의 의견을 가장 존중하지. 그것은 현장이 최종 책임을 진다는 반증이 아닌가? 이번 사건도 마찬가지야. 우리 부서의 담당 조사역은 부정적인 견해를 냈어. 하지만 지점에서 강력하게 요청하는 바람에 그것을 감안해서 승인해주지 않을 수 없었지. 품의 승인 조건에 '본건 이후의 추가 신규 대출은 당분간 삼갈 것'이라는 단서를 달았잖아! 기억하고 있나? 아니면 한 번 실행한 대출은 이미 잊어버리셨나?"

"조건을 달면 책임이 없어진다는 건가? 그건 말이 안 되잖아! 자신이 승인한 안건에 책임도 지지 않는 융자부라면 당장 때려

치우는 편이 낫지. 그러면 본부에서 심사하는 의미가 없잖아? 그렇게 생각하지 않으시나요, 오기소 차장님?"

오기소는 머리끝까지 분노가 치밀었지만 대답하지 않았다. 사다오카는 침묵으로 일관하고, 서류판을 든 기록 담당자의 손은 움직이지 않았다.

"기록!"

한자와가 날카롭게 소리치자 기록 담당자가 흠칫 몸을 떨었다.

"지금 그쪽에 유리한 말만 기록하고 있잖아! ……사다오카 조사역!"

새빨갛게 달아오른 사다오카의 얼굴에서 이글이글 타오르는 눈이 한자와를 쳐다보았다.

"이 건에 관해서 담당자인 가와하라 조사역은 뭐라고 말했지? 여신 판단에 문제가 있다고 말한 이상, 당연히 조사를 했겠지? 아닌가?"

사다오카가 입술을 깨물었다. 그 모습을 보고 한자와는 주먹으로 탁자를 내리쳤다.

"조사를 했냐고 묻고 있잖아!"

"아직…… 안 했어."

"웃기지 마!"

한자와는 주위가 떠나가라 고함을 쳤다. 어차피 이번 조사는 아사노가 미리 손을 써놓았음이 틀림없다. 한 회사에 5억 엔이나 되는 손실 책임을 누구에게 떠넘길지, 미리 결론을 내려놓은 것이다. 이것은 말 그대로 연극에 불과하다. 한자와는 그런 것에 짓밟힐 생각이 조금도 없었다.

무거운 침묵이 내려앉은 가운데, 한자와는 완전히 바뀌어서 평정한 목소리로 말했다.

"이야기가 잠시 옆길로 샌 것 같군요. 오사카에서 일부러 본부까지 올라왔으니까 뭐든지 물어보십시오. 오기소 차장님, 말씀하시죠."

오기소는 지금이라도 달려들 듯이 한자와를 노려보았지만 "흥!" 하고 콧방귀를 뀌었을 뿐 입을 열지는 않았다. 분노와 긴장으로 목소리를 덜덜 떠는 사다오카와 형식적인 질문과 대답이 몇 번 오간 끝에 면담이 끝나자 한자와는 나카니시를 데리고 재빨리 은행 본부를 뒤로했다.

저녁 무렵에 지점으로 돌아오자 아사노가 한자와를 보고 "잠깐 나 좀 보게"라고 말하며 지점장실을 가리켰다.

의자에 앉자마자 아사노가 불쾌한 얼굴로 내뱉듯이 말했다.

"자네, 무슨 생각인가?"

"무슨 말씀이시죠?"

"본인에게는 책임이 없다고 말했다면서?"

면담의 내용은 이미 오기소로부터 들었으리라.

"그렇게 말하진 않았습니다. 그저 있는 그대로 말했을 뿐입니다. 융자부와 인사부 모두 이번 서부오사카철강의 대손 책임을 지점에 떠넘기려는 의도가 뻔히 보였으니까요. 이대로 있으면 일방적으로 지점의 실수로 처리될 겁니다."

"반성하는 기미가 털끝만큼도 없다고 화를 내더군. 왜 그랬지? 그러면 곤란해. 오기소 차장은 자네 태도에 대해서 상당히 화가 났다고 하더군."

면담에서 어떻게 말했어도 칭찬하지 않았으리라. 그렇게 예상했기에 아사노의 태도는 어느 정도 짐작할 수 있었다.

"안 그래도 이번 건으로 본부의 평가가 좋지 않아. 어떤 처분이 내릴지 모르지만 미리 각오해두게."

"물론 각오하고 있습니다. 단 한 가지……."

한자와는 아사노를 똑바로 쳐다보며 덧붙였다.

"지점에 모든 책임을 떠넘기는 걸 아무런 저항도 없이 받아들이진 않을 생각이니까 안심하십시오."

아사노는 말문이 막혔다. 아사노의 마음속에서 모든 책임을 지는 건 지점이 아니라 한자와 한 사람이었다. 그걸 역으로 이용해 비아냥거리는 한자와를 보자 불쾌감을 얼굴에 드러내지 않을 수 없었다.

"수고하셨습니다."

한자와가 자리로 돌아가자 가키우치 과장대리가 작은 소리로 말했다. 그리고 잠시 시간 있냐고 하면서 한자와의 자리로 다가왔다.

자리를 비운 사이에 발생한 업무에 대해 말하려는 걸까? 하지만 예상과 달리 가키우치가 내놓은 것은 전표 한 장이었다.

"실은 오전에 야마무라 대리가 발견해서 가져왔는데요."

야마무라는 영업과의 과장대리다. 담당 업무는 외환 관리. 즉, 외화 이체를 담당하는 부서의 장이다.

가키우치가 내민 것은 입금표의 복사본이었다.

의뢰인은 히가시다 미쓰루. 입금한 곳은 아시아리조트개발이라는 회사였다.

"금액을 보십시오."

"5천만 엔?"

날짜는 올해 4월이었다.

"아셨어요?"

"아니, 몰랐어."

가키우치가 한숨을 내쉬었다.

"역시 그러셨군요. 오전에 조사할 게 있어서 전표를 들추다가 야마무라 대리가 우연히 발견한 모양입니다."

"무슨 돈이지?"

눈치가 빠른 가키우치답게 이미 아시아리조트개발에 대해 조사해놓았다.

"해외 부동산 투자를 중개해주는 부동산 개발업자 같습니다."

"투자 자금인가? 아니면 외국 어딘가에 집을 샀나?"

"수억 엔의 적자를 낸 회사의 경영자가 그럴 수 있을까요?"

두 사람은 서로 얼굴을 마주보았다. 한자와는 가키우치가 하려는 말을 알아차렸다.

이윽고 가키우치의 입에서 그 말이 흘러나왔다.

"어딘가에 돈을 숨겨놓은 게 아닐까요?"

"어서 와. 본부 면담은 어땠어?"

한자와가 신발을 벗기도 전에 하나가 물어보았다.

"그저 그랬어."

"당신에게 책임이 없다고 제대로 설명했어?"

아내에게 어떻게 말해야 좋을까? 한자와는 생각에 잠긴 채 양복을 벗어던지고 속옷 차림으로 식탁 의자에 앉았다.

"설명은 했어."

남편을 위해 음식을 만들려고 부엌에 서 있던 하나가 한자와를 돌아보았다.

"그게 무슨 말이야?"

한자와는 오전에 있었던 면담 내용을 간단히 말해주었다.

"그게 말이 돼? 지점장이 뒤에서 손을 쓴 거 아니야?"

하나는 분통을 터트렸다.

"아마 그랬겠지."

"그걸 알면서 왜 잠자코 있었어?"

하나는 요리를 뒷전으로 돌리고 의자를 당겨서 식탁 맞은편에 앉았다.

"당신도 본부에 오래 있었으니까 지점장에 대항해서 미리 손을 쓰면 되잖아. 그런 면담에서 인사부 사람을 상대로 싸움을 걸면 당신만 손해야. 피해자인 척이라도 했어야지!"

한자와는 순간 발끈했지만 부부싸움을 하기에는 너무나 지쳤다.

"싸울 수밖에 없었어. 내가 잘못했다고 인정할 수는 없잖아. 그런데 그쪽에서 완전히 내 잘못이라고 몰아붙이니까……."

하나가 조바심을 내면서 말했다.

"융자부에는 도마리 씨가 있잖아?"

"이건 도마리가 어떻게 할 수 있는 문제가 아니야."

아무리 기다려도 저녁식사가 나오지 않는 것을 보고 한자와는 의자에서 일어나 냉장고에서 맥주를 꺼냈다. 고리를 비틀고 컵도 없이 그대로 벌컥벌컥 들이키는 모습을, 하나가 무서운 얼굴로 쳐다보았다.

"그러면 어떻게 해야 하는데?"

"손실이 5억 엔이나 났잖아."

하나는 몸을 앞으로 내밀었다. 손에는 피망을 들고 있었다.

"그래서? 그건 지점장 잘못이라고 했잖아. 지점장은 미리 본부 사람들에게 손을 써서 당신에게 책임을 전가하려고 하고 있지? 그런 것까지 알고 있다면 당신이 일방적으로 피해자가 될 일은 없지 않아?"

"그건 나도 알고 있어. 하지만 은행에는 은행의 방식이란 게 있어. 저쪽이 본부에 손을 쓴다고 나도 본부에 손을 쓰는 걸로 대항할 수는 없단 뜻이야. 알았어?"

아내와의 대화가 점점 귀찮아져서 한자와는 그렇게 말했다.

"알았어?"라고 말해봤자 순순히 알았다고 대답할 아내는 아니지만. 예상한 대로 하나는 단호하게 말했다.

"그 말은 곧 은행의 상식이 세상의 비상식이라는 거잖아!"

3장

색깔 없는 돈

1

오사카 항구까지 이어지는 황량한 대지를 한자와는 달리고 있었다. 포장은 되어 있었지만 모래와 먼지로 뒤덮인 도로에는 바퀴자국이 뚜렷이 새겨졌다. 여기에 드나드는 차는 운송회사의 트럭이나 상거래 때문에 오가는 회사의 업무용 차 정도가 아닐까? 놀러 오는 사람은 아무도 없다. 노는 곳도 아니다. 물론 한자와가 몰고 있는 경차도 예외는 아니었다.

도로의 양쪽은 온통 코크스• 밭이다. 한여름의 직사광선이 새하얀 보닛에 쏟아지고, 가스가 떨어지기 직전인 에어컨은 냉방을 최강으로 해도 미지근한 바람밖에 나오지 않았다. 그로 인해 유난히 땀을 많이 흘리는 한자와의 몸은 땀으로 뒤범벅이 되어 있었다.

앞 유리창 너머로 보이는 것은 산더미처럼 쌓여 있는 새카만 코크스와 그 너머에 어렴풋이 보이는 공장이나 창고 같은 나지

• 석탄을 고온으로 가열해 휘발 성분을 제거한 고체연료. 주로 제철용으로 사용된다.

막한 건물, 그리고 장난감처럼 작게 보이는 칙칙한 노란색 중장비뿐이다.

이윽고 성냥갑을 세운 듯한 2층짜리 작은 사옥이 그의 눈에 들어왔다.

서부오사카철강의 경리과장이었던 나미노 요시히로의 집안에서 경영한다는 회사다. 이 코크스 밭도 그 회사의 소유일 것이다. 회사의 이름과 주소는 오사카상공리서치의 기스기로부터 들었다.

한자와는 어젯밤에 한참을 생각한 끝에 나미노를 만나보기로 결론을 내렸다. 히가시다의 비밀을 찾기 위해서는 히가시다 곁에서 경리과장으로 일했던 나미노에게 묻는 편이 가장 빠를 것이다.

피어오르는 아지랑이와 먼지가 스며든 공기로 인해 뿌옇게 보이는 사옥이 조금씩 윤곽을 드러내기 시작했다. 한자와는 밟고 있던 액셀에서 힘을 빼면서, 핸들을 뒤덮듯이 몸을 앞으로 기울이며 앞 유리창 너머로 회사의 모습을 살펴보았다.

지은 지 30년이 넘은 것으로 보이는 오래된 건물이었다. 황폐한 대지의 바닥에서 자라난 게 아닐까 생각될 만큼 건물은 음침해 보였다. 철골로 된 벽은 먼지로 뒤덮이고, 2층으로 올라가는 바깥계단은 낡은 아파트의 계단과 비슷했다.

주차장은 따로 마련돼 있지 않았다. 건물 쪽으로 코끝을 향하며 나란히 서 있는 네 대의 국산차 옆에, 그 차들과 마찬가지로 머리부터 들이밀어 차를 세운 뒤 사이드 브레이크를 당겼다.

약속을 하지 않고 무작정 찾아왔다. 나미노를 만날 수 있을지 없을지 모른다.

미리 전화를 걸어서 만나자고 하면 거절할 것 같아서 무턱대고 찾아왔는데, 어쩌면 나미노는 여기에 없을 수도 있다. 여기서 일한다고 해도 상근 직원이 아닐 수도 있기 때문이다. 물론 나미노가 있다고 해도 이야기를 들을 수 있다는 보증은 어디에도 없다.

삐걱거리는 계단을 올라가서 유리문 앞에 섰다. 문이 닫힌 사무실 안에서 직원 몇 명이 보였다. 차 소리를 듣고 손님이 왔음을 짐작한 듯한 직원과 눈이 마주쳤다. 쉰이 넘은 여성으로, 얇은 파란색 유니폼을 입고 있었다. 한자와는 문을 열었다.

나미노는 안에 있었다.

사무실 구석의 책상 앞에 앉아 경악한 얼굴로 한자와를 보았다. 무슨 말을 하기도 전에 자리에서 일어서며 생쥐처럼 생긴 얼굴의 미간에 세로 주름을 잡았다.

"여기까지 찾아오다니. 도대체 뭡니까? 나는 이제 관계가 없잖아요!"

나미노는 신경질적으로 말을 내뱉으며, 손님과 사무실을 구분하는 카운터 안쪽까지 와서 들고 있던 서류를 내던졌다.

어딘지 모르게 나미노와 닮은 남성이 안쪽에 앉아서 볼펜을 손에 든 채 상황을 지켜보고 있었다. 이 회사 사장인 나미노의 형인가? 가슴에 회사 이름이 적힌 회색 유니폼 차림의 나미노와 달리 반소매 와이셔츠에 넥타이 차림이다.

"일하시는데 죄송합니다."

서부오사카철강을 그만두자마자 오사카상공리서치의 기스기에게 결산서를 팔아넘긴 놈이 누구냐고 호통을 치고 싶었으나 한자와는 일단 저자세로 나갔다.

"잠깐 여쭤보고 싶은 게 있는데, 시간을 내주실 수 있을까요?"

"돌아가세요!"

나미노는 뺨을 부르르 떨더니 침을 튀기며 말했다. 알레르기 반응이라도 일으킬 듯한 태도를 냉정하게 관찰하며 한자와는 어이없는 표정을 지었다.

"이러실 필요는 없지 않나요? 당신에게 따지러 온 게 아닙니다. 히가시다 사장에 관해 몇 가지 여쭤보러 왔을 뿐입니다."

"다짜고짜 이런 곳까지 쳐들어오다니! 내가 여기 있다는 걸 누구한테 들었죠?"

"나미노 씨를 잘 아시는 분께 들었습니다."

기스기의 이름은 말하지 않기로 약속했다. 나미노는 불쾌한 표정을 지었지만 구체적으로 누구냐고 묻지는 않았다.

"이러시면 곤란하죠. 난 이미 서부오사카철강의 직원이 아닙니다. 나도 몇 달 치 월급을 못 받았고, 어디까지나 피해자라고요! 이제 좀 내버려두세요!"

안쪽에서 사장처럼 보이는 남성이 무서운 얼굴로 나왔다.

"왜 귀찮게 따라다니고 그래? 당장 돌아가! 은행원에겐 볼 일

없어."

"따라다니는 게 아닙니다."

한자와는 냉정하게 대답했지만 나미노의 형은 카운터를 돌아 나와 한자와의 팔을 잡고 떠밀려고 했다. 예상한 일이긴 했지만 결국 옥신각신하게 되었다.

"나가지 않는다면 경찰을 부르겠어!"

연약하고 소심한 동생과 달리 형은 우격다짐으로 나왔다.

"나미노 씨, 그래도 되겠습니까?"

한자와는 카운터 안쪽에서 상황을 살펴보고 있는 나미노를 향해 말했다.

"협조해주지 않으면 당신도 경찰에서 참고인 조사를 받아야 합니다. 그래도 되겠냐고요!"

"무슨 헛소리를 지껄이는 거야?"

형은 당장이라도 주먹질을 할 듯이 한자와의 멱살을 잡았다.

"경찰을 부르시려면 어서 부르시죠."

한자와는 낮은 목소리로 말하면서 카운터 너머에 있는 나미노를 쳐다보았다.

"도쿄중앙은행에서는 서부오사카철강 건으로 피해신고서를 내려고 합니다. 그러면 경찰에선 당신을 히가시다 사장의 공범으로 보겠지요. 지금 여기서 말을 해주시면 그런 귀찮은 일이 벌어지지 않을지도 모릅니다. 어떻게 하시겠습니까?"

공범이라는 말을 들은 순간, 나미노가 움찔거리는 게 보였다.

"피해신고서 좋아하시네. 입에서 나오는 대로 함부로 지껄이지 마!"

"혀, 형님, 잠깐만."

한자와를 향해 주먹을 치켜든 형을 나미노가 뒤에서 황급히 잡았다. 형은 분노로 일그러진 얼굴을 동생 쪽으로 돌렸다.

"너 뭐야! 나한테 말하지 않은 게 있어?"

"아냐, 그런 거 없어. 오, 오해라 할지라도 경찰이 개입하면 귀찮아지잖아. 말로 끝낼 수 있다면 그쪽이 더 간단하고. 나도 일단 그 회사에서 경리를 봤으니까 말이야."

별안간 태도를 바꾼 동생을 분연한 얼굴로 쳐다보면서, 형은 한자와의 멱살에서 손을 내렸다. 지금의 상황을 이해하는 표정은 아니었다.

한자와는 그가 잡았던 멱살 주변을 매만지며 나미노의 뒤를 따라 입구 옆에 있는 접견실로 들어갔다.

"할 말이 뭐죠?"

탁자를 사이에 두고 한자와와 마주앉은 나미노는 조바심 나는 얼굴로 물었다.

"히가시다 사장과 연락이 되지 않습니다. 어디에 있는지 모르십니까?"

"사장님과는 부도가 난 날 아침에 얼굴을 본 게 마지막이었고, 그 후에는 한 번도……. 점심시간 전에 전화가 와서, 부도가 날 테니까 모두 집에서 대기하라는 지시가 있었을 뿐입니다."

그 말에는 모순이 없다. 그 시간에 직원을 모두 집으로 돌려보냈다는 이야기는 이미 확인했다.

"그것뿐입니까? 그러면 이제……."

"아닙니다, 또 한 가지."

한자와는 수첩에 끼워놓은 복사지를 꺼낸 뒤, 접은 부분을 펼쳐서 나미노에게 내밀었다. 아시아리조트개발이라는 회사 앞으로 입금한 5천만 엔짜리 입금표의 복사본이었다.

"4월 20일자로 되어 있습니다. 분식회계를 이용해 적자를 숨기는 회사의 경영자치고는 굉장한 물건을 사셨더군요."

나미노는 복사본을 뚫어지게 쳐다봤지만 아무 말도 하지 않았다.

"알고 계셨지요?"

한자와는 분노가 깃든 목소리로 말했다. 일부러 '알고 계셨습니까?'가 아니라 '알고 계셨지요?'라고 말했다. 이 인간은 소심하다. 만약 그가 알고 있었다면 이런 질문에 당황할 것이다.

하지만 나미노는 고개를 옆으로 흔들었다.

"아니요, 몰랐습니다."

"그럴 리가 없습니다."

한자와는 나미노의 눈 안쪽을 뚫어지게 쳐다보았다. 동요한 듯이 안절부절못한 모습을 보였지만 거짓말이라는 확신은 가질 수 없었다.

"히가시다 사장 명의인데, 이걸 처리한 사람은 나미노 씨지요?"

"아, 아닙니다. 내가 처리하지 않았어요."

한자와는 다시 나미노의 눈을 똑바로 쳐다보았다. 눈동자는 흔들렸지만 진실에서 거짓으로 들어가는 경계선 주변에서 아슬아슬하게 멈추었다.

"이 건은 내가 관여하지 않았습니다. 그게 아니라 처음 듣는 이야기이고……."

"나미노 씨."

한자와는 이름을 부른 뒤, 지긋지긋하다는 듯이 덧붙였다.

"솔직히 말씀해주십시오. 아무리 사장의 개인적인 일이라도, 경리과장이었던 당신이 이 건을 모른다는 게 말이 됩니까? 그 말을 어떻게 믿으란 겁니까?"

"정말입니다! 나는 몰라요, 정말이라니까요!"

한자와는 끌끌 혀를 찼다.

"나미노 씨, 경찰서에서도 똑같은 말을 할 수 있나요? 진실만 말하겠다고 선서한 법정에서도 모른다고 주장할 수 있냐고요! 만약 거짓이란 게 드러나면 당신도 벌을 받게 됩니다."

"그래도 모르는 건 모르는 겁니다!"

나미노는 기를 쓰고 반박했다.

"하지만 분식회계에 대해선 알고 있었잖습니까?"

"그건 그렇지만……."

나미노는 우물쭈물하면서 한자와로부터 시선을 돌렸다. 그 시선은 탁자 끝에서 미끄러지며 바닥 주변에서 방황했다.

"그 분식회계에 엄청난 비밀이 숨어 있더군요."

다케시타금속의 매입대금 부풀리기다. 그것을 지적하자 나미노는 창백한 얼굴로 말을 머뭇거렸다.

"그, 그건 사장님이 한 거라서 나하곤 관계가 없습니다."

"나미노 씨, 경리과장인 이상 관계가 없다는 말은 안 통합니다. 어린애가 아니니까요."

일부러 심술궂게 말하자 나미노는 "그게 아니라……"라면서 울상을 지었다.

너무도 한심하고 어리석게 보여서, 한자와는 상대가 모르게 얼굴을 찡그렸다. 이런 남자 때문에 일부러 오사카 변두리까지 찾아온 것도 화가 났다. 분식회계를 지적했을 때 이자가 취한 비협조적인 태도와 간교한 변명 하나하나가 머리에 떠오른 순간, 그때까지 가까스로 억눌렀던 분노가 눈을 떴다.

다음에 입에서 나온 한자와의 말은 집념이라는 이름으로 표면을 가공해서 새까맣게 빛나는 독기를 내포하고 있었다. 자연히 말투까지 달라졌다.

"히가시다가 돈을 숨겨놓았지? 돈은 어디에 있어? 어느 은행의 어느 지점이야? 나미노, 알고 있다면 순순히 털어놔. 이렇게 편안하게 말할 수 있는 건 지금뿐이야. 대답에 따라서는 콩밥을 먹게 될 수도 있어. 쇠고랑을 차도 좋아?"

나미노는 한여름이 한겨울로 변한 것처럼 갑자기 바들바들 떨었다. 그리고 보이지 않는 힘으로 쥐어짠 걸레처럼 허리 위쪽을 비틀며 머리칼을 곤두세웠다.

"모, 모릅니다……!"

말없이 노려보자 나미노는 애원하는 얼굴로 울먹였다.

"정말입니다. 정말이라고요!"

"거짓말!"

한자와가 소리치자 나미노의 얼굴은 창백해지고 공포로 온몸이 얼어붙었다.

"한자와 과장님, 믿어주세요. 제발 부탁입니다. 제가 이렇게 부탁할게요. 이제 그만 용서해주세요."

나미노는 그렇게 말하고 소파에서 내려오더니, 낡은 카펫 바닥에 무릎을 꿇고 머리를 조아렸다.

"지금 뭐 하는 거야!"

밖에서 상황을 엿보고 있었는지, 형이 뛰어 들어와서 한자와를 노려보았다.

"그만 돌아가!"

나미노의 숱이 없는 정수리를 내려다보면서 한자와는 말없이 일어섰다.

"생각이 나시면 즉시 연락해주십시오. 그게 당신이 할 수 있는 유일한 속죄니까요."

오열하는 소리가 높아졌다.

그러자 조금 전에 정점에 도달했던 한자와의 분노가 순식간에 가라앉았다. 다음 순간, 코크스 밭의 새까만 풍경이 한자와의 마음속까지 퍼져나갔다.

한자와는 회사 앞에 세워둔 차로 돌아왔다. 차 문을 열어서 번들거리는 햇볕을 받으며 폭발하기 직전까지 뜨거워진 공기를 밖으로 내보내고, 입고 있던 윗도리를 조수석에 던졌다. 담배 냄새가 밴 비닐시트에 몸을 맡기고 시동을 걸었다. 차를 돌리면서 그는 자신이 더러운 돈놀이꾼이 된 듯한 생각이 들었다.

"그래, 나는 더러운 돈놀이꾼이야."

그 자각을 짊어지고 다시 코크스 밭을 달렸다.

2

"해외 별장에 관심이 있으세요?"

사무실 안에 비치되어 있던 단독주택 팸플릿을 보고 있자 직원이 가까이 다가왔다. 30대로 보이는 우아하게 생긴 여성이었다.

"혹시 원하시는 지역이나 나라가 있으신가요?"

한자와는 잠시 생각하는 척을 했다.

"글쎄요. 호주의 케언스가 좋지 않을까 합니다. 기후만이라면 말레이시아도 좋고요. 거긴 1년 내내 봄이니까요."

"참 좋은 곳이죠. 자주 가시나요?"

여성은 살짝 갸웃거린 얼굴에 매력적인 웃음을 담고 물었다.

"말레이시아요? 몇 년 전까지는 자주 갔는데, 최근에는 사업차 중국에만 갔지요. 더구나 남쪽에만 갔는데 덥기만 하고 별로더군요."

"사업차 가셨다고요?"

한자와는 모호하게 고개를 끄덕이고 눈에 들어온 팸플릿을 들었다. 태국에 있는 고급 단독주택이다. 가격은 1천 8백만 엔이라고 되어 있었다.

미도스지의 번화가에 있는 아시아리조트개발의 직영 사무실이다.

나미노 사무실에서 나온 한자와는 일단 지점으로 돌아가 쌓여 있던 미결재서류를 처리하고 즉시 다시 나왔다. 이 사무실의 존재는 어젯밤에 인터넷으로 확인하고, 나미노에게서 단서를 얻지 못하면 방문하기로 미리 마음먹은 터였다.

"저쪽에서 커피라도 드시는 게 어떠세요? 팸플릿을 가져올 테니까 편안히 보세요."

그렇게 넓은 사무실은 아니었지만, 한쪽 구석에 접객용 테이블이 놓여 있었다. 평일 오후라서 그런지 손님은 한자와 한 사람뿐이었다.

시키는 대로 편안한 의자에 앉아 있자 이윽고 여성이 플라스틱 컵에 든 커피와 팸플릿을 한아름 들고 돌아왔다.

"괜찮으시면 이쪽에 있는 설문지를 적어 주시겠어요? 당사에서 개발한 분양물건 말고도 원하는 물건이 있으면 찾아드릴게요. 저는 가와구치라고 해요."

여성이 내민 명함을 보자 상담팀장이라고 되어 있었다. 설문지에는 적당한 회사이름과 함께 대표이사라고 써두었다.

"저희 회사는 어떻게 아셨어요?"

그 질문에 한자와는 일부러 대답하지 않았다.

"실은 친한 거래처 사장님이 하도 권하기에, 어떤 게 있나 해서 한번 와봤습니다."

"그러셨어요?"

여성은 친근한 미소를 지었다.

"서부오사카철강의 히가시다 사장님인데, 혹시 아시나요?

여성의 얼굴에 미소가 퍼져나갔다.

"네, 잘 알아요."

"그 사장님은 어디에 샀다고 했더라? 케언스가 아니었던가?"

여성이 생긋 미소를 지었다.

"아뇨, 마우이 섬이에요."

"아아, 그런가요? 좋은 곳에 샀군요."

이 말은 연기라기보다 절반은 본심이었다. 그리고 덧붙였다.

"참 좋은 곳이죠. 아름답고 환상적인 자연이 섬을 둘러싸고 있더군요. 이 회사에서 개발한 리조트 맨션인가요?"

"개발은 저희가 했어요. 히가시다 사장님께서 사신 건 맨션이 아니라 단독주택이지만요."

해외부동산에 5천만 엔을 투자했다면 맨션이 아니라 단독주택일 것이다. 호주라면 수영장이 있어도 절반 이하의 금액으로 살 수 있으므로, 가격으로 보면 하와이일 것이라고 짐작했다.

"분명히 5천만 엔이라고 했던 것 같은데요. 비슷한 물건이 있으면 내게도 추천해주세요. 지도도 있나요?"

한자와는 빙긋이 미소를 지으며 덧붙였다.

"아무리 친해도 히가시다 사장님 옆집은 안 됩니다."

여성은 조심스럽게 미소를 짓고는 "잠시만 기다리세요"라고 말하며 자리를 떴다. 그리고 즉시 마우이 섬의 지도와 몇 가지 도면을 들고 돌아왔다.

여성은 사진이 실린 팸플릿을 한 손에 들고 설명하면서 지도 위에 소재지를 써넣었다. 인내심을 가지고 다섯 건의 설명을 들은 뒤, 한자와는 그제야 은근슬쩍 물었다.

"히가시다 사장님의 별장은 어느 주변에 있나요?"

"이 주변이에요."

바닷가의 높은 지역에 있다고 한다.

"별장을 사면 그곳에 살겠다고 입버릇처럼 말했지요."

"물론 그곳에서 계속 살 수도 있는 고급 단독주택이에요."

버러지만도 못한 녀석이 살기에는 아까운 집이다. 반드시 경매로 넘기겠다고 생각하면서 한자와는 크게 고개를 주억거렸다.

"하와이의 별장이었어. 마우이 섬의 단독주택이라더군."

가키우치는 입술을 둥글게 말고 휘파람을 부는 흉내를 냈다.
"벌써 그쪽으로 도망쳤나요?"
"인테리어 공사가 아직 안 끝났대. 그러니까 적어도 지금 이 집에는 안 살아."
한자와는 팸플릿의 복사본을 가키우치에게 보여주었다. 바다를 내려다볼 수 있는 새하얀 리조트다. 그것을 보고 있자니 부아가 치밀었다.
"아무튼 놈이 돈을 숨겨놓은 건 확실하군요. 5천만 엔 전부는 아니더라도 어느 정도는 회수할 수 있겠지요."
가키우치가 웃지도 않고 덧붙였다.
"그런데 별장에 이만한 돈을 쏟았다면, 그밖에도 재산을 숨겨놓았을 가능성이 있지 않을까요?"
"그렇겠지. 이런 사실을 알았다는 것만으로도 큰 진전이야. 있는지 없는지도 모르는 보물을 찾는 건 크나큰 고통이니까."
"과장님, 어떡하실 생각이세요? 위쪽에 보고하실 건가요?"
가키우치가 의미심장하게 물었다.
아직 사실관계가 확인되지 않았다. 이 단계에서 아사노에게 보고하면 괜히 귀찮아질 수도 있다. 모든 책임을 한자와에게 떠넘기는 아사노의 행동도 마음에 들지 않았다. 만약 회수할 전망이 있다면 이번에는 자기 공으로 돌릴 것임이 틀림없다. 그런 녀석에게 섣불리 정보를 말해줄 수는 없다.
"당분간 위쪽에는 비밀로 하고 우리끼리 상황을 살펴보는 게 좋겠어. 위쪽에 말하면 또 무슨 말을 할지 모르니까."

가키우치가 눈을 반짝이며 말했다.

"동감입니다. 진정한 적은 항상 등 뒤에 있으니까요."

3

"이런 사람인데, 지점장님 계십니까?"

다음 날 아침의 일이었다.

2층에 있는 융자과 앞에 수수한 양복 차림의 사내들이 열 명 정도 나타났는가 싶더니 곧장 카운터의 맨 안쪽으로 와서 그곳에 있는 가키우치에게 신분증을 보여주었다.

사내는 40대쯤 됐을까? 작은 체구에 붙임성이라곤 한 조각도 없이 상대를 깔보듯 쳐다보았다. 사내의 뒤쪽에 있는 사람들도 나이는 제각각 다르지만 하나같이 무뚝뚝한 얼굴로, 은행에 불만을 제기하러 온 소비자단체의 분위기와 비슷했다.

가키우치가 지점장 자리를 돌아보며 한자와에게 귀엣말을 했다.

국세청 국세국이다. 한자와는 혀를 차고 싶은 것을 가까스로 참았다. 귀찮은 녀석들이 굴러 들어왔다.

"어서 오십시오."

지점장실에서 전화를 걸고 있던 아사노가 황급히 뛰어나와 고개를 숙였다.

"사찰이야. 지점장, 잘 부탁해."

사내는 거만하게 몸을 뒤로 젖히고 태연한 얼굴로 말했다. 사내의 신분은 아마 통괄관일 것이다. 국세국 사찰의 경우, 한 번에 수십 명, 때로는 백 명에 가까운 인원수가 투입되어서 몇 개 그룹으로 나뉘어 수색 거점으로 향한다. 아마 은행 이외에도 수사 대상인 기업이나 개인의 자택 등에 동시에 들어갔겠지만, 각 그룹을 이끄는 사람은 통괄관이라고 불리는 이른바 중간관리직이다.

"네, 어서 오십시오. 이봐, 한자와 과장. 3층 회의실로 안내해 드려."

카운터 문을 열어주자 사내들이 인사 한마디도 없이 우르르 들어왔다. 회의실로 안내한 한자와를 체구가 작은 통괄관이 불러 세웠다.

"이봐, 당신 말이야. 잠시만 기다려."

나이는 한자와와 같든지 조금 많은 것처럼 보였다. 사내가 거만하게 말했다.

"가져와야 할 서류가 있으니까 메모해."

"예금 관계 서류입니까?"

"그래."

한자와가 전화기 옆에 있던 메모지를 들자 사내는 가져와야 할 서류를 잇달아 말했다.

"보통예금의 인감표, 계좌번호의 앞부분이 45에서 49까지 전부. 작년 1년 치 입금표. 2000년 5월부터 7월까지 정기예금 지급

전표.”

상당한 양이다. 메모지 몇 장이 즉시 글자로 채워졌다. 하지만 그만한 서류를 준비해도 실제로 조사하는 것은 그중에 포함된 한 회사나 한 개인이다. 어느 회사인지, 누구를 조사하는지 알려지지 않도록 움직이는 게 국세국의 방식이다.

“그리고 또…….”

사내가 잠시 말을 끊었다가 다시 이었다.

“복사기도 가져와.”

“네? 복사기요?”

한자와가 무심코 되묻자 사내가 비아냥거렸다.

“못 들었나? 당신, 귀 먹은 거 아니야? 복사기라고 했어, 복사기! 아무리 은행원이라도 복사기 정도는 알겠지?”

사내의 말이 끝나기도 전에 사찰관들 사이에서 웃음이 일었다.

은행에는 여러 부류의 사람들이 오지만 태도가 나쁘다는 면에서 국세국 직원은 폭력배에 비할 바가 아니다. 폭력배는 카운터 앞에서 큰소리로 고함을 치는 게 고작이지만, 이 녀석들은 은행 안에까지 우르르 밀고 들어와 국가 권력을 등에 지고 거들먹거린 끝에, 마음에 들지 않는 일이 있으면 “셔터 내리게 해줄까?”라는 말로 협박한다. 잘못된 엘리트 의식과 일그러진 선민사상의 산물로, 한심한 자들이 권력을 가지면 이렇게 된다는 패턴의 전형적인 모습이다. 인기 TV 드라마에 나왔던 인정 많고 너그러운 조사관은 현실에 존재하지 않는다.

"당장 가져와. 이쪽은 바쁘거든."

사내는 거만하게 말한 뒤, 할 말이 끝났다는 듯 등을 돌렸다.

한자와가 도와주러 온 젊은 행원에게 복사기를 가져오라고 말한 뒤, 영업과장에게 필요한 서류를 쓴 메모지를 주고 있자 부지점장인 에지마가 사내에게 다가와서 "점심은 뭐가 좋을까요?"라고 간살을 떨기 시작했다.

국세국 직원이 오면 그들이 '돌아가겠다'고 말할 때까지 은행 사람들은 한 발짝도 밖에 나갈 수 없다. 일일이 시중 들어주는 사람을 옆에 둔 채, 언제 돌아갈지도 자신들이 정하는 팔자 좋은 신세다. 어차피 국세청으로 돌아가면 상사에게 고개를 조아릴 게 뻔하고, 그 스트레스를 은행에서 큰소리치는 걸로 푸는 게 아닐까 생각될 만큼 천박한 자들이다.

어이가 없어서 한자와가 들리지 않게 혀를 찼을 때, 아래층에서 젊은 행원 네 명이 낑낑대며 복사기를 가져왔다.

"이봐, 이쪽에 놔줘."

통괄관이 아닌 다른 사내가 말했다.

"이쪽이야, 이쪽. 조심해, 은행원들은 하나같이 비리비리하다니까."

또 한꺼번에 웃음이 일었다. 그러자 복사기를 가져온 사람 중에 한 명이 발끈했다.

"지금 뭐라고 했습니까?"

융자과의 요코미조 마사야였다.

"요코미조……!"

한자와가 황급히 제지했지만 요코미조와 사찰관은 이미 서로를 날카롭게 노려보고 있었다. 사립대 럭비부 출신인 요코미조가 조금 전에 깐족거린 사찰관을 위압적으로 내려다보았다.

"당신은 또 뭐야? 무슨 불만이라도 있어? 셔터 내리게 해줄까?"

사찰관은 그 말밖에 모르는 바보처럼 대응했다.

"요코미조, 그만해. 죄송합니다. 잘 타이르겠습니다."

사찰관만이 아니라 에지마까지 노려보는 걸 보고 한자와는 순순히 사죄했다. 그런 다음 "이리 와"라고 요코미조의 팔을 잡고 회의실에서 데리고나갔다.

"저놈들, 대체 뭡니까? 자기들이 뭐라도 되는 줄 아나 봐요."

"저런 인간들은 상대하지 않는 편이 좋아."

"하지만 과장님. 저놈들은 공무원이잖아요? 우리가 내는 세금으로 먹고사는 주제에, 저렇게 오만방자하게 굴면 안 되잖습니까?"

"국세국 녀석들은 원래 그래. 내 말 잘 들어. 아무리 화가 나도 절대로 상대하지 마. 알겠어?"

"알겠습니다."

요코미조는 마지못해 고개를 끄덕였지만 사찰관과의 마찰은 그 후에도 계속되었다.

처음에는 인감 대장이었다.

영업과 업무에서 사용하는 것까지 가져오라고 해서, 설명하러 간 과장대리와 한바탕 입씨름이 벌어졌다. 또한 무슨 착각을 했는지 자료를 찾으러 1층 영업과까지 내려와, 여성 행원을 위협해 고객 상담을 중단시키면서까지 전표를 찾으러 보내는 횡포를 저지르기도 했다. 이때 고객이 은행원으로 착각해 주변이 떠나가라 호통을 치는 바람에, 보는 행원들의 속이 후련해졌다고 한다.

그 후에도 "이걸 가져와라" "저게 없다"라고 일방적으로 요구하는 바람에, 오전 중에는 거의 일을 할 수 없었다.

제자리에 돌아온 에지마가 전화로 특장어덮밥 10인분을 주문하는 소리가 언뜻 들렸다. 물론 식사비는 은행의 부담이다. 이때 에지마의 목소리를 들은 사람은 한자와만이 아니었던 모양이다.

"요코미조, 나카니시. 식사가 왔으니까 회의실로 가져다줘."

이윽고 에지마의 지시를 듣고 두 사람이 말없이 일어섰다. 시계를 보자 12시 정각이었다.

"완전히 상전이시군."

가키우치가 볼펜을 돌리며 불만스럽게 말하더니, 한자와를 보면서 덧붙였다.

"과장님 먼저 식사하세요. 먹을 수 있을 때 먹어두지 않으면 나중에 쫄쫄 굶을 수도 있으니까요."

"그건 그래."

한자와는 '식사 중'이란 메시지 보드를 세우고 사무실 밖으로 나왔다. 그때 3층으로 올라가는 계단 옆에서 숨죽인 웃음소리가 들렸다. 웃음소리는 서무행원실에서 흘러나왔다. 낮에는 사람이 거의 없는 곳인데, 지금 그곳에 사람들의 그림자가 있었다.

"자네들, 여기서 뭐 해?"

흠칫 놀라며 돌아본 사람은 요코미조와 나카니시, 그리고 업무과 행원인 가시와다 와비토 등 세 명이었다. 실내에는 음식물이 상한 듯한 역한 냄새가 떠다니고 있었다. 냄새의 근원지는 가시와다다. 독신에 서른 살이 넘은 가시와다는 목욕을 하지 않기로 유명한 사람이다. 빨지 않은 와이셔츠는 꼬깃꼬깃하고 옷깃은 누리끼리하며, 너덜너덜한 양복 어깨에는 비듬이 지저분하게 흩어져 있었다. 기름때에 찌든 머리칼은 부수수하고, 얼굴에는 여드름이 덕지덕지했다. 고객이 가끔 "너무 불결해서 눈 뜨고 볼 수가 없어요. 담당자를 바꿔주세요"라고 불만을 제기할 정도였다. 에지마가 아무리 잔소리를 해도 습관을 고칠 기색은 손톱만큼도 없어 보였다.

테이블 위에는 장어덮밥이 열 그릇 놓여 있었다. 그런데 덮밥 위에 있어야 할 장어는 모두 다른 접시에 담겨 있었다.

더러운 손을 앞머리에 쑤셔 넣은 채, 가시와다가 굳은 얼굴로 한자와를 보았다.

다음 순간, 장어덮밥을 감추면서 요코미조가 말했다.

"아무것도 아닙니다. 랩을 벗겨드리려고요."

세 사람이 무슨 짓을 하려는지는 한눈에 알 수 있었다. 웃을 수는 없지만 화낼 마음도 들지 않았다.

"장어집에 폐가 되지 않도록 적당히 해."

요코미조와 나카니시가 얼굴을 마주보고 히죽 웃는 것을 보고 한자와는 식당이 있는 3층으로 올라갔다. 점심 메뉴는 탄탄면이었지만 아까 본 광경이 눈꺼풀에 달라붙어서 식욕은 어딘가로 사라졌다.

국세국 사람들은 오후에도 계속 회의실에서 죽치고 있었다. 사찰관이 한자와를 호출한 것은 밤 9시가 넘어서였다.

"대출 자료를 가져와. 올해 1월부터 6월까지 어음할인 이외에 대출을 해준 거래처 자료! 법인이나 개인 모두!"

"그러면 건수가 상당히 많은데요?"

"괜찮아. 그런 건 걱정하지 말고 빨리 가져오기나 해."

융자과 전원이 분담해서, 80권 가까운 파일을 카트로 운반했다.

"도대체 어디를 조사하는 걸까요?"

3층 계단을 내려오면서 가키우치가 물었다.

"글쎄. 우리에게 알려지면 증거를 인멸할 거라고 생각하겠지."

"정말 어이없는 녀석들이네요. 저렇게 싸가지 없는 녀석들은 처음 봤어요."

"그러게 말이야."

국세국의 사찰은 하루로 끝나지 않는다. 조사 시작일에는 증거서류를 확보하기 위해 대거 나타나지만, 그 후에는 몇 명 단위의 조사반이 며칠, 때로는 몇 달에 걸쳐서 조사를 진행하는 장기전이다. 통상의 세무조사보다 시간을 오래 들여서 대형 탈세를 입증하는 게 그들의 수사기법이다. 경찰의 범죄수사와 비슷하다고 할 수 있다.

에지마의 책상에 있는 내선전화가 울린 것은 밤 11시가 넘어서였다.

에지마는 통화를 마치고 행원들을 둘러보았다.

"됐어, 끝났어. 자료를 가지러 모두 회의실로 가줘."

그 한마디에 퇴근하지 못하고 남아 있던 남자 행원들이 무거운 발걸음으로 3층 계단을 올라갔다. 반대로 회의실에서는 사찰관들이 오리 떼처럼 우르르 몰려나왔다. 생각 탓인지 그들도 하나같이 기운이 없어 보였다.

"으아! 난장판이야! 난리도 이런 난리가 없군!"

자료가 어지러이 흩어진 회의실을 보자 녀석들에게는 '정리'라는 의식이 털끝만큼도 없다는 사실을 알 수 있었다. 적의 군대에 유린당한 패전국 같은 처참한 모습에 누가 먼저랄 것도 없이 깊은 한숨을 내쉬었다. 우울한 철수작업은 밤 12시까지 계속되었다.

그들에게 제출한 자료 중에 서부오사카철강의 자료가 섞여 있었다.

5억 엔의 신규 대출은 2월이고, 통괄관이 지시한 서류 제출 조건에 해당되었기 때문이다. 서부오사카철강 파일은 담당자인 나카니시가 아니라 한자와가 자기 책상에 놓았다. 지금 이 회사의 채권 회수는 나카니시가 아니라 한자와가 맡아야 하는 과장급 사건이기 때문이다.

한자와는 자료를 들춰보다 무심코 “어?” 하면서 고개를 갸웃거렸다.

그는 이 파일에 하와이 단독주택의 자료를 끼워놓았었다. 그곳에 그의 자필로 구체적인 주소를 써놓았는데, 지금 돌아온 파일에는 그것이 복사본으로 바뀌어 있었다.

한자와는 “이것 좀 봐”라고 가키우치에게 파일을 보여주었다.

“원본과 착각해서 복사본을 남겨둔 겁니다. 그렇다면 그 녀석들…….”

“국세국에서 조사하고 있는 건 서부오사카철강과 히가시다야.”

한자와가 그렇게 확신한 순간, 뒤에서 요코미조의 이죽거림이 들렸다.

“그놈들, 쌤통이다. 비듬밥인 줄도 모르고 맛있게 먹었겠지?”

4

한자와가 오사카상공리서치의 기스기에게 연락한 것은 그 다음 날이었다.

그날 오후. 한자와는 지점 2층에 나타난 기스기를 지난번과 똑같이 접견실로 안내한 다음 조심스럽게 말을 꺼냈다.

“서부오사카철강과 신일본특수강과의 관계를 알고 싶군요.”

“관계라고 하시면, 어떤 것 말씀인가요?”

기스기는 빈틈없는 눈으로 한자와를 보았다. 이 사람에게 정보는 곧 상품이다. 그런 상품을 공짜로 주어야 할지 말지 망설이는 얼굴이었다.

"나미노 과장 말로는 히가시다가 신일본특수강의 발주량이 늘어날 걸로 기대해 5년 전에 공장을 신설했는데 그것이 물거품으로 돌아가면서 실적이 악화되었다고 하더군요. 그게 정말인가요?"

"예전에 서부오사카철강과 신일본특수강이 친밀한 관계였던 건 틀림없는 사실입니다. 5년 전의 공장 증설은 그런 관계를 뒷받침하는 것이었죠. 그리고 그 후의 경위를 보아도 나미노 과장의 말이 맞다고 생각합니다."

"그 5년 전부터 지금까지 서부오사카철강과 신일본특수강과의 수주 관계는 어땠나요? 왜 공장 증설 예상이 틀렸는지, 그 이유를 알고 싶어서 말입니다."

기스기는 자신이 아는 사실을 말하기로 결심한 듯 입을 열었다.

"신일본특수강 자체가 쑥쑥 성장하는 회사가 아니거든요. 5년 전이라면 신일본특수강의 사장이 교체된 시기입니다. 서부오사카철강의 동업자에게서 들었는데, 히가시다 사장은 전임 사장이 젊었을 때부터 친하게 지냈다고 하더군요. 개인적인 친분을 배경으로 하청 관계를 이어온 거죠. 그 덕분에 전임 사장의 임기 중인 5년 사이에 서부오사카철강의 매출은 급성장했습니다. 그런데 그동안 신일본특수강의 실적은 제자리걸음이었지요. 따라서 실적 악화의 책임을 지는 형태로 전임 사장이 경질되면서 본격적인 구조조정이 시작된 겁니다."

"요컨대 구조조정의 일환으로 거래처를 정리했다는 건가요?"

"그렇습니다."

기스기가 고개를 주억거렸다.

"히가시다는 전임 사장이 경질된다는 사실을 몰랐나요?"

"쿠데타였으니까요."

"오호!"

한자와의 입에서 감탄사가 새어 나왔다.

"해임 사유가 나오자마자 해고되었지요."

"히가시다에게도 갑작스러운 사건이었단 말인가요?"

"그랬을 겁니다. 신일본특수강에선 창업자 가족 중에서 사장을 내세우긴 했는데, 그때부터 이 회사에서 오너 색깔이 희미해졌지요."

"그로부터 5년 사이에 서부오사카철강과의 거래가 줄어들었다는 건가요? 도저히 만회할 수 없을 만큼?"

"신일본특수강의 방침이었지요. 그때까지 서부오사카철강이 수주했던 이익이 많이 나는 일은 거의 거래처를 옮기거나 가격을 많이 깎는 바람에 채산성이 나빠졌습니다. 신임 사장의 방침이라고 하는데, 실제로는 전임 사장과 친했던 서부오사카철강을 눈엣가시처럼 여겼다는 소문도 있더군요."

기스기의 말이 사실이라면 서부오사카철강의 실적 악화는 5년 전부터 피할 수 없었다는 뜻이다.

불황의 폭풍우가 휘몰아치는 철강업계에서 신일본특수강을 대신할 거래처를 찾는 일은 쉽지 않았을 것이다. 조만간 궁지에 몰린다는 사실을 알고 있어도, 대부분의 일본 중소기업은 자기자본이 적고 차입금이 많아서, 회사를 접으면 빚밖에 남지 않는다. 그때 히가시다는 무슨 생각을 했을까?

"즉, 히가시다는 5년 전부터 도산을 예측했다는 건가요?"

그날 밤, 기스기로부터 들은 이야기를 해주자 가키우치가 목소리를 낮추며 물었다.

"아마 지난 5년간, 히가시다는 분식회계를 통해 은행을 계속 속여 왔을 거야. 그러면서 한편으로 매입을 부풀리는 등 이런저런 방식으로 돈을 빼돌린 게 아닐까? 제2의 인생을 보낼 곳도 하와이에 미리 마련해놓고 말이야."

"그러면 이건……."

한자와는 가키우치의 의미심장한 눈을 바라보며 고개를 끄덕였다.

"그래, 계획도산이야."

5

"나 참, 기가 막혀서. 그런 식으로 하면 어떡해?"

도마리는 어이없는 표정을 지으며 한숨을 내쉬었다.

"그렇게 엉터리로 조사하는데 가만히 있을 순 없잖아?"

한자와는 달려들 듯이 말하고 맥주를 벌컥벌컥 들이켰다. 우메다 역의 지하상가에 있는 술집이다.

서부오사카철강의 대출 사고에 대해 융자부 면담에서 옥신각신한 일이, 자기 부서 안에서 화제가 되었다고 도마리는 말했다.

한자와는 '화제가 되거나 말거나, 내가 알 게 뭐야!'라고 생각했다.

"사다오카 녀석은 머리끝까지 피가 솟구친 모양이야. 지치지도 않고 계속 네 욕을 하더군. 내가 적당히 대꾸했지만 도저히 분이 안 풀리나 봐. 그보다 더 골치 아픈 녀석은 인사부의 오기소 차장이야. 뒤끝이 장난 아니거든."

한자와는 코끝으로 비웃었다.

"뒤끝이 있으라고 해. 애당초 같은 부서에 있는 가와하라에게는 사정도 듣지 않고, 우리를 오라 가라 하는 건 무례한 일이잖아. 더구나 지점 잘못이라고 미리 정해놓고 사죄하라는 식으로 말하다니."

"그렇게 화낼 것 없어. 어차피 융자부는 그런 곳이니까. 그건 너도 알고 있잖아? 그나저나 오기소 차장 말이야, 어떻게 해서라도 네 흠을 찾을 생각인가 봐. 융자부에 오사카 서부 지점의 현장감사를 제안하더군."

"뭐야?"

현장감사란 융자부가 직접 지점에 가서 대출 내용을 감사하는 일이다. 기간은 사흘. 그동안 여신 판단이 적절하게 이루어졌는지 확인하는데, 매일 감사가 끝난 뒤에는 강평을 하고 현장의 행원들과 검토회를 한다.

감사팀은 약 다섯 명. 리더는 부지점장급이고 나머지 네 명은 과장급이다. 감사역이 되는 사람은 대부분 지점에서 임무를 마치고, 관계사로 파견을 나가기 전의 행원으로 정해져 있다.

뭔가 꿍꿍이속이 있다. 부지점장급 리더는 어차피 지점장이 되지 못했던 낙오자이고, 감사역의 네 명에 이르러서는 끽해야 융자과장이 고작인 평범한 사람들이다. 실무는 알고 있겠지만 일류라고 하기 힘들고, 평생 변두리 지점을 전전해야 하는 은행원이다.

지점의 여신 판단에 트집을 잡으려면 얼마든지 잡을 수 있다. 지금까지 융자과장으로서 부끄럽지 않게 일했다는 자부심이 있는 만큼 올 테면 와보라는 심정이지만 사전 준비가 귀찮기 짝이 없다. 은행의 감사에는 여러 가지가 있는데, 가장 골치 아픈 것은 감사 자체보다 사전 준비다. 현장감사도 예외는 아니다.

감사 전에는 한밤중까지 야근을 하면서 대책을 세우는데, 그 안에는 금융청에 들켜서는 안 되는 자료의 은닉도 포함된다. 그런 위험한 서류는 골판지 상자에 넣어서 융자과장의 집에 숨기기도 하는데, 이것을 소개(疏開)• 라고 한다.

• 원래는 공습이나 화재에 대비하여 한곳에 집중되어 있는 주민이나 시설물을 분산한다는 뜻.

은행이라는 곳은 외부에서 보면 그럴싸하고 항상 옳은 일만 할 것 같지만 꼭 그런 것만은 아니다. 어쨌든 감사에서는 좋은 점수를 받으려고 기를 쓰지만 열심히 감사 대책을 세운다는 것은 평소의 융자 내용에 문제가 있다는 반증이다. 깨끗한 일만 해서는 실적을 채우지 못하기 때문에, 이런 식으로 융자의 현실과 감사가 다람쥐 쳇바퀴 돌듯이 계속 반복되는 것이다.

"그런데 왜 인사부가 융자부에 감사를 지시하지?"

도마리는 연극적인 말투로 대답했다.

"면담의 결과, 오사카 서부 지점의 여신 판단에 문제가 있다고 사료되어서 귀 부서의 현장감사가 필요하다고 생각된다, 인사부장이 이렇게 고상한 편지를 융자부장 앞으로 보냈어. 이게 무슨 뜻인지 알아?"

도마리는 장난스러운 말투와 반대로 진지한 눈길로 한자와를 쳐다보았다.

"한마디로 말해서 가서 흠을 찾아오라는 거야. 오기소는 너 때문에 면담에서 얼굴에 먹칠을 당했다고 생각하거든."

"내가 마음에 들지 않는다면 내게 직접 말하면 되잖아. 찌질한 놈 같으니!"

한자와는 토해내듯 말했지만 그렇다고 어떻게 할 수 있는 것은 아니다.

"그게 녀석의 방법이야. 조직적으로 추락시키려는 거지. 미리 말해두지만 상상도 할 수 없을 만큼 더러운 놈이야. 목적을 위해서는 수단을 가리지 않아."

"도마리, 약간은 나를 지원해주고 있겠지?"

"바보 같은 소리 마."

도마리가 눈을 부릅뜨고 덧붙였다.

"약간이 아니라 엄청나게 지원해주고 있어. 당연하잖아. 그건 그렇고 가장 중요한 채권 회수는 어떻게 되고 있지? 오기소나 사다오카 같은 피라미들에게 아무리 호통을 친다고 해도, 5억 엔의 대손을 만회하지 못하면 네 처지는 곤란해질 수밖에 없어. 알고 있겠지?"

1차에서 나와 2차에서 평소의 몇 배는 마셨다. 한자와와 도마리는 술이 세다. 심지어 도마리는 자기소개서의 특기란에 '술'이라고 썼을 정도다.

화제는 부실 채권에서 동기의 소식으로 바뀌었다.

지난번에 도마리가 출장 왔을 때는 가리타와 곤도도 같이 있었다. 그런데 오늘은 일부러 그들을 부르지 않았다. 도마리가 두 사람 앞에서는 할 수 없는 이야기가 있다고 했기 때문이다.

"차장 레이스의 선두주자가 나왔어. 사무부의 가도와키야."

"MBA야?"

"도쿄대, UCLA."

도마리의 얼굴이 약간 일그러졌다. 도쿄중앙은행뿐만 아니라 모든 메가뱅크에는 해외유학제도가 있다. 좁은 문인 행내 선발을 통과해 2~3년 걸리는 MBA 코스를 밟는 것은 출세의 등용문이다. 미국이나 영국에서 경영학 석사학위를 취득한 뒤, 미국이라면 미주본부에서 3년에서 5년간 몸 바쳐 일하고 귀국하는 것이 정해진 코스다.

도마리는 그 등용문에 도전했다가 떨어졌다. 프로젝트 파이낸싱 분야에 있는 대부분의 행원이 MBA 취득자라는 점에서 볼 때, 기껏 은행에 들어왔는데 자신이 원하는 직종에 갈 수 없었던 이유는 그때 시험에서 떨어졌기 때문이라고 생각할 것이다.

"가도와키의 아버지는 하쿠스이은행의 이사였지? 올라갈 곳까지 올라가겠지."

은행에서 임원까지 출세하려면 몇 가지 조건이 있다.

일류대학 졸업, 혈연, MBA의 3종 세트다. 가도와키는 그 모든 것을 클리어했다.

임원 레이스에서 승리해 은행장까지 올라가려면 복잡한 행내 인맥을 다스릴 리더십을 비롯해 조건은 더욱 까다로워지지만, 실은 도쿄중앙은행의 전신인 산업중앙은행의 경우에는 '얼굴'도 중요한 요소 중 하나였다. '산업중앙은행의 신사'를 방불케 하는 로맨스그레이의 외모가 절대 조건이었던 것이다.

역대 은행장 후보들의 이력을 보면 도토리 키 재기지만, 외모를 넣으면 의외로 인선을 줄일 수 있다. 그런데 이 관습을 뒤집는 전례를 만든 것은 도쿄제일은행과 산업중앙은행이 합병했을 때의 은행장이었던 다카하시 다이스케였다. 다카하시는 아무리 보아도 짓눌린 찐빵처럼 멍청하게 생겨서, 도쿄제일은행이 아니라 산업중앙은행이라면 절대로 은행장 자리에 앉을 수 없었을 것이라는 소문이 자자했다.

사실 여기에는 후일담이 있다. 당시 산업중앙은행에는 기시모토 신지라는 차기 은행장감인 기대주가 있었는데, 이 기시모토는 검은 테 안경에 대머리에다 바다거북처럼 생겨서, 성형수술이라도 하지 않는 한 은행장 자리에 앉는 것은 불가능했다. 그래서 곤경에 빠진 산업중앙은행 사람들이 합병 은행의 초대 은행장으로 멍청하게 생긴 다카하시를 앉혀서 외모가 떨어져도 은행장이 될 수 있다는 전례를 만든 다음, 기시모토에게 원만하게 자리를 물려줄 수 있도록 만들었다. 그 기시모토의 뒤를 이어 지금 도쿄중앙은행 은행장이 된 이쓰키 다카미쓰는 산업중앙은행 출신이다. 외모도 잘생겼고 전국은행협회장을 역임했으며 부실 채권 처리의 어려운 상황을 원만하게 극복해냈다. 거짓말 같은 사실이다.

"가도와키는 음험한 성격이 얼굴에 그대로 드러나는 등 외모는 최악이지만, 전례가 있는 이상 은행장 자리도 꿈은 아니야."

도마리의 독설을 듣고 한자와도 웃으면서 동의했다.

"반면에 이제 본격적으로 파견 이야기도 나오고 있어."

30대에 파견을 나가면 소속은 은행에 있으므로 다시 은행으로 돌아올 수 있다. 그런데 40대가 되면 소속까지 파견 회사로 옮기기 때문에 다시는 은행으로 돌아오지 못한다.

불현듯 도마리의 표정이 흐려졌다.

"곤도가 위험해."

"무슨 말이야? 말이 씨가 될 수 있어!"

목소리를 높이기는 했지만 한자와도 속으로는 그렇게 생각했다. 그것은 도마리도 알고 있었다.

"이제 슬슬 인생의 분기점이 보일 나이지. 곤도도 가리타도, 나도 너도 말이야."

도마리의 말이 맞다.

"지금 네 부실 채권 문제는 동전 던지기야. 뒷면이 나오면 적까지 옮겨야 하는 파견이고, 앞면이 나오면 전선에서 시합 속행이고."

도마리는 섬뜩한 말을 했지만 그 말은 틀림없는 사실이었다.

"도마리 씨는 뭐래?"

그날 밤, 하나는 한자와가 돌아올 때까지 자지 않고 기다렸다. 도마리를 만난다고 미리 말해놓았기 때문이다. 하나도 나름대로 이번 사건을 상당히 신경 쓰고 있었다.

"인사부의 오기소라는 녀석이 요전의 면담에 앙심을 품고 현장감사를 하자고 했다는군. 채권 회수에 실패하면 나는 파견이라고 하고."

파견이라는 말을 듣자마자 하나의 눈빛이 달라지며 분노로 얼굴이 새파래졌다.

"도마리 씨는 힘이 돼주고 있긴 한 거야?"

"당연하지. 이런저런 정보를 알려줘서 많은 도움이 되고 있어."

하나가 물끄러미 쳐다보자 한자와는 조바심이 치밀어서 차를 달라고 말했다. 하지만 하나는 꼼짝도 하지 않았다.

"파견 나가면 은행으로 돌아올 수 있어?"

"아마 어려울 거야."

"하지만 가키자와 씨는 돌아왔잖아."

가키자와는 예전에 한자와와 같이 일한 적이 있는 우수한 행원으로, 증권본부에서 새로 설립한 증권 자회사로 2년쯤 파견 나갔다가 승진해서 옛날 둥지로 돌아왔다.

"녀석의 파견은 조건부였고, 이번 일과는 사정이 달라."

"월급은 어떻게 되지? 파견 나가면 오르지 않는 거 아냐? 집 대출금만이 아니야. 앞으로 애 교육비도 많이 들 거야. 부모님들도 언제 병에 걸려서 돌봐줘야 할지도 모르고. 괜찮겠어?"

조바심이 머리끝까지 치밀어서 한자와의 말투도 날카로워졌다.

"지금 나더러 어쩌란 거야? 돈이 어디에 얼마나 드는지는 나도 알고 있어. 파견 나가면 월급이 줄어드는 일은 있어도 늘어나는 일은 없겠지. 하지만 지금 그런 걸 걱정하면 뭐 해? 지금 가장 중요한 것은 채권 회수야. 그것에 실패하면 어떻게 될지 생각하는 건 그다음 문제라고!"

"당신은 그래도 좋을지 모르지. 하지만 그 결과 우리 인생이 달라진다면 가만히 있을 수 없잖아! 아니야? 이건 큰 문제라고!"

"그래, 큰 문제야!"

한자와는 화를 내며 덧붙였다.

"그렇다면 내 일이 잘되도록 열심히 기도나 해줘. 아니면 당신이 출세해도 좋고."

"난 당신 때문에 이쪽으로 전근까지 왔어. 나도 지금 회사에서 뼈 빠지게 일하고 있는데, 어떻게 그런 식으로 말하지? 차는 직접 타서 마셔."

하나는 그 말을 남긴 채, 뒤도 돌아보지 않고 아들이 자고 있는 침실로 가버렸다.

6

"갑작스럽긴 하지만 다음 주 수요일부터 현장감사가 있다는군. 그렇게 알고 급히 준비해주겠나?"

에지마에게서 그런 이야기를 들은 것은 도마리를 만난 다음 주의 일이었다. 표정이 심각한 것은 감사 결과가 관리직인 자신의 평가로 직결되기 때문이다.

"잘 들어. 안 그래도 우리 지점은 서부오사카철강 건으로 본부에 찍혔어. 만약 현장감사 결과가 나쁘면 '그것 봐라'라고 할 거야. 자네도 곤란해질 거고. 반드시 좋은 평가를 끌어내야 돼. 앞으로 5일간 죽을힘을 다해 준비하게."

감사의 표적은 어디까지나 한자와였다. 그들의 계략을 알고 있는 한자와의 눈에 아무런 관련이 없는 에지마의 당황하는 모습은 우스꽝스러울 정도였다.

에지마는 눈을 삼각형으로 만들며 다그쳤다.

"융자과장인 자네가 제대로 하지 않으면 곤란해. 반드시 잘해야 해. 지점장님이나 내 얼굴에 먹칠하는 사태가 벌어지면 그때는 책임져야 할 거야."

'지금부터 책임 운운할 문제가 아니잖아!'

한자와는 그렇게 말하고 싶었지만 덩치만 크고 머리는 텅 비어 있는 에지마 따위를 상대해봤자 어쩔 수 없어서 그냥 입을 다물었다.

다른 은행도 비슷하지만 도쿄중앙은행의 경우에도 중소기업에 융자를 해줄 때 중요하게 여기는 점은 그렇게 많지 않다.

올바른 실적 판단, 적정한 융자와 그것에 걸맞은 담보. 이것이 전부다.

그 당연한 일을 당연하게 하기 위해서 금융청에서는 이런저런 지침을 만들었다. 거기에 은행마다 독자적인 규칙이 있고 서류 작성이 의무로 되어 있다.

그것을 제대로 하고 있느냐 하고 있지 않느냐가 현장감사의 포인트다. 자신은 있지만 천 개에 가까운 융자처가 있는 오사카 서부 지점에서, 모든 회사의 융자를 재검토하는 것은 불가능하다.

눈 깜짝할 사이에 닷새의 준비기간이 지났다. 도쿄의 융자부 감사팀 다섯 명이 오사카 서부 지점에 모습을 드러낸 것은 감사

당일의 오전 9시 조금 전이었다.

부지점장급과 융자과 베테랑들로 구성된 감사팀의 평균 나이는 쉰에 가까웠다. 그 다섯 명 이외에 아는 얼굴을 한 명 발견하고 한자와는 미간을 찡그렸다.

인사부의 오기소 차장이다.

"여어, 차장님까지 직접 오시다니!"

아사노가 발견해서 말을 걸자 오기소는 "안녕하십니까!"라고 정치가처럼 오른손을 들어서 인사한 뒤, 시야의 끝으로 한자와를 힐끔 쳐다보았다. 감사팀은 팀장 한 명을 남기고 회의실로 올라갔다. 아사노는 이번 감사팀을 이끄는 가노 신지와 오기소를 웃는 얼굴로 지점장실로 데려가서 문을 닫았다.

무슨 이야기를 하는지 한자와의 귀에는 들리지 않았다. 하지만 한자와에게 좋지 않은 결과의 서막이 올랐다는 것만은 틀림없는 사실이다.

현장감사를 할 때는 인원과 시간에 한계가 있는 만큼 전량 조사가 아니라 샘플링 조사를 하게 된다. 그리고 샘플링 조사는 무작위 추출이 원칙이지만, 감사팀은 한자와를 향해 당일 조사 대상의 목록을 내놓았다. 다음 순간, 한자와는 목록에 있는 대상이 실적이 악화된 회사들이라는 사실을 깨달았다. 의도적인 것이다.

첫날의 조사 대상은 전부 백 개 회사였다. 회사 이름을 확인하고 담당자가 제출한 파일을 골판지 상자에 넣어 카트로 운반했다. 시간은 오전 9시가 조금 넘었다. 보통 오후 4시경까지 감사팀이 조사를 실시하고 그 후에 검토회가 열린다.

검토회에서는 치열하게 입씨름하는 경우도 있지만, 보통 직위가 높은 감사역이 지점의 젊은 행원들을 몰아세우는 구도가 일반적이다. 특히 10여 년 전과 달리 최근 지점에서 융자를 맡은 행원은 모두 젊고 더구나 적은 인원수로 꾸려나가기 때문에 실수가 나오기 쉽다. 오사카 서부 지점의 경우에도 예외가 아니라서, 과원의 실수는 최종적으로 융자과장이 책임져야 하므로 한자와의 처지는 괴로울 수밖에 없다. 오기소가 직접 온 목적은 이번 검토회에서 한자와가 이끄는 융자과가 비난의 집중포화를 맞는 것을 자기 눈으로 구경하기 위해서일 것이다. 그나저나 어떤 이유를 댔는지는 모르겠지만 그것 때문에 아침부터 달려오다니. 오기소의 강한 집념에는 혀를 내두르지 않을 수 없었다.

"드디어 자네의 평가가 이루어지겠군."

오기소는 30분쯤 지나 지점장실에서 나오더니, 한자와에게 다가와서 그렇게 말했다.

"서부오사카철강 건으로 훌륭하게 일장연설을 늘어놓았는데, 자네에 대한 다른 평가는 그렇게 높지 않더군, 한자와 과장."

몇 가닥 남지 않은 머리칼을 7 대 3으로 빗어 넘긴 오기소의 이마가 기쁨으로 붉게 물들었다.

"인사부에서 현장감사를 하라고 부추겼다더군요. 저희 지점을 그렇게까지 걱정해주시는 줄 몰랐습니다."

"하여간 억지를 쓰는 데는 일가견이 있다니까."

오기소는 그 말을 남기고 감사팀이 있는 3층 회의실로 모습을 감추었다.

그날 오후 4시 30분부터 검토회가 시작되었다.

ㄷ자로 된 회의 테이블 한쪽에 감사팀 다섯 명이 앉고, 마주보는 형태로 한자와를 비롯해 융자과 행원들이 늘어섰다. 아사노와 에지마, 그리고 오기소 세 사람은 심사위원처럼 한가운데에 진을 치고 앉았다.

검토는 감사역이 순서대로 발표하는 형태로 진행된다. 이날 조사한 회사에 대해 한 회사씩 담당자와 일문일답 형식으로 검토하는 것이다.

적자 기업이 많아서 다소 걱정했지만 처음에는 순조롭게 진행되었다. 분위기가 미묘해진 것은 두 번째인 하이다라는 감사역이 발표할 때였다.

하이다는 자기주장이 강해 보이는, 쉰이 지난 남자였다.

"하야시모토공업. 담당자는 누군가?"

최초의 감사역이 하이다에게 배턴 터치를 하자마자 하이다가 가시 돋친 목소리로 물었다. 그러자 그 자리의 분위기가 미묘하게 변한 것이 느껴졌다. 감사역의 성격에 따라 질의응답의 분위기는 완전히 달라진다. 융자 바닥에서 오래 일해 온 한자와는 현장감사도 여러 차례 경험했는데, 그때마다 문제가 되는 것은 감사역과의 궁합이다.

궁합이 맞지 않는 녀석이 반드시 있는 것이다.

하이다도 그중 한 사람임이 틀림없다.

"접니다."

손을 든 사람은 아직 경험이 얼마 되지 않은 나카니시였다. 쭈뼛쭈뼛한 그의 태도에서 한자와는 이후의 전개를 예상하고 내심 얼굴을 찡그렸다.

"자네 말이야, 이 회사는 어떤 곳이지?"

어떤 곳이냐는 질문에 어떻게 대답해야 할까? 그런 질문을 받으면 누구라도 당황할 수밖에 없을 것이다. 물론 질문한 사람은 나름대로 기대하는 대답이 있겠지만, 구체적이지 않은 질문에는 대답할 도리가 없다. 예상한 대로 나카니시는 당황해서 우물쭈물 거렸다.

"저기…… 그 회사는 저희 지점 근처에 있고, 옛날부터 철강회사를 하고 있는……."

"그런 걸 묻는 게 아니잖아!"

하이다는 나카니시의 말을 가로막으며 버럭 소리를 질렀다. 그러더니 교활한 눈에 부글부글 끓어오르는 분노를 담고 나카니시를 노려보았다. 일부러 질문을 모호하게 해놓고 대답이 틀렸다고 하면서 화를 낸다. 의도적으로 그런 게 아니라면 머리가 나쁜 녀석이지만, 아무리 그렇더라도 한자와 쪽에서 질문에 문제가 있다고 따질 수 없는 노릇이다.

"주의가 필요한 적자 회사지?"

"네에……."

"이봐, 대답 똑바로 하지 못해! 정말 한심하기 짝이 없군."

하이다는 뺨을 부르르 떨더니, 이번에는 한자와에게 시선을 돌리며 물었다.

"이 회사에 대해 과장은 어떤 지시를 내렸죠?"

자료에 쓰여 있는데 일부러 묻는다. 도지사로 당선된 사람에게 일부러 공약을 묻는, 심술궂은 도의원 같은 사람이다.

"현상을 유지하라고 했습니다만."

한자와가 대답했다.

"그게 이상하다는 거야!"

하이다의 하얀 얼굴이 갑자기 붉으락푸르락해졌다. 마치 융자과 전원이 야단맞는 것처럼 침묵하는 가운데, 하이다의 전압이 올라갔다.

"애초에 이 회사의 예상 실적은 어떻게 되지? 담당자!"

"네에, 그건 그러니까……."

나카니시의 얼굴이 창백해지는 것을 보고 한자와가 대신 대답했다.

"그 회사는 지금 인원 감축을 진행하고 있습니다. 전기에는 퇴직금 지급이 많아서 적자였는데, 이번 기는 순조롭게 나아가고 있습니다."

"그건 어느 시점부터인가? 그런 증거가 어디에 있지? 시산표도 만들지 않았잖아?"

나카니시가 고개를 들고 무슨 말인가 하려고 하다가 입을 다물었다. 그렇다, 말하지 않는 편이 좋다. 이런 녀석을 상대로 무슨 말을 하면 활활 타오르는 불에 기름을 붓는 격이니.

그 대신 한자와가 대답했다.

"파일에 시산표가 끼워져 있지 않나요?"

"없어."

하이다는 말도 붙이지 못할 만큼 차갑게 대꾸했다. 그렇다면 "죄송합니다"라고 말할 수밖에 없다.

"다만 사장과는 자주 만나고 있어서 그때마다 실적을 확인하고 있습니다."

하이다가 재빨리 한자와의 말을 반박했다.

"그렇다면 왜 메모가 없나?"

"메모 형식으로 적지는 않았습니다만……."

한자와가 보기에 하야시모토공업의 적자는 그렇게 대단하지 않았다. 그래서 나카니시에게 맡겨 놓고 정말로 주의해야 할 곳에 신경을 쓰고 있었다. 얼마 안 되는 인원으로 업무를 꾸려나가야 하는 상황에서 모든 일을 완벽하게 처리하는 것은 불가능하다. 중요한 부분을 확실하게 파악하는 강약의 묘가 필요하고, 그렇게 하지 않으면 융자과 행원은 모두 과로로 쓰러지게 된다.

하지만 그런 말이 통할 상대가 아니었다.

"과장이 그런 식이니까 이 모양 이 꼴이지!"

하이다가 토해내듯 말했다. '함부로 말하지 마!'라고 되받아치고 싶었지만 그렇게 말할 수는 없었다. 소리 없는 미소를 지으며 만족한 얼굴로 상황을 지켜보는 오기소의 얼굴이 눈에 들어왔다. 속이 후련했음이 틀림없다.

하이다의 호통을 계기로, 그 뒤에 이어진 감사역으로부터도 일방적으로 당하는 장면이 이어졌다. 모두 사소한 부분에 대한 트집이었지만 틀린 말은 아니라서 반박은 할 수 없었다. 이상과 현실의 차이를 지적하거나 담당자를 야단치거나 한자와나 가키우치의 교육 탓으로 돌리거나, 그런 다음에 이렇게 수준 낮은 지점은 오랜만이라는 말까지 튀어나오는 등 두 시간의 검토회는 한마디로 참담하기 이를 데 없었다.

현장감사의 첫날이 끝났다. 융자과 사람들을 몰아세우는 데 성공한 감사팀 다섯 명이 의기양양한 얼굴로 철수한 뒤, 아사노가 한자와를 불러서 다시 불호령을 내렸다.

"정신이 있어, 없어? 도대체 준비를 어떻게 한 거야!"

아사노의 등 뒤에 있는 지점장실 문이 열려 있고, 그 안에서 오기소가 담배를 입에 문 채 히죽거리며 흥미진진한 눈길로 구경을 하고 있었다.

"준비를 제대로 했다고 생각했는데, 오늘 지적한 곳까지는 미처 손을 쓰지 못했습니다."

"미처 손을 쓰지 못했다니, 그게 말이야 똥이야!"

아사노는 침을 튀기며 미친 사람처럼 화를 냈다. 그로부터 30분간 융자과 행원만이 아니라 외근하고 들어온 업무과 행원들까지 지켜보는 가운데 한자와는 반론할 기회도 없이 일방적으로 질책을 들어야 했다.

"과장님, 마음에 걸리는 게 있는데요."

가키우치가 작은 목소리로 그렇게 말한 것은 아사노가 오기소와 함께 지점에서 나간 다음이었다. 어차피 둘이 축배라도 들 생각이리라. 조금 전의 검토회에서는 한자와뿐만 아니라 가키우치도 감사역의 표적이 되었다. 가키우치는 분노와 울분이 깃든 얼굴로 말했다.

"하야시모토공업의 시산표 말인데요."

"없었다는 것 말인가?"

가키우치가 뜻밖의 말을 했다.

"그 시산표, 분명히 있었습니다. 틀림없습니다."

"무슨 뜻이지?"

"나카니시가 받아와서 파일에 끼워져 있었습니다. 며칠 전에 과장님이 안 계셔서 제가 검인했을 때 분명히 봤거든요. ……나카니시."

가키우치가 부르자 나카니시가 끝자리에서 다가왔다.

"하야시모토의 시산표, 자네가 받았지?"

가키우치의 말에 나카니시는 고개를 끄덕였다.

"정말인가?"

"네. 분명히 받았는데, 파일에 없다고 해서 어딘가에서 떨어졌나 했습니다."

가키우치가 더욱 마음에 걸리는 말을 했다.

"하야시모토만이 아니라 다른 회사에서도 있어야 할 자료가 없다고 한 경우가 있었습니다."

점점 커지는 가키우치의 목소리를 듣고 과원들이 일어서서 한 자와의 책상을 에워쌌다.

"뭔가 이상하지 않습니까?"

그렇게 말하는 가키우치의 목소리에는 의혹이 잔뜩 배어 있었다.

7

다음 날, 감사팀은 오전 8시 40분에 지점에 도착했다. 어제와 마찬가지로 오기소도 얼굴을 내밀더니 "오늘도 잘 부탁하겠습니다"라는 아사노의 인사를 받고 기분 좋게 지점장실로 들어갔다.

감사팀이 조사 대상 리스트를 내놓은 것은 그 직후였다. 즉시 모든 과원이 대상 대출처의 신용파일을 골판지 상자에 담아 어제처럼 회의실로 가져다주었다. 오늘은 서무행원인 고무로 기요시가 카터를 가져온 김에 운반을 도와주었다.

서무행원이란 주로 지점의 잡무를 맡고 있는 행원을 가리킨다. 은행의 ATM 코너에 가면 완장을 차고 안내를 해주는 행원이 있는데, 그들이 서무행원이다. 오사카 서부 지점에는 서무행원이 네 명 있는데, 고무로도 그중 한 사람이다. 눈치가 빠르고 열심히 일하는 사람으로 다들 '기요 씨'라고 부르고 있다.

"기요 씨, 고마워."

유니폼을 입은 기요 씨는 여느 때처럼 말없이 미소로 대꾸했다. 입보다 손을 움직이는 것이 그의 업무 방식이다. 하지만 은행원 중에는 오히려 그 반대가 많다.

"잘 부탁하겠습니다."

한자와가 감사팀장인 가노에게 그렇게 말하자 적의가 담긴 대답이 돌아왔다.

"아무리 부탁해도 적당히 봐주지 않을 거야."

한자와 쪽은 쳐다보지도 않고 시선은 펼친 조간신문에 꽂혀 있었다. 다른 감사역도 업무에 들어가기 전에 각자 시간을 보냈는데, 골판지 상자를 운반하기 위해 몇 번이나 왔다 갔다 한 기요 씨에게 신경을 쓰는 사람은 아무도 없었다. 높으신 감사관 나리에게 서무행원은 아무 관심도 없는 공기 같은 존재였다.

그때 감사관 한 명이 한자와에게 말을 걸었다.

"어제 상당히 늦게까지 일했다고 하더군."

"그렇습니다."

한자와는 아무렇지도 않은 얼굴로 대답했다. 실제로 일이 끝난 것은 새벽 2시라서 전원이 택시를 타고 귀가했다.

"벼락치기로 대비한다고 해서 넘어갈 만큼 만만하지는 않을걸."

이미 싸울 자세인 하이다가 옆에서 한자와를 노려보았다. 말하지 않아도 그 정도는 알고 있다.

"그렇겠죠."

한자와는 그 말을 남기고 조례를 하기 위해 융자과가 있는 층으로 내려왔다.

이틀째 현장감사가 시작되었다.

현장감사의 평가는 A에서 E까지 5단계다. 어제의 결과는 에지마로부터 이미 들었다. D였다. C까지는 합격이고 D는 불합격으로, 사흘간 이런 상태가 계속되면 문제가 있다는 판단과 함께 재감사를 받아야 한다.

그렇게 되면 오기소가 의도한 함정에 빠지는 것이다. 서부오사카철강의 대손도 일어날 수밖에 없어서 일어났다고 할 것이고, 일방적으로 한자와의 책임 문제로 몰아붙일 것은 불을 보듯 훤하다.

이날 검토회는 오후 4시부터 어제와 똑같은 회의실에서 이루어졌다.

어제의 검토회를 바탕으로 감사역들의 인식이 '문제 있음'으로 일치해서 그런지, 처음부터 날카롭게 파고들었다.

그들의 도발에 맞서는 융자과 행원들은 아직 젊다. 성격에 문제가 있거나 통솔력이 없다는 이유로 출세의 계단에서는 미끄러졌지만, 감사역은 모두 융자 바닥에서 오랫동안 살아온 사람들이다. 경험이라는 점에서 볼 때, 입행 5년째가 대부분인 융자과

행원들이 대항할 수 있는 상대가 아니었다.

악의가 느껴지는 장면도 종종 있었다.

'실적 예상이 안이하다'고 단언하는 일이 몇 번 있었는데, 그렇다면 어떻게 예상하면 좋은가 하는 점은 은근슬쩍 넘어가면서 일방적으로 몰아붙였다.

보다 못한 한자와가 "시산표나 실적 예상을 제출받아서 모니터링하고 있습니다"라고 말하자 "검토한 기록이 없잖아!"라고 반박하고, 기록이 있으면 "모니터링이 안이해!"라고 받아쳤다. 이렇게 말하면 저렇게 비아냥거리고, 저렇게 말하면 이렇게 빈정거린다. 요컨대 뭐든지 트집을 잡아서 "이 지점은 틀렸다"라는 결론으로 이끌어가려는 것이다. 완전히 의도적이다.

오늘은 세 번째에 하이다의 차례가 돌아왔다.

"다카이시철강의 담당자는 누군가?"

요코미조가 손을 들었다. 요코미조를 노려보면서 하이다는 입을 열자마자 질책을 쏟아냈다.

"이봐, 이러면 안 되잖아! 여기는 작년에 적자였던 곳이야. 지난번 자네가 쓴 품의서를 보니까 올해는 흑자가 된다고 쓰여 있더군. 정말로 흑자가 되나?"

"됩니다."

요코미조가 짤막하게 대답했다. 혈기 왕성한 젊은이답게 얼굴에 불쾌함을 적나라하게 드러냈다. 그것이 마음에 들지 않았는지 하이다가 콧방귀를 뀌었다. 몰아세우기로 작심한 얼굴이다.

예상한 대로 요코미조를 향해 집중포화가 시작되었다.

"그런 게 어디에 쓰여 있지? 자네 혼자 그렇게 말하는 것 아닌가?"

하이다는 단정적으로 말했다.

"아닙니다. 실적 예상도 들었고, 구조조정의 진척상황도 계속 되고 있습니다."

"그래?"

요코미조가 반항적인 태도를 보이자 하이다는 눈을 가늘게 뜨고 파일을 책상에 내던졌다.

"그런 게 어디 있지? 어디에도 없잖아!"

요코미조의 안색이 바뀌었다.

"그럴 리가 없습니다. 그 회사는 대출금이 크기 때문에 과장님의 지시로 자료를 받아 왔습니다."

요코미조의 말이 끝나기도 전에 하이다가 버럭 소리를 질렀다.

"거짓말하지 마! 이 지점의 담당자는 어제부터 계속 헛소리만 지껄이고 있군. 제대로 확인도 하지 않고 괜찮다든지 문제없다든지 말이야. 모두 지들 멋대로야!"

몇몇 감사역이 고개를 끄덕임과 동시에 하이다의 시선이 요코미조로부터 한자와에게 이동했다.

"융자과장, 어떤가? 너무 적당히 일하는 거 아닌가?"

한자와는 하이다를 똑바로 쳐다보면서 대답했다.

"다카이시철강에 관해서는 구조조정 상황을 포함해 실적을 자주 듣고 있고, 그건 기록으로 남아 있을 겁니다."

"지점장, 본 적 있나?"

하이다의 질문을 받고 아사노는 "기억나지 않는군요"라고 대답하면서 한자와를 노려보았다.

한자와가 재빨리 대꾸했다.

"그럴 리가 없습니다."

"한자와 과장, 그러면 왜 자료가 없지?"

에지마가 발끈 화를 내며 물었다. 그 말에 하이다의 빈정거리는 말이 겹쳐졌다.

"정말로 다들 적당히 일하는군. 이 지점은 말이야, 융자 문제를 운운하기 전에 문제가 한두 가지가 아니야. 없는 걸 있다고 거짓말이나 하고 말이야."

'이때다!' 하는 식으로 오기소가 처음으로 입을 열었다.

"한자와 과장, 여신 판단에 자신이 있다고 큰소리 떵떵 치더니 어떻게 된 거지?"

몇몇 감사역의 입에서 비웃음이 새어 나왔다.

"이렇게 엉망으로 일해 놓고 자신이 있다고 했다고?"

그렇게 말한 사람은 이번 감사팀의 팀장인 가노였다.

"자신을 가지는 건 좋지만 이래서야 자신감 과잉이 아닌가?"

하이다는 그렇게 빈정거리더니 조롱하듯 턱을 치켜들었다.

"아닙니다. 그 기록은 분명히 파일 안에 있을 겁니다."

한자와는 어디까지나 냉정하게 대꾸했다.

"헛소리 작작해! 그런 게 어디에 있단 말이야!"

하이다가 고함을 지르며 파일을 내던졌다. 파일은 한자와 옆에 있던 가키우치의 가슴 주변까지 날아왔다.

"과장님, 여기 있습니다."

가키우치가 파일을 주워서 한자와에게 내밀었다. 가키우치의 진지한 눈길에서 지금이 승부처라는 기백이 전해졌다. 한자와는 파일을 받고 천천히 페이지를 넘겼다. 있을 리가 없다는 표정을 지으며 하이다는 고개를 돌렸다. 오기소는 이보다 재미있는 구경거리는 없다는 듯 숨을 들이마시며 한자와의 얼굴에 조바심이 스며드는 것을 지켜보았다. 오기소의 얼굴에서는 시시각각 변하는 감정의 기복을 손에 잡힐 듯이 알 수 있었다.

한자와가 마지막까지 페이지를 넘긴 뒤에 얼굴을 들었다.

"없군요."

"뭐야! 지금 장난해?!"

하이다가 벌떡 일어나며 주먹으로 테이블을 내리쳤다. 하지만 이어지는 한자와의 말에 다음 동작이 멈추었다.

"오늘 아침에는 분명히 있었는데 말입니다."

"뭐야?"

"리스트에는 있는 것으로 되어 있습니다."

한자와는 그렇게 말하더니, 손에 있는 리스트를 처음으로 하이다에게 보여주었다. 어느 파일에 어떤 자료를 끼워 놓았는지 어젯밤에 작성한 리스트였다. 새벽 2시까지 걸리긴 했지만 드디어 사용할 순간이 다가왔다.

"한자와 과장, 그만해."

옆에서 끼어든 멍청한 부지점장을 무시하고 한자와는 "아무래도 어제부터 몇몇 자료가 없어진 것 같은데, 당신들이야말로 자료를 어떻게 관리하는 건가요?"라고 말하며 전투의 도화선에 불을 붙였다.

그것은 감사팀의 분노에 기름을 들이붓는 한마디이기도 했다.

"지금 우리가 자료를 없앴다는 건가?"

하이다가 머리칼을 곤두세우고 미친 사람처럼 소리쳤다.

"실제로 없잖습니까?"

"지점장, 이 융자과장은 머리가 어떻게 된 거 아닌가?"

가노가 더는 참을 수 없다는 얼굴로 버럭 고함을 질렀다. 오기소가 소리도 없이 웃었다. 회심의 미소였다.

"자네는 지금 우리가 중요한 자료를 잃어버렸다고 말하는 건가?"

가노가 어이없는 얼굴로 말을 이었다.

"정말 너무하는군. 오기소 차장, 이런 모욕은 처음이야."

"그 심정은 충분히 이해합니다."

오기소는 의기양양한 얼굴로 한자와를 향했다.

"한자와, 이제 그만 자신의 잘못을 인정하는 게 어떻겠나?"

"물론 저희가 잘못했다면 순순히 인정하겠습니다. 그럴 준비는 언제든 되어 있으니까요. 하지만 이번 경우는 다릅니다."

"한자와, 그만 발버둥치고 이제 솔직해지게."

오기소가 여유 있는 미소를 지으며 강요하듯 말했다.

"그 말은 고스란히 당신에게 돌려드리겠습니다, 오기소 차장님."

"뭐야?"

오기소의 얼굴에서 웃음기가 사라지고 안색이 바뀌었다.

"요코미조, 기요 씨를 오라고 해."

"네."

요코미조가 회의실 구석에 있는 전화기로 달려가더니, 2층에 있는 서무행원실에 내선 전화를 걸었다. 기요 씨가 즉시 조심스러운 모습으로 들어왔다.

"서무행원인 고무로 기요시 씨입니다."

한자와는 기요 씨를 감사역에게 소개한 다음에 물었다.

"점심식사 때, 여기에 누가 들어왔지?"

"네, 저분이 들어오셨습니다."

기요 씨가 손으로 가리키자 오기소의 얼굴에 경련이 일었다.

"실은 기요 씨가 감시를 하고 있었지? 어디에서 감시했나?"

기요 씨가 회의실 창문을 가리켰다.

"창문입니다. 창문을 청소하면서 과장님이 시키는 대로 지켜보았습니다."

"실은 우리 파일에서 자료가 없어졌거든. 기요 씨, 그 자료가 어디에 있는지 알아?"

"찾으시는 자료인지는 모르겠지만, 저분이 파일에서 뭔가를 빼내 자기 가방에 넣는 것 같았습니다."

"고마워. 이제 나가봐."

회의실 공기가 차갑게 얼어붙었다.

미친 듯이 화를 내던 하이다가 당황한 얼굴로 오기소를 쳐다보았다. 오기소는 얼굴이 새파랗게 질린 채 입술을 바들바들 떨었다.

"잠시 가방을 살펴봐도 되겠습니까?"

오기소는 무의식중에 발밑에 있는 가방에 손을 내밀었다.

"실례하겠습니다."

가키우치가 다가가서 오기소의 가방을 가볍게 들어올렸다. 그리고 가방 안에 있는 물건을 하나씩 꺼냈다. 신문. 문고본. 미스터리 소설을 좋아하나 보다. 휴대폰. 담배. 그리고……. 가키우치는 안에서 꺼낸 자료 다발을 높다랗게 치켜들더니 돌덩이처럼 굳어져 있는 오기소 앞에 힘껏 내리쳤다.

8

"위에서 쏟아지는 불똥을 털어낸 것뿐이야."

오기소의 부정행위에 대해서 며칠 전에 인사부장의 이름으로 사과문이 도착했다. 본래 있어야 할 중요한 서류를 은폐하고 현장감사의 정당한 평가를 방해했다는 이유로 이틀째에 현장감사는 중지되고, 첫날의 평가는 취소되었다.

"오기소는 이제 틀렸어. 지금 근신 중인데, 스기타 인사부장의 분노가 하늘을 찌를 것 같아. 운이 좋으면 다른 회사로 파견되고, 운이 나쁘면 희망퇴직이야."

전화기 건너편에서 도마리는 소리 없이 쿡쿡 웃었다.

"당연하지."

한자와는 그렇게 말하고 "그런데 이 건에 관해서 그쪽의 조사 결과는 어때?"라고 물었다.

현장감사 자체가 오기소의 지시였다는 점이 즉시 문제가 되었다. 산업중앙은행이 도쿄중앙은행으로 흡수합병되긴 했지만 아직 정의가 티끌만큼은 남아 있었나 보다. 한자와에 대한 개인적 감정으로 감사 내용에 개입한 게 아니냐는 의혹이 제기된 것이다.

"하이다라고 시끄러운 녀석이 있었지? 녀석이 부서 내 조사에서 인정했어. 다른 사람들도 오기소로부터 네 태도가 좋지 않다는 말을 사전에 들었다고 증언했고. 그걸로 사건이 해결됐다고 말하고 싶지만 너에게도 문제가 남아 있잖아."

서부오사카철강에 대한 부실 채권이다.

"그건 관계가 없잖아? 설마 같은 부서라고 해서, 이번 일을 유야무야 넘기려는 건 아니겠지?"

"그건 아니야. 하지만 한자와, 이번 일은 너한테 양날의 검이 되었어."

도마리가 목소리를 낮추며 덧붙였다.

"임원회의에서 서부오사카철강의 부실 채권 문제를 주목하게 됐어. 오기소가 지나치기는 했지만 '사실은 어땠을까?' 하고 의문을 제기한 임원도 있었다고 하더군. 포위망이 더 좁혀졌다고 생각하는 게 좋아. 회수 상황에는 진전이 있어?"

한자와가 발끈해서 소리쳤다.

"있을 리가 없잖아! 안 그래도 그것 때문에 골치 아픈데, 현장감사에 휘둘리느라 신경 쓸 정신이 없었어."

"그런 이유가 통한다고 생각하지 마."

"은행이 이렇게 부조리한 조직인 줄 몰랐군."

한자와의 입에서 한숨이 새어 나왔다.

"그걸 지금 알았어? 그렇다면 한 가지 더 가르쳐주지. 은행이란 곳은 말이야, 인정사정도 없고 피도 눈물도 없는 조직이야. 똑똑히 기억해둬."

"시끄러워. 끊어."

한자와는 수화기를 내던졌다.

'도마리 녀석, 누가 그걸 몰라? 흥!'

콧김을 내뿜으며 팔짱을 낀 순간, 나카니시가 다가와서 손님이 왔다고 알려주었다.

현장감사 건으로 융자과 전원의 가슴에 쌓였던 체증이 쑥 내려갔다. 칭찬받을 일은 아니지만 전원이 하나가 되었고, 더구나 활기까지 도는 등 오히려 전화위복의 계기가 되었다.

한 남자가 카운터 밖에 서서 어색하게 고개를 숙였다. 예순 살쯤 됐을까? 누구더라? 한자와는 잠시 고개를 갸웃거렸지만 이내 생각이 났다. 반백의 머리에 불그스레한 얼굴. 다케시타금속의 사장이다.

"지난번에는 실례했습니다. 이쪽으로 오십시오."

한자와를 따라 접견실로 들어오자마자 다케시타는 "요전의 이야기가 마음에 걸려서……"라고 말을 꺼냈다. 서부오사카철강 건이다.

"그래서 서부오사카철강에 대한 매출이 얼마나 되는지 계산해 봤네."

다케시타는 커다란 종이봉투를 소파 옆에 놓더니, 그곳에서 서류를 모두 꺼내 탁자 위에 올려놓았다. 회사의 회계 자료다. 그리고 한자와에게 손으로 쓴 리스트를 한 장 내밀었다.

"서부오사카철강의 회계 자료를 가지고 있지? 한번 비교해보지 않겠나? 얼마나 속였는지 알고 싶군. 알아봐줄 수 있겠나?"

재미있다. 기스기에게서 받은 재무 자료는 3년 치다. 우선 각각의 결산기에 양쪽의 매출과 매입 금액이 얼마나 다른지 단순히 비교해보았다.

"3년 전에는 1억 엔쯤 차이 나고, 2년 전에도 그렇습니다. 그런데 작년에는 2억 엔쯤 차이가 나는군요."

서부오사카철강에서 그만한 금액을 과대 계상해서 지급한 것으로 되어 있다. 하지만 그 돈은 실제로 다케시타의 회사에 들어오지 않고 어딘가로 사라졌다. 아마 히가시다의 주머니로 들어갔을 것이다.

“이 결산기만 계산해도 4억 엔이 차이 나는군요. 사장님의 채권을 충분히 회수할 수 있는 금액입니다. 더구나 이런 식으로 부정 조작을 한 곳이 사장님 회사만이라곤 할 수 없습니다. 그밖에도 있다고 생각하는 편이 자연스럽겠지요.”

“그놈, 그 돈을 어딘가에 숨겨놓았겠군. 어디에 숨겨놓았을까?”

다케시타는 그렇게 말하고 담배에 불을 붙였다. 나지막한 목소리에 기백이 담겨 있었다. 다시 한자와를 올려다본 눈에는 심상치 않은 분노가 떠다녔다.

“용서 못 해!”

연기와 같이 토해낸 말을 듣고 한자와도 고개를 끄덕였다. 매입 대금을 부풀린 탓에 서부오사카철강의 자금 사정은 더욱 힘들어졌을 것이다. 한편 히가시다는 분식회계를 통해 이익이 나는 것처럼 위장해 은행에서 자금을 조달했다.

돈에는 색깔이 없다. 하지만 돈의 흐름을 살펴보면 앞뒤의 상황을 짐작할 수 있다. 부풀린 매입대금은 은행에서 빌린 돈으로 충당한 것이나 마찬가지다.

즉, 한자와가 대출해준 5억 엔은 히가시다의 숨겨둔 재산으로 형태를 바꾼 것이다.

"관재인인 변호사를 만나고 왔네. 숨겨둔 재산에 관해서는 모르는 것 같더군. 어디 외국에라도 빼돌린 것 아닌가?"

"적어도 일부는 그렇게 한 것 같습니다."

하와이의 저택에 대해서 말하자 다케시타의 입에서 "우라질 놈!"이라는 욕설이 튀어나왔다.

"아니면 속은 사람이 나쁜 건가?"

"아닙니다, 사장님. 속인 사람이 나쁘지요. 당연한 거 아닌가요?"

"자네와는 마음이 맞을 것 같군."

다케시타는 입술 끝에 담배를 문 채, 한쪽 눈을 가늘게 뜨고 한자와를 바라보았다.

"결심했네. 반드시 녀석을 찾아내서 돈을 회수하겠어. 괜찮다면 나와 손잡지 않겠나?"

한자와는 빙긋이 웃었다.

"사장님, 저야말로 잘 부탁드리겠심더."

탁자 너머에서 내민 손을 꽉 잡자 다케시타가 담배를 비벼 끄면서 말했다.

"좋았어! 그런데 한 가지 부탁이 있는데…… 어설픈 간사이 사투리는 안 썼으면 좋겠네."

4장

마지막으로 웃는 자

1

"회사를 하나 찾았네."

다케시타의 걸걸한 목소리가 수화기에서 튀어나올 것 같았다.

지난번에 만나고 사흘 후였다. 그때 한자와는 일단 히가시다가 숨겨놓은 재산이 어느 정도 되는지 조사해보자고 제안했다.

그러기 위해서는 다케시타금속처럼 서부오사카철강의 하청 회사를 찾아보고, 매입 부풀리기가 있었는지 알아볼 필요가 있었다.

두 사람은 일단 결산서를 보고 매입처를 전부 뽑았다. 그리고 한자와가 신용정보 시스템을 통해 그 회사의 소재지를 조사하고, 다케시타가 각 회사에 연락해보기로 역할을 분담했다. 이것이 제대로 기능한 것이다.

"아와지철강이라고, 에사카에 있는 회사네. 역시 서부오사카철강의 도산으로 연쇄 도산한 것 같더군. 사장의 이름은 이타바시. 법인회(法人會)•의 지인에게 물어봤더니 지금 나라에 틀어박

• 일본 전국의 중소기업이나 개인 사업주를 회원으로 하는 비영리 단체.

혀 있다고 하더군."

"연락이 될 것 같습니까?"

"휴대폰 번호는 알아냈어. 정지가 되지 않았다면 연락이 될 거야. 한번 걸어볼게. 같이 가겠나?"

"물론입니다."

반나절쯤 지나서 다케시타가 알려온 약속시간은 다음 날 저녁 7시였다.

지점 앞에서 만나 지하철을 타고 가다가 긴테쓰나라 선으로 갈아탔다. 아야메이케 역에서 걸어서 10분쯤 걸리는 주택가에 이타바시 헤이고 사장의 자택이 있었다. 2층짜리 목조 단독주택으로, 가까스로 목숨을 연명했던 아와지철강처럼 낡고 초라한 집이었다.

이타바시는 그곳에 혼자 사는 듯했다.

"사장 친구의 이름을 대자 겨우 만나주겠다고 하긴 했는데, 통화한 느낌으로 볼 때 상당히 비협조적이더군. 우리는 초대받지 않은 손님이네."

다케시타가 현관 옆의 인터폰을 눌렀다.

즉시 문이 열리고 다케시타의 말처럼 불쾌한 표정의 남자가 얼굴을 내밀었다.

"전화를 드린 다케시타입니다. 이쪽은 은행의 한자와 씨고요."

이타바시는 귀찮다는 표정을 감추지도 않고 한자와와 다케시타를 쳐다보았다.

"무슨 일이죠? 이제 와서 서부오사카철강의 이야기를 해봤자 뭐 해요? 버스 떠난 후에 손 흔드는 꼴이죠."

다케시타가 대답했다.

"그렇지 않아요. 아무래도 서부오사카철강의 히가시다 사장에게 숨겨둔 재산이 있는 것 같습니다."

그 말을 듣고 이타바시가 눈을 휘둥그레 떴다.

"우리 회사의 매입을 부풀렸더군요. 그런 식으로 이익을 속여서 계획도산을 한 게 아닐까 해요. 그래서 지금 한자와 씨와 같이 조사하는 중입니다. 채권자끼리 서로 협조하는 게 좋지 않을까요? 어쩌면 돈을 찾을 수 있을지도 모릅니다."

하지만 이타바시는 어두운 눈길로 말했다.

"이봐요, 전화로도 말했지만 그런 이야기라면 거절하겠습니다."

"거절한다고요? 왜죠? 댁에게 이득은 되어도 손해는 되지 않을 텐데요."

"이제 그냥 내버려뒀으면 좋겠습니다. 지금 돈을 찾는다고 해서 회사를 다시 살릴 수 있는 것도 아니고요. 이제 모든 게 다 귀찮습니다."

"그건 그렇지만 조금 늦긴 해도 폐를 끼친 거래처에게 돈을 줄 수는 있잖습니까?"

하지만 이타바시는 말도 붙일 수 없을 만큼 단호하게 말했다.

"어쨌든 나는 내버려두십시오. 서부오사카철강 건에 더는 휘말리고 싶지 않아요. 성가시기만 할 뿐입니다."

코앞에서 문이 닫히자 다케시타가 망연한 표정으로 한자와를 돌아보았다.

"왜 저러지?"

"일단 철수하죠. 지금은 말이 통하지 않겠네요."

이야기는 불과 몇 분 만에 끝났다. 막무가내로 거절하는 태도를 보고 다케시타는 석연치 않은 표정을 지었다.

"다소 시간이 걸려도 돈을 찾는 편이 좋잖나? 그러기 위해 조사 비용을 부담하라는 것도 아닌데 단칼에 거절하다니."

다케시타의 말이 맞다. 석연치 않은 것은 한자와도 마찬가지였다.

오사카상공리서치의 기스기로부터 아와지철강의 도산 정보를 들은 것은 그 다음 날이었다.

아와지철강은 매출 10억 엔의 중소기업이다. 실적은 몇 년 전부터 적자에서 벗어나지 못했다. 채무 초과 상태로, 네 곳의 거래 은행에서 빌린 대출 총액이 연간 매출을 초과하는 12억 엔에 이른다고 한다.

부채는 그것만이 아니다. 외상매입금이나 미지급 급여를 포함하면 아와지철강의 부채 총액은 20억 엔이 훌쩍 넘는다. 반면에 서부오사카철강에서의 미회수금은 1억 엔 정도다.

서부오사카철강에서 1억 엔의 대손을 회수해봐야 돌멩이 하나로 무너지는 댐을 막을 수 없는 것이나 마찬가지다. 회사를 다시 일으키는 것은 불가능하고 이타바시 자신의 개인파산도 막을 수 없다.

이미 자포자기해서 그런 태도를 보인 것일까? 그런데 그날 밤 다케시타가 가져온 새로운 정보를 듣고 한자와의 생각은 미묘하게 바뀌었다.

"이타바시와 최근에 골프장에서 만났다는 사장이 있네."

"골프장에서 만났다고요?"

"망한 회사의 사장이 골프를 치러 다니다니. 팔자 한 번 좋다고 생각했는데, 그 사장이 재미있는 말을 하더군. 이타바시가 서부오사카철강의 히가시다와 선후배 관계라고 하지 뭔가? 히가시다가 독립할 때까지 일하던 회사에서 같이 일했다나 봐. 이타바시란 녀석, 혹시 뒤에서 히가시다와 손을 잡고 있는 게 아닐까?"

2

"어제 다케시타금속 사장이 찾아왔더군요. 은행원과 같이요."

"그래?"

히가시다는 눈을 가늘게 뜨고, 걱정이 되는지 안절부절못하는 상대를 빤히 쳐다보았다. 그 시선을 받고 이타바시는 거북한 듯 자세를 바로 하더니, 손에 들고 있던 작은 술잔을 테이블에 내려놓았다.

고베의 야경을 내려다볼 수 있는 고급 아파트의 거실이었다. 아파트 명의는 고베 시내에서 회사를 경영했던 히가시다 아내의 친척이다. 그 사람은 지금 병에 걸려 누워 있어서, 대부분의 재산은 히가시다가 관리하고 있다. 여기에 있으면 골치 아픈 채권자가 쳐들어오는 일은 없다.

"어쩌면 눈치챘을지도 모르겠습니다."

머리는 그렇게 나쁘지 않다. 하지만 예전에 같은 회사에 다니던 시절부터 소심한 남자였다.

"그래서 뭐가 어쨌다고?"

히가시다가 퉁명스럽게 대꾸했다.

옆에 있던 여자가 재빨리 술잔에 술을 추가했다. 신치의 술집에서 데려온 여자였다. 시간은 밤 11시가 넘었다. 이날 이타바시는 아파트 앞에 차를 대고 히가시다가 돌아오기를 애타게 기다렸다. 누가 볼지도 모르는데, 소심한 이타바시는 조바심이 나면 냉정하게 판단하지 못하는 경향이 있다. 이놈은 주의해야 할 필요가 있다고 히가시다는 생각했다.

"하, 하지만 국세국에서 사찰도 시작했다고 하고, 저기……."

그때 히가시다가 술잔을 내던지는 바람에 이타바시의 가슴은 술로 뒤범벅이 되었다. 이타바시가 기겁하며 입을 다물자 히가시다는 빚에 허덕이는 걸 구해준 사람이 누구냐고 큰소리쳤다.

"울며불며 매달린 건 네 놈이잖아! 은행에서 빌릴 만큼 빌려서 더는 빌릴 데도 없다고 내 바짓가랑이를 잡고 늘어진 게 누구지?

다시 빚에 시달리던 시절로 돌아가고 싶어? 평생 은행을 위해 일하고 싶냐고!"

이타바시는 입술을 꽉 깨물고 돌처럼 딱딱하게 굳어서 히가시다의 이야기를 들었다.

이 녀석이 시키는 대로 한 것이 최대의 실수였을지도 모른다.

히가시다는 은행에서 빌릴 수 있을 만큼 빌리고 도산하라고 조언했다. 그리고 사람들의 관심이 식기를 기다려라. 그 이후에는 내가 돌봐주겠다…….

거기에는 한 가지 조건이 있었다. 히가시다의 계획에 가담하는 것이었다.

퇴로가 끊긴 채 그야말로 인생의 벼랑 끝에 서 있던 이타바시는 '노(no)'라고 말할 수 없었다.

"3년만 기다려."

이타바시는 흠칫 놀라며 얼굴을 들었다.

"그때는 내 새로운 사업이 궤도에 올라가 있을 거야."

중국에서의 특수강 생산. 그 회사를 만들기 위해 히가시다는 곧 중국에 가기로 되어 있었다. 현지 법인을 설립하면 그도 중국으로 이주할 계획이었다. 중국과 하와이의 두 나라를 오가는 생활. 그것이 그가 그린 미래의 청사진이었다. 그러기 위한 자본은 충분히 확보해놓았다.

이타바시가 모기처럼 연약한 목소리로 말했다.

"사장님, 조심하세요. 국세국이 알아차리거나 은행원이 냄새를 맡으면 본전도 못 찾으니까요."

"재수 없는 소리 하지 마!"

기분이 상한 히가시다가 으름장을 놓은 순간, 인터폰에서 소리가 들렸다. 새로운 손님이 온 것이다.

잠시 후 안으로 들어온 양복 차림의 남자는 이미 술을 마시고 왔는지, 호박색 조명 밑에서도 얼굴이 불그스레한 것을 알 수 있었다.

"왜 이렇게 심기가 안 좋으실까요?"

그 자리에 어울리지 않은 경쾌한 말투를 듣고, 히가시다가 이타바시를 턱으로 가리켰다.

"이놈이 바싹 쫄았지 뭐야? 연쇄 도산을 일으킨 사장과 은행 직원이 이야기를 듣고 싶다고 찾아온 모양이야. 그러자 우리 계획을 눈치챈 게 아니냐고 벌벌 떨면서 허겁지겁 찾아왔다더군."

"그래요?"

히가시다의 여자로부터 술잔을 받아든 남자는 넘칠 듯이 찰랑찰랑한 술을 입으로 가져갔다. 이타바시를 물끄러미 바라보는 표정의 안쪽에서 치밀한 두뇌가 작동하고 있음을 알 수 있었다.

"숨겨둔 재산이 있을 거라면서, 자기들과 손잡고 그걸 밝혀내자고 하더군요."

"그래서 뭐라고 대답했죠?"

"더는 휘말리고 싶지 않으니까 그냥 내버려두라고 했습니다."

남자가 맥 빠진 목소리로 말했다.

"나 참. 기왕에 집까지 찾아온 거, 협조하는 척하면서 교란시키면 좋았을 텐데."

"그래! 그러면 됐을 텐데. 하여간 머리가 핑핑 돌아간다니까."

히가시다가 칭찬을 하자 남자는 흐뭇한 미소를 지었다.

"찾아온 사람은 아는 사람인가요?"

"다케시타금속이라는 회사의 사장입니다. 회사 이름을 알고 있지요? 회계 조작에 이용한 회사지요. 또 한 사람은 은행원이었습니다."

"어디 은행이죠?"

"이름은 아는데 은행 이름은 몰라요. 분명히 한자와라고 했습니다."

남자와 히가시다가 서로 얼굴을 마주보았다.

"그래요?"

남자의 술잔이 비자 여자가 재빨리 술을 따라주었다. 생각에 잠긴 남자의 얼굴에서는 이 집에 들어왔을 때의 기분 좋은 표정은 찾을 수 없었다. 그리고 술잔의 술이 빌 때까지 이번에는 잠시 시간이 걸렸다.

3

산더미 같은 서류에 파묻혔다. 갈색 불빛이 쏟아지는 서고에서 한자와는 손수건으로 이마에 솟구친 땀방울을 닦았다. 손수건은 언제든지 손이 닿을 수 있도록 눈앞에 있는 골판지 상자 위에 놓아두었다.

저녁 8시. 도쿄중앙은행에서는 경비절감을 위해 근무시간이 지나면 에어컨을 끈다. 믿을 수 없겠지만 사실이다. 겨울에는 난방도 중단한다. 놀랍게도 그런 은행이 적지 않다.

원래 땀을 많이 흘리는 한자와의 온몸은 땀으로 뒤범벅이 되어 있었다.

손수건은 이미 두 장째. 다른 한 장은 등 뒤의 서가에 널어놓았다. 조금 전에 검인을 받으러 온 부하직원 요코미조가 그 손수건을 발견하고 "으아, 더러워라!"라고 말했다.

"시끄러워."

요코미조는 "뭐 하시는 겁니까?"라고 말하며 두 무릎에 손을 올려놓고 들여다보았다.

"보다시피 조사하는 거야."

"도와드릴까요?"

한자와가 가까이 있는 종이 묶음을 하나 던졌다. 철해놓은 입금표였다.

"히가시다 미쓰루의 입금표가 있는지 조사해줘."

"서부오사카철강 말이죠?"

"그래."

한자와는 나지막한 목소리로 대답했다. 총력전이다. 담당이 누구든, 이제 그런 것은 관계없다. 서부오사카철강의 채권 회수에 따라 지점의 실적은 180도 달라진다.

"아자 아자!"

요코미조가 온몸에 기합을 넣더니 골판지 상자 위에 풀썩 주저앉았다.

한동안 입금표를 넘기는 메마른 소리만이 서고를 가득 메웠다. 배도 고팠다. 바빠서 점심을 먹을 틈이 없었다. 영업점에 근무하는 은행원은 점심식사를 마치고 집에 갈 때까지 거의 밥을 먹지 않는다. 그나마 최근에는 익숙해졌지만 막 입행했을 무렵에는 밤이 되면 배가 고파서 견딜 수 없었다. 오늘밤에는 그런 신입행원 시절이 떠올랐다.

확인이 끝난 묶음은 원래대로 돌려놓고 다음 묶음에 손을 내밀었다.

그런 일이 몇 번이나 반복되었다.

지금 한자와가 찾고 있는 것은 히가시다의 돈의 움직임이다.

하와이에 별장을 샀다는 사실은 알았다. 그 사실을 알아낸 것은 우연의 산물이라고 할 수 있다. 하지만 그것만은 아닐 것이다.

다케시타금속 사장인 다케시타와 함께 찾아낸, 히가시다가 숨겨놓은 재산의 규모는 적어도 수억 엔. 어쩌면 10억 엔에 가까울지도 모르겠다.

그것을 밝혀낼 단서를 얻기 위해 한자와는 자신의 손이 닿는 곳부터 확인하기로 했다. 그래서 일단 은행에 보관되어 있는 과

거의 입금표를 찾아보고 있는 것이다.

서고로 다가오는 발소리가 들리고, 과장대리인 가키우치가 얼굴을 내밀었다.

"과장님, 예금계에서 연락이 왔는데 5년간 출입금 명세서가 완성됐다고 합니다. 여긴 저에게 맡기시고 그 자료를 확인하십시오."

"그럼 부탁해."

"자료는 과장님 책상 위에 놓아두라고 말했습니다."

한자와는 가키우치와 교대해서 2층으로 올라갔다. 사우나처럼 변한 은행 안에 남아 있는 사람은 융자과 행원뿐이다. 지점장인 아사노는 오후 6시가 되기도 전에 은행을 나갔고, 부지점장인 에지마도 아사노가 퇴근하자마자 재빨리 모습을 감추었다.

가키우치가 말한 자료는 히가시다가 도쿄중앙은행에 개설한 보통예금의 출입금 명세서였다.

서부오사카철강과 처음 거래를 시작한 것은 올해 2월 하순이었다.

그런데 히가시다 개인은 약 5년 전에 도쿄중앙은행 오사카 서부 지점에 보통예금 계좌를 개설했고, 담당자인 나카니시가 조금 전에 그 사실을 발견해서 한자와에게 보고했다. 보통예금의 움직임을 찾으면 뭔가 보일지도 모르겠다.

큰 기대는 할 수 없을지라도 히가시다가 숨겨놓은 재산의 실마리나 또는 히가시다 자신에게 이어질 정보라면 뭐든지 좋다.

서부오사카철강의 주거래은행은 오랫동안 간사이시티은행이었다. 도쿄중앙은행에 히가시다의 개인 계좌가 있다고 해서 대단한 거래가 있을 리는 없다. 아마 휴면예금에 가깝지 않을까. 하지만 출입금 명세서를 본 순간, 한자와는 자신의 예상이 빗나갔음을 알았다.

전기료가 인출되었기 때문이다. 그것만이 아니다. 수도료, 가스료, 전화비, 보험료—생활에 사용하는 계좌다.

어떻게 된 거지?

히가시다는 도쿄중앙은행을 개인의 주거래은행으로 이용했던 것인가.

한자와는 잠시 손을 멈추고 생각에 잠겼다. 가능성은 있다.

회사의 주거래은행에 사생활이 알려지는 걸 원하지 않는 경영자가 적지 않기 때문이다.

기업과 은행 사이에는 여러 형태의 거래가 있다. 특히 담보에 관한 부분은 굉장히 예민한 문제다. 개인적으로 사용하는 돈까지 호시탐탐 감시를 받으면 기분이 나쁠 수밖에 없다. 그래서 사생활에 사용하는 은행 계좌는 대출과 관계없는 은행에 두는 것이다.

하지만 숨겨놓은 재산으로 흘러간 수억 엔 이상의 돈이 이 계좌를 경유한 흔적은 발견할 수 없었다. 하와이의 부동산을 사들인 날짜나 그 전후의 날짜를 살펴보아도 큰돈이 움직인 흔적은 보이지 않았다.

명세서에 적힌 수많은 출금과 입금을 일일이 확인한 끝에 알아낸 것은 히가시다의 사생활뿐이었다.

매달 25일에 이 계좌로 현금 60만 엔이 들어왔다. 월급은 아니다. 아무리 적자라곤 하지만 중견기업의 사장 월급치고는 너무나 적다. 아마 어딘가에 있는 히가시다의 월급 통장에서 생활비로 이체한 게 아닐까? 실제로 이 계좌를 사용한 사람은 그의 아내일 것이라고 한자와는 추측했다.

약 일주일에 한 번 꼴로 5만에서 10만의 현금이 인출되었다. 계좌에서 직접 빠져나간 돈은 앞에서 말한 생활에 필요한 비용 이외에 신문 구독료와 헬스클럽의 회비, 신용카드 비용과 자동이체 몇 군데, 인터넷 서비스 회사에 수천 엔, 생명보험 두 군데, 손해보험 한 군데. 그 정도였다.

계좌 이체가 몇 건 있었다.

꽃꽂이 교실과 문화센터, 학교 수업료. 수업료를 낸 곳은 두 군데인데, 모두 고베에 있는 사립고등학교였다. 부잣집 아이들이 다니는 학교다. 개인에게 정기적으로 송금한 적이 몇 번 있었는데 피아노나 수영 같은 취미 생활일까? 아니면 아이들의 학원비일까?

꽤 많은 금액이 빠져나간 것도 몇 번 있었는데 내용은 매달 거의 비슷했다. 이 돈의 움직임에서 알 수 있는 것은 그럭저럭 부유하고 만족할 만한 생활 모습이다.

일반 가정에 비해 다소 금액이 크다는 것을 제외하면 특별한 점은 보이지 않았다.

“여기서 뭔가를 잡기는 힘들겠군.”

그렇게 중얼거렸을 때, 마음에 걸리는 계좌이체를 한 건 발견했다.

이체한 상대는 하시다 클린서비스. 금액은 7만 엔. 날짜는 7월이다.

“세탁업자인가……?”

다음 날, 전날 밤에 발견한 계좌이체 명세서를 컴퓨터로 조사해보았다.

이체한 곳은 같은 도쿄중앙은행 고베 지점의 당좌예금이다. 계좌번호도 알아냈다. 정식 회사명은 하시다 클린서비스 주식회사. 옷 세탁이 아니라 중견 규모의 청소업자인 듯했다.

융자관리 시스템을 이용해서 담당과를 조사했다. 대형 점포인 고베 지점에는 거래처의 규모에 따라 융자과가 각각 다르다. 하시다 클린서비스를 담당하는 곳은 융자 제1과였다. 과장인 미쿠니와는 과장 회의에서 몇 번 이야기를 나눈 적이 있었다.

“실은 채권 회수의 일환으로 협조를 받고 싶은 게 있는데요.”

한자와가 전화를 걸어 인사를 한 뒤 그렇게 말하자 미쿠니는 싹싹하게 대응했다.

“협조요? 물론이죠. 저희가 할 수 있는 일이라면 뭐든지 말씀해주십시오.”

“지금 담당하시는 하시다 클린서비스 앞으로 저희 지점의 부실 채권처가 현금을 입금했습니다. 이 회사는 주택을 청소하는 업체인가요?”

“네, 그런데요. 무슨 문제라도…….”

역시 그렇군.

“괜찮으시다면 이 입금액으로 어느 주택을 청소했는지 은밀히 알아봐주실 수 없을까요? 실은 부실 채권처의 사장이 자취를 감추어서 난감한 상황입니다. 그 사장을 직접 만나고 싶어서요.”

전화 건너편에서 미쿠니는 잠시 망설이는 모습을 보였다.

“사정은 이해하지만, 하시다 쪽에서 보면 고객 정보를 내주는 격이 돼서요. 어쩌면 어려울지도 모르겠군요.”

“그건 알고 있지만 어떻게 안 될까요?”

“부실 채권처라고 말씀하셨죠?”

한자와는 지금 처해 있는 사정을 간단하게 설명했다.

“그런 거라면 그쪽에 물어보겠습니다. 단, 하시다에 피해가 가지 않도록 부탁하겠습니다.”

“알고 있습니다. 실은 조금 급해서 그럽니다.”

미쿠니의 승낙을 받아내고 한자와는 수화기를 내려놓았다. 미쿠니로부터 연락이 온 것은 그로부터 한 시간쯤 후였다.

“아까 부탁하신 건 말씀인데요, 하시다의 경리 담당자가 몰래 알아봐줬습니다. 히가시다 씨로부터 의뢰를 받아 7월에 청소한 곳은 다카라즈카 시내에 있는 아파트였다고 합니다.”

"다카라즈카요?"

한자와의 손에 있는 서부오사카철강의 자산 일람표에 다카라즈카의 아파트는 없었다.

미쿠니로부터 아파트의 소재지를 알아냈다.

"숨겨놓은 자산인가요?"

한자와가 쓴 메모를 보고 옆자리의 가키우치가 목소리를 낮추며 물었다.

"그럴 수도 있어."

책상의 전화기로 출입 법무사에게 연락해서 그 주소의 등기부등본을 떼어달라고 했다. 그리고 다케시타에게 연락해서 지금까지의 경과를 말해주었다.

"다카라즈카의 아파트라……. 소문을 듣자 하니 히가시다는 지금 가족과 헤어져서 사는 모양이더군. 그쪽에 사는 게 히가시다라면 나도 같이 가서 뜨거운 맛을 보여주고 싶네."

도산한 경영자가 가족과 떨어져서 사는 것은 채권자로부터 도망치기 위해서다.

도산한 시점에서 가족과 떨어져 전국을 전전하는 사람도 적지 않다. 심지어 채권자로부터 가족을 지키기 위해 이혼하고 도망자처럼 혼자 떠돌아다니는 사람도 있다.

사장이란 자리는 고독하다.

주머니 사정이 좋을 때는 주변에서 떠받들어주지만 궁지에 몰리면 그때부터는 아무도 도움의 손길을 내밀지 않는다. 더구나 연대보증이란 이름하에 모든 책임과 의무를 짊어지지 않으면 안 된다.

돈이 떨어지면 인연도 떨어지는 법이다. 그것은 은행도 마찬가지다. 한자와만 해도 정말로 돈에 궁한 상대에게 신용으로—즉 담보 없이 돈을 빌려준 적은 지금까지 한 번도 없었다. 신용 상황이 극단적으로 나빠졌을 때, 대출을 해주는 것은 담보가 있을 때뿐이다. 대출을 해주지 않는다고 비난을 하든, 대출을 중단하고 자금을 회수한다고 손가락질을 하든, 담보가 없으면 외면하는 곳이 은행이다.

"부탁합니다. 이번만, 이번 한 번만 도와주실 수 없겠습니까?"

사장이 무릎을 꿇고 이렇게 사정해도 인정으로 "그렇게 하지요"라고 말할 수는 없다. 은행이란 조직이 돈을 빌려주는 것은 돈을 갚을 수 있는 상대뿐이다.

"사장님, 그럴 수는 없지요. 지금은 자력으로 헤쳐 나가는 수밖에 없습니다."

오사카 서부 지점의 과장 자리에 앉고 나서, 지금까지 몇 번이나 그렇게 말했던가!

날씨가 좋으면 우산을 내밀고 비가 쏟아지면 우산을 빼앗는다—이것이 은행의 본모습이다.

대출의 핵심은 회수에 있다—이것도 역시 은행의 본모습이다.

돈은 부유한 자에게 빌려주고 가난한 자에게는 빌려주지 않는 게 철칙이다. 세상이란 원래 그런 법이다.

이것이 은행 대출의 근간이자 은행의 사고방식이다.

거품 경제가 붕괴되기 이전의 주거래은행은 기업이 어려울 때 도와주는 곳이었다.

하지만 이제 그런 은행은 어디에도 없다.

호송선단 방식이란 이름하에 보호를 받았던 과거에는 은행이 어려움에 처하면 정부에서 발 벗고 나서서 도와주었다. 그래서 은행도 의리와 인정을 우선시해서 영세 중소기업에게도 돈을 빌려주었고, 산더미 같은 대손을 만들어도 안심할 수 있었다.

하지만 지금은 다르다.

은행이 망하지 않는다는 신화는 과거의 산물이 되고, 적자가 나면 은행도 도태되는 시대가 열린 것이다.

그리하여 은행은 이제 중소기업을 도와줄 수 없게 되었다. 거래 기업을 지켜온 일본적 금융 관행인 주거래은행제도가 붕괴한 이유는, 똑같은 금융 관행이었던 호송선단 방식이 붕괴한 것에서 기인한다고 할 수 있지 않을까?

시장에서 도태되지 않기 위해서 지금 은행에게 가장 중요한 일은 거래처를 지키는 것이 아니라 스스로를 지키는 것이다.

은행은 이제 특별한 조직이 아니라 돈을 벌지 못하면 망하는 평범한 회사가 되어버렸다. 은행을 믿고 신뢰할 수 있었던 것은 기껏해야 거품 경제 시대까지였다. 어려울 때 도와주지 않는 은행은 실질적인 지위가 추락해서, 기업에게는 수많은 주변 기업의 하나에 불과하게 되어버렸다.

그날 밤, 다케시타가 은행으로 찾아왔다. 법무사가 등기부등본을 보내왔다고 한자와가 연락했기 때문이다.

다케시타는 입을 열자마자 말했다.

"낮에 다카라즈카의 아파트를 보고 왔네."

"벌써요?"

그의 열정이라고 할까, 집념에는 놀라지 않을 수 없었다.

"어떠셨어요?"

2층 접견실이다. 은행의 규칙으로 에어컨을 껐기 때문에 창문을 열어놓았다. 철격자가 끼워진 창문을 통해 뜨거운 기운이 담긴 무거운 바깥 공기가 흘러들어왔다.

"문패는 없었네. 하지만 아파트 앞에서 진을 치고 있었더니 히가시다의 아내가 아이와 같이 들어가는 게 보이더군. 그 인간들이 사는 집이 틀림없어. 그런데 그 여자, 도저히 도산한 경영자의 아내로는 보이지 않았네. 역시 히가시다의 아내야. 여전히 오만방자한 얼굴로 머리를 꼿꼿이 치켜들고 걸어가더군."

히가시다 다쓰코는 올해 마흔두 살. 서부오사카철강의 경영에는 일체 관여하지 않았다. 다케시타는 법인회 모임에서 몇 번 본 적이 있다고 하는데 한자와는 한 번도 본 적이 없었다.

"그런데 등기부등본은 어떤가? 그 아파트는 역시 히가시다가 숨겨놓은 자산인가?"

"그건 아닌 것 같습니다."

법무사가 보내준 부동산 등기부등본에 따르면 아파트는 고무라 다케히코라는 사람의 개인 명의로 되어 있었다.

"히가시다의 자산이 아니었나?"

"그런 것 같습니다."

"임대 아파트를 빌린 건가?"

처음에는 한자와도 그렇게 생각했다. 하지만 임대라면 히가시다가 일부러 업자에게 의뢰해서 청소할 리가 없지 않을까?

"권리 관계는? 어디 담보로 잡혀 있지는 않았나?"

"전혀요. 아주 깨끗합니다."

다케시타가 눈을 크게 뜨며 놀란 표정을 지었다.

"담보가 없다는 건 백 퍼센트 자기 돈을 내고 샀다는 거잖아? 아파트가 꽤 고급이던데? 적어도 7, 8천만 엔은 하지 않을까?"

"세상에는 돈 많은 사람이 워낙 많으니까요."

"세상 참 불공평하다니까."

"동감입니다."

"한자와 과장, 앞으로 어떻게 할 생각인가?"

한자와는 손으로 이마를 짚으며 생각에 잠겼다.

"이 아파트 주인과 히가시다가 어떤 관계인지 알아보겠습니다."

"누구에게 물을 생각이지?"

물론 그것을 물어볼 사람은 한 명밖에 없었다.

4

저난번에 여기에 왔을 때는 보닛을 태울 듯한 한여름의 뙤약볕이었다. 그런데…….

오늘은 비가 내렸다. 그것도 억수같이 쏟아지고 있다. 양쪽에 펼쳐진 코크스 밭이 비 때문에 뿌예져서 먼 곳이 보이지 않았다. 최대 빠르기로 해놓은 와이퍼가 따라가지 못할 만큼 세찬 빗방울이 앞 유리창을 내리치고, 환기 장치에서는 축축한 공기가 차 안으로 흘러들어왔다. 에어컨을 최대로 올렸지만 효과는 거의 없어서, 시끄러운 소리와 함께 담배 냄새 나는 바람을 내뿜을 따름이었다.

전화로 끝낼 수는 없었다.

나미노는 믿을 수 없는 사람이다. 진실을 알아내기 위해서는 직접 만나서 최대한 쥐어짜는 수밖에 없다. 그래서 회사로 찾아가겠다고 했는데, 무엇 때문인지는 말하지 않았다. 나미노의 불안을 부추기는 것도 하나의 작전이었다.

예상한 대로 한자와를 보자마자 나미노는 자신의 책상에서 펄쩍 뛰어오르더니 허겁지겁 달려왔다.

이렇게 작은 회사에서도 다른 직원들의 눈을 신경 쓰는 것이다. 아니면 사장인 형의 눈치를 보는 것일까? 사장은 큰 소리로 전화 통화를 하면서 눈을 부릅뜨고 한자와의 얼굴을 노려보았다.

"이, 이쪽으로 오십시오."

나미노는 한자와를 접견실로 밀어넣더니, 괴로운 듯 어깨로 숨을 쉬며 손을 뒤로 해서 문을 닫았다. 얼굴은 잔뜩 찡그리고 있었다.

"저, 저기…… 이번을 끝으로 다시는 찾아오지 않으면 안 될까요? 예전 회사 일로 질질 끌려 다닌다고 사장님이 뭐라고 하셔서요."

한자와가 코웃음을 쳤다.

"나도 가능하면 당신을 만나고 싶지 않습니다. 하지만 자꾸 만나야 할 사정이 생기니까 어쩔 수 없네요."

"만나야 할 사정이요? 그게 뭐죠?"

나미노는 지금이라도 울 것 같은 표정을 지었다.

"히가시다 사장의 가족이 어디에 사는지 알죠?"

한자와는 일부러 비난하듯 물었다. 마음이 약한 나미노는 그것만으로도 주춤거렸다.

"모, 몰라요. 요전에도 말했지만 회사가 부도난 이후, 한 번도 만나지 않았어요. 가족이 어디에 사는지 내가 어떻게 알겠어요?"

"솔직히 말해주지 않으면 귀찮은 일이 벌어질 겁니다."

"정말입니다! 정말이라니까요!"

그렇게 주장하는 나미노의 눈을 들여다보면서 한자와는 다카라즈카 시내에 있는 아파트의 이름과 주소를 말했다.

"그, 그게, 뭐, 뭐죠?"

"알고 있는 걸 솔직히 말해주면 용서해주지. 단, 지금뿐이야."

한자와가 말투를 바꾸자 나미노의 상기된 얼굴 밑에서 목젖이 위아래로 움직였다.

"그, 그건……!"

나미노는 반론을 하려고 하다가 한자와가 눈을 부릅뜨고 똑바로 쳐다보자 기력을 잃었는지 고개를 푹 떨구었다.

"나미노 씨, 이제 그만 솔직하게 말해주는 게 어때? 이쪽의 인내에도 한계가 있어. 누구 아파트지? 계속 숨기면 이런 방문으론 안 끝날 거야. 그래도 괜찮아!?"

"잠시만 기다리세요. 지금 생각이 났습니다. 그러고 보니 분명히 사, 사모님 친척인……."

"뭐야?"

이 녀석, 역시 알고 있었군. 나미노라는 자는 작은 거짓말이 똘똘 뭉쳐서 만들어진 거짓말덩어리다. 지금까지 속았다고 생각하자 한자와의 뱃속에서 분노가 부글부글 끓어올랐다. 한자와는 크게 숨을 토해내며 뱃속에 있는 분노의 나사를 최대한 조였다.

"어떤 친척이지?"

"아마…… 사모님의 숙부가 아닐까요?"

"이름은?"

"고무라 씨였을 겁니다."

등기부등본에 있는 아파트의 주인 이름과 똑같다.

"그래서? 지금 그곳에 있는 건 히가시다의 가족뿐이야?"

"아마 그럴 거예요. 사장님은 별도로 행동하고 있을 거고요."

"히가시다는 어디에 있지?"

"그, 그건 몰라요. 정말입니다. 정말로 모른다니까요!"

나미노가 격렬하게 머리를 흔들었다.

"법정에 가서도 그렇게 말할 수 있어? 응? 나미노 씨, 대답해 봐!"

"저, 정말로 모른다니까 자꾸 왜 이래요?"

"그럼 상상이라도 좋으니까 어디에 있는지 말해줘. 히가시다는 지금 어디에 있을 것 같아?"

나미노가 굳은 목소리로 대답했다.

"아마 고무라 씨가 가지고 있는 아파트나 별장이나…… 그런 곳에 있지 않을까요?"

"고무라는 뭐 하는 사람이지?"

"재산이 아주 많아요."

나미노의 설명은 이러했다.

고무라 다케히코는 히가시다의 아내인 다쓰코의 아버지, 즉 히가시다의 장인이 경영하던 무역업체를 물려받은 사람으로, 몇 년 전에 알츠하이머병에 걸려서 지금은 실버타운에 살고 있다. 독신에다 자녀도 없기 때문에 히가시다 부부가 돌봐주고 있다고 한다.

"사모님 성격으로 볼 때, 어차피 목적은 재산이겠지만요."

"말을 함부로 하는군."

"아주 지독한 여자거든요."

"끼리끼리 만났다는 건가?"

한자와가 고무라의 재산이 어디 있는지 물었지만 나미노는 모른다고 대답했다.

"그 대신 고무라가 어디에 입원해 있는지는 압니다. 예전에 사장님 지시로 물건을 보낸 적이 있거든요. 고무라가 어디 있는지 알면 그곳에서 조사할 수 있잖습니까?"

"그건 해보지 않으면 모르지."

"제발 이번을 끝으로 다시는 오지 마십시오."

한자와는 화가 나서 견딜 수 없었다.

"왜 지금까지 말을 안 했지? 서부오사카철강의 재무 상황이 새어 나왔어. 그걸 흘린 사람은 당신이지? 그렇다면 이것도 지난번에 말해줬으면 좋았잖아. 히가시다로부터 연락이 있었나?"

"어, 없었어요. 부, 분명히 재무 상황은 내가 흘렸어요. 퇴직금도 못 받은 데다 버림을 받아서 화가 났거든요."

나미노는 뻔뻔스럽게 변명을 늘어놓았다. 화가 나서 흘렸다는 것은 거짓말이고, 목적은 정보에 대한 대가 때문이었으리라.

"나미노 씨, 지금 이건 장난이 아니야. 당신도 서부오사카철강의 분식회계에 관여해서 은행을 속였어."

"아닙니다. 난 그저 사장님이 시키는 대로……."

"아니긴 뭐가 아니야!"

한자와는 서부오사카철강의 분식회계 의혹을 확인하러 갔을 때, 나미노가 얼마나 뻔뻔하게 굴었는지 말해주었다. 그 말을 하는 사이에 그때의 분노가 가슴속에 솟구쳤다. 히가시다는 물론이고, 지금 아무리 불쌍한 표정을 짓는다 해도 나미노를 용서할 마음은 들지 않았다. 더 철저하게 괴롭혀서 후회하게 만들어주겠다는 생각이 가득했다.

"당신의 책임은 쉽게 사라지지 않아. 당신이 잊으려고 해도 우리 은행에는 절대 잊을 수 없는 5억 엔의 부실 채권이 남아 있지. 이걸 처리하기 전까지는 당신도 나처럼 머리를 싸매고 괴로워하게 만들어주겠어!"

"그럴 수가! 난 그냥 직원으로서 서부오사카철강에서 일했을 뿐이잖습니까? 그 회사의 경영에 관여한 건……."

한자와는 재빨리 그의 말을 가로막았다.

"그건 나도 마찬가지야. 나도 도쿄중앙은행의 행원일 뿐이지. 즉 당신과 똑같은 일개 직원에 불과해. 경영과는 아무 관계가 없어. 내 주머닛돈이 나가는 것도 아니고. 하지만 나는 한 사회인으로서 당신이 저지른 일을 용서할 수 없어. 아무리 귀찮고 힘들더라도 당신이 저지른 일에 대해선 반드시 책임져야 할 거야."

불덩이처럼 타오르는 한자와의 기세에 눌려서 나미노는 뻐끔뻐끔 입을 움직일 뿐 말을 할 수 없었다.

이윽고 절망의 구렁텅이에 떨어진 것처럼 어깨를 떨군 나미노를 남겨두고, 한자와는 접견실을 나와서 빗발이 더욱 거세진 하늘을 올려다보았다. 현관 옆에 세워둔 업무용 차의 문을 열고 에어컨을 켜자 또 담배 냄새가 섞인 바람이 시끄러운 소리와 함께 뿜어 나왔다. 와이퍼가 지나간 앞 유리창 너머로 전화가 끝났는지 나미노의 형이 붉으락푸르락한 얼굴로 계단을 뛰어내려오는 것이 보였다. 한자와는 차를 출발시켰다. 물웅덩이를 지나갔는지 물보라가 튀었다. 나미노의 형이 재빨리 뒤로 물러서며 욕설을 퍼부었다. 그에 아랑곳하지 않고 한자와는 액셀을 밟으며 다시 코크스 밭을 돌아가기 시작했다.

5

나미노의 말처럼 히가시다는 고무라가 소유한 부동산 중 한 곳에 숨어 있을 가능성이 높다.

문제는 그 부동산을 어떻게 알아내느냐 하는 것이다. 나미노에게 알아낸 것은 고무라가 경영했던 회사 이름과 지금 살고 있는 실버타운의 주소뿐이다.

한자와는 오사카상공리서치의 기스기에게 전화를 걸어 고무라가 경영했던 무역회사의 이름을 말했다.

"오늘은 조사 의뢰입니다. 이 회사가 지금 어떻게 되어 있는지 조사해주십시오. 특히 필요한 건 사장의 개인 자산입니다. 가능하면 리스트를 만들어줬으면 좋겠습니다."

"이미 문을 닫은 회사군요. 융자 관계인가요?"

기스기는 직업 탓인지, 잔뜩 호기심 어린 목소리로 물었다.

"서부오사카철강 관계입니다."

"그래요? 재미있을 것 같군요. 나중에 자세히 말씀해주시겠습니까?"

"비용을 안 받는다면 생각해보지요."

"그건 좀 곤란하고 할인해드리면 안 될까요? 적어도 이삼 일은 걸릴 것 같습니다."

"알았습니다. 조사가 끝나면 연락해주세요."

그로부터 사흘 뒤. 기스기는 도쿄중앙은행 오사카 서부 지점 2층의 접견실 소파에 앉아 히죽히죽 기묘한 웃음을 지었다.

"고생은 좀 했지만 겨우 알아냈습니다. 이번 일은 꽤 비쌉니다."

기스기는 가벼운 농담을 하고 조사 자료가 들어 있는 봉투를 한자와에게 내밀었다.

고무라교역은 메이지 시대(1868~1912년)에 설립된 회사로 자본금 3천만 엔에 매출은 1백억 엔이 넘는 무역회사였다. 그런데 3년 전에 사장인 고무라의 고령과 건강 악화를 이유로 백여 년에 이르는 역사에 막을 내리고, 고무라는 치료를 겸해 실버타운에 들어갔다. 그 실버타운은 고베 항구가 내려다보이는 롯코 산 중턱에 있는데, 부유한 노인들만 갈 수 있는 특별한 시설이다.

기스기가 재미있는 말을 꺼냈다.

"사장의 개인 자산은 부동산을 중심으로 20억 엔쯤 되는 것 같은데, 히가시다 사장은 쉽게 손댈 수 없지 않을까요? 이 고무라라는 영감님은 상당히 독특한 사람으로, 병에 걸렸다는 사실을 알자마자 유언장을 써서 변호사에게 맡겼다고 하더군요. 즉, 고무라의 후견인은 히가시다가 아니라 회사의 고문변호사였던 하나시마라는 변호사입니다. 따라서 아무리 히가시다라도 고무라의 재산에 손을 댈 수는 없을 겁니다. 고무라가 세상을 떠나면 재산을 상속받을 수 있다고 생각했을 텐데 영감님이 한 수 위였지요."

고무라가 소유한 부동산은 고베 시내를 비롯해 다섯 군데가 있고, 그밖에 거품 경제 시절에 사들인 것으로 보이는 호주 골드코스트에 콘도미니엄이 하나 있다고 한다.

"꼼꼼히 조사했군요."

"힌트는 히가시다의 가족이 사는 다카라즈카의 아파트였습니다. 그곳은 처음에 은행에 저당이 잡혀 있었는데, 그 은행에서 조사했지요. 폐업했다고 해도 오래되지는 않아서 그렇게 어려운 일은 아니었습니다. ……이게 좀 수상하지 않나요?"

그렇게 말하면서 기스기가 가리킨 곳은 고베 시내에 있는 아파트였다.

"여기는 어디죠?"

"원래 임대용 아파트였는데, 1년 전에 살던 사람이 나간 뒤 다른 사람에게 임대하지 않은 것 같습니다. 꽤 괜찮은 곳이더군요. 일단 둘러보고 왔는데, 비어 있지 않더군요. 히가시다의 은신처가 아닐까요?"

"히가시다를 봤나요?"

기스기는 머리를 옆으로 흔들었다.

"아뇨, 저는 히가시다의 얼굴을 모르거든요. 철저하게 조사하려고 했는데, 어디서 알아냈는지 기묘한 녀석들도 얼쩡거리고요. 수상한 냄새가 풀풀 나더군요."

한자와가 재빨리 고개를 들고 다급히 물었다.

"채권자인가요?"

"아뇨, 그런 느낌은 아니었습니다. 양복을 단정히 입었고 겉모습은 평범했어요. 그런 사람들이 아파트의 우편함을 들여다보거나 주차장을 얼쩡대고 있더군요."

"국세국 사람들일 겁니다."

"국세국이 왜요?"

기스기는 그렇게 말하더니, 대답을 하지 않는 한자와를 보면서 말을 이었다.

"말씀해주신다고 하셨잖습니까? 한자와 과장님, 약속은 지키셔야죠."

"히가시다에게는 숨겨놓은 자산이 있어요. 5억에서 10억쯤 될 겁니다."

기스기가 눈을 크게 떴다.

"매입을 부풀려서 슬쩍한 돈을 어딘가에 꿍쳐놓았지요."

"그거 재미있네요. 그 돈을 찾으면 이 은행의 부실 채권은 전액 회수할 수 있겠군요."

"압수할 수 있으면 그렇죠. 애당초 은행에서 대출해준 돈을 그대로 빼돌린 거나 마찬가지입니다. 반드시 회수할 겁니다!"

"서부오사카철강의 그 이후에 대해서 보고서를 쓸까 했는데, 좀 더 기다리는 편이 좋을 것 같네요. 히가시다 사장과 국세국, 그리고 한자와 과장님. 마지막으로 웃는 사람은 과연 누구일까요?"

기스기가 흥미진진한 표정을 지었다.

검은색의 최신형 고급 승용차 셀시오가 주차장의 경사면을 내려왔다. 약간 거리를 두고 다케시타가 운전하는 구식 고급차 크라운이 뒤를 따랐다.

산노미야 역 근처에 있는 백화점의 지하 주차장이다.

이날 아침 한자와는 지점 앞에서 다케시타와 합류한 뒤, 신고베 역 근처에 있는 문제의 아파트로 향했다.

처음에는 집으로 직접 찾아갈 생각이었다. 그런데 아파트 앞에서 히가시다가 운전하는 차와 지나치는 바람에 계획을 바꿔서 추적하게 되었다.

한자와 쪽에서 보면 그러는 편이 더 좋았다. 집으로 찾아가면 있으면서 없는 척을 할 수도 있고, 길거리에서 우연히 만난 것으로 하면 나중에 "불법으로 미행했다"라고 고소당할 우려도 없다.

주차장 안내원의 유도에 따라 주차를 하자 히가시다가 젊은 여성을 데리고 백화점 안으로 들어가는 것이 보였다.

“가족과는 따로 살고, 자신은 애인과 살고 있나? 팔자가 아주 늘어지셨군.”

차 안에서 그의 뒷모습을 바라보면서 다케시타가 비아냥거렸다.

여성은 20대 초반쯤 될까? 미니원피스 밑으로 나온 다리가 앙상할 정도로 야위었다. 갈색으로 염색한 긴 머리칼은 등의 중간까지 내려왔다. 히가시다는 그런 그녀와 팔짱을 끼고 골프장에라도 가듯이 성큼성큼 걸어갔다. 도저히 도산한 회사의 경영자로는 보이지 않았다.

“차를 한번 살펴보죠.”

한자와는 조수석에서 내린 뒤, 넓은 주차장 안에서 히가시다의 차를 찾았다. 검은색 셀시오는 콘크리트 벽의 맞은편에서 두 대의 벤츠 사이에 놓여 있었다. 구입한 지 얼마 되지 않았는지 흠집 하나 없이 반짝반짝 빛이 나고, 새 차 냄새가 풀풀 풍겼다.

운전석을 들여다보면서 다케시타가 말했다.

“하여간 좋게 봐줄래야 봐줄 수가 없다니까. 도산한 회사의 사장이라면 그에 걸맞게 자전거라도 굴리면 좋을 텐데.”

한자와가 조수석 쪽에서 안을 들여다보았다. 뒷좌석에 여자의 재킷 같은 노란색 옷이 아무렇게나 놓여 있었다. 티슈 상자와 우산 두 개. 우산 하나는 손잡이가 가느다란 여성용이었다. 콘솔에는 동전과 마시다 만 페트병이 하나 끼워져 있었다.

“아무것도 없군.”

다케시타가 차를 한 바퀴 돌아서 한자와의 옆에 섰다.

"어떡할까? 지금 들어간 걸 보면 당분간 시간이 걸릴 텐데. 백화점 안에서 잡아챌까? 어차피 여성복 매장 주변에서 얼쩡대고 있겠지 뭐."

"잠깐만요. 저 티슈는……."

한자와가 뒷좌석에 있는 갑 티슈를 가리켰다. 화려한 노란색 재킷에 절반쯤 가려져 있지만 파란색 바탕에 하얀색 모양이 꼭 배의 돛처럼 보였다.

"은행에서 받은 거 아닌가요?"

"그래, 그런 것 같아!"

다케시타가 감탄한 듯 걸걸한 목소리로 말하더니, 자세히 보기 위해 눈을 가늘게 떴다.

"역시 은행원은 보는 게 다르군. 나는 그냥 지나칠 뻔했는데. 어느 은행이지?"

"은행 이름은 재킷에 가려져서 안 보이지만 저런 로고는 처음 봅니다."

"큰 곳은 아닌가 보군."

다케시타의 말이 맞다. 메가뱅크라면 금방 알았을 것이다.

"이 지역의 지방은행이나 신용금고일지도 모르겠군요. 핵심은 갑 티슈입니다. 일반적인 거래에서는 주머니에 들어가는 작은 티슈가 고작이거든요. 은행계좌를 개설할 정도가 아니면 갑 티슈는 주지 않습니다. 아마 히가시다는 그곳에 예금계좌를 가지고 있을 겁니다."

"그렇군. 얼마나 예금했을까?"

다케시타는 입술을 오므리고 선팅을 해놓은 뒷좌석으로 가더니 얼굴을 바싹 붙이고 들여다보았다.

그때 등 뒤에서 기척이 느껴졌다.

재빨리 돌아보자 상대가 깜짝 놀란 표정으로 걸음을 멈추었다. 백화점 안으로 들어갔던 히가시다의 여자였다.

젠장, 재킷인가!

백화점 안이 추울 정도로 냉방이 잘 되어서 재킷을 가지러 온 것이다.

여자가 뛰기 시작했다.

"아뿔싸!"

다케시타가 혀를 찼다. 또각또각! 또각또각! 구두 소리를 날카롭게 울리면서 온통 유리로 되어 있는 지하 홀로 뛰어가는 여자의 등을 한자와와 다케시타는 멍하니 바라볼 수밖에 없었다. 여자는 이미 휴대폰을 귀에 대고 연신 이쪽을 돌아보았다. 그러더니 어느새 매장으로 통하는 계단으로 사라졌다. 눈 깜짝할 사이에 일어난 일이었다.

"도망칠 생각일까?"

"아니요. 차가 여기에 있으니까 도망칠 순 없을 겁니다. 곧 돌아오겠지요. 잠시 여기서 기다려보죠."

하지만…….

그로부터 한 시간을 기다렸지만 히가시다는 결국 모습을 드러내지 않았다.

지하 주차장 밖으로 이어진 경사면 꼭대기에서 여름 하늘이 새하얗게 빛나고 있었다. 다케시타의 차는 주차요금소를 통과하자 속도를 올리고 단숨에 경사면을 뛰어올라갔다.

“설마 또 종적을 감출 생각은 아니겠지.”

“그렇게까지 하지는 않을 겁니다.”

여자는 한자와와 다케시타가 채권자임을 간파했지만 누구인지는 알 수 없을 것이다. 길거리에서 우연히 발견해서 쫓아왔다 — 히가시다도 그 정도로 생각하지 않을까? 포위망이 서서히 좁혀지고 있다는 사실을 모른 채.

“나는 만일을 위해 히가시다의 아파트를 감시하겠네. 이번에는 우연히 히가시다가 있는 곳을 알아냈지만, 그곳에서 도망치면 다시 잡기는 힘들잖나?”

“그러면 저는 히가시다의 거래 은행을 알아보겠습니다. 아마 역 주변에 있는 금융기관일 겁니다.”

“그걸 알아내서 압류할 수 있으면 우리의 승리야.”

“그렇게 간단하면 좋겠는데요…….”

그러기 위해서는 먼저 그 로고가 들어 있는 금융기관이 어디인지 조사할 필요가 있다. 그렇게 어려운 일은 아닐 것이다.

한자와는 다케시타와 헤어진 뒤 역 주변을 돌아다녔다. 일단 눈에 띈 지방은행의 지점으로 들어갔다. 그리고 로비에 있는 서무행원처럼 보이는 초로의 남자를 붙잡고, 볼펜으로 전표 뒷면에 무늬를 그려서 보여주었다.

"실례지만 이런 로고가 있는 은행을 아십니까?"

제복을 입은 남자는 그 그림을 거꾸로 보기도 하면서 한참을 바라보더니 고개를 갸웃거렸다.

"글쎄요, 본 적이 없는데요."

"신용금고일지도 모릅니다."

"제가 전부 아는 건 아니지만, 이 주변에선 본 적이 없는 로고입니다. 여기서 조금 가면 신용금고가 있는데, 거기 가서 물어보시는 게 어떨까요?"

"그래서 어떻게 됐나요?"

가키우치가 물었다.

"헛수고였어. 혹시나 해서 역 앞에 있는 몇몇 은행과 신용금고를 전부 돌아다녔는데, 이 로고가 있는 금융기관은 짐작이 안 간다고 하더군."

"히가시다의 차를 다시 들여다보면 뭔가 알 수 있지 않을까요?"

"그건 다케시타 사장님에게 부탁해놓았어."

한자와는 손목시계를 보았다. 저녁 7시가 지났지만 다케시타에게서는 연락이 없었다. 오후에 다케시타에게 전화를 걸어 로고에 대해 말해놓았다. 그때 다케시타는 히가시다의 아파트 근처에 세워놓은 차 안에서 히가시다가 돌아오기를 기다리고 있는 참이었다.

“그 빌어먹을 놈은 아직 안 돌아왔네. 꽤 경계하는 모양이야.”

다케시타는 직성이 풀릴 때까지 기다리겠다고 했다. 아직도 계속 잠복하고 있을 것이다.

“로고라…….”

가키우치가 한숨을 내쉬며 덧붙였다.

“단어 같으면 인터넷에서 검색해본다든지 해서 어떻게든 알아볼 방법이 있는데, 로고는 그렇게 할 수도 없고……. 어쩌면 은행이 아닐지도 모르잖습니까?”

듣고 보니 그렇다.

증권회사일지도 모르고, 더 깊이 들어가면 갑 티슈를 나눠주는 회사가 전부 금융기관이라곤 할 수 없다. 처음에 은행이라고 생각한 것은 동업자의 감 같은 것이었다.

“증권회사는 아닌 것 같아. 서부오사카철강에는 투자유가증권이 하나도 없었잖아? 이런 건 히가시다의 관심을 반영하지 않을까?”

“즉, 주식에는 관심이 없다…….”

“적어도 회사 돈으론 주식을 사지 않았다는 거지. 더구나 히가시다의 예금계좌를 봐도 증권회사와 자금이 오간 건 하나도 없었어.”

“그렇군요. 그렇다면 역시 은행일까요?”

가키우치가 등 뒤의 선반에서 지도를 꺼내서 펼쳤다.

"히가시다의 집은 히가시요도가와 구, 가족은 다카라즈카, 몸을 숨기고 있는 아파트는 고베. 각각의 장소와 가까운 금융기관을 조사해볼까요?"

하지만 한자와는 고개를 갸웃거렸다.

"마음에 걸리는 거라도 있습니까?"

"히가시다는 바보가 아니야. 녀석은 분식회계에다 탈세까지 저질렀어. 언젠가 당국에서 주목할 수도 있다고 생각했겠지. 이런 상황에 과연 집이나 회사에서 가까운 금융기관에 돈을 숨길까? 그렇게 멍청한 짓은 안 했을 거야. 금방 들킬 수도 있으니까."

아무리 국세청 국세국이라도 조사 대상자의 개인예금이 어디에 있는지, 모든 금융기관에서 검색해 정확하게 조사하는 방법은 가지고 있지 않다. 실제로 사찰을 나가서 통장이라도 압수하면 다르지만, 그 전 단계인 지금으로선 수상쩍은 금융기관을 찍어서 "이런 명의의 예금이 없습니까?"라고 확인하는 게 고작이다. 집이나 회사 근처의 금융기관이라면 가장 먼저 찍힐 가능성이 높다.

"오히려 아무 관계도 없는 금융기관에 계좌를 개설했다고 보는 편이 자연스러울 거야. 머리가 약간만 돌아가도 그렇게 하지 않을까? 드나들기는 좀 불편해도 들키는 것보다는 나을 테니까."

"그렇다면 찾아내기 힘들겠군요."

그때 다케시타가 휴대폰으로 전화를 걸어왔다.

"히가시다 녀석, 이제야 집에 들어왔네. 이런 시간까지 어디를 싸돌아다닌 건지 원."

차 안에서 전화를 하는지 배경은 조용했다.

"여자는요?"

"같이 있어. 조수석에 있는 게 보였네. 지금 주차장에 가서 다시 한 번 보고 올게."

10분쯤 지나서 다케시타에게 다시 전화가 걸려왔다. 뛰어왔는지 숨을 헐떡였다.

"보고 왔네. 갑 티슈는 이미 없어졌더군."

"젠장!"

하지만 전화기 건너편에서 다케시타의 태연한 목소리가 들려왔다.

"그럴 거 없네. 아마 히가시다는 생각했을 거야. 교묘히 숨었다고 생각했는데 채권자에게 들켰다고. 채권자가 차 안을 들여다봤을 거라고 말이야. 갑 티슈를 숨겼다는 건 그게 중요하다는 증거가 아니겠나?"

다케시타의 말이 맞을지도 모르겠다.

"나는 여기서 좀 더 지켜보고 있겠네."

"또 뭐가 있을 것 같습니까?"

"아까 여자 말고 뒷좌석에 남자가 하나 있었어. 그 녀석의 얼굴을 확실히 봐두고 싶어서 말이야. 히가시다가 어떤 놈들과 손을 잡았는지 자네도 알고 싶겠지?"

“카메라라도 가져가셨으면 좋았을 텐데요.”

한자와는 반쯤 농담으로 말했지만 다케시타에게 뜻밖의 대답이 돌아왔다.

“있네. 가난한 회사 사장의 몇 안 되는 취미지. 디지털 일안 리플렉스에 망원 렌즈. 좋은 사진을 찍으면 사진 콘테스트에 내보내려고 했거든.”

허탈한 웃음을 남기고 다케시타와의 전화는 그곳에서 끊겼다.

6

“채권자?”

술잔을 입으로 가져가던 남자의 손길이 멈추었다.

“누구예요?”

“나도 몰라. 미키, 어떤 자들이었는지 다시 말해봐.”

술을 따르던 여자가 차가운 술이 들은 쿨러를 검은 탁자 위에 내려놓고, 불안한 표정으로 히가시다를 보았다. 사슴을 연상시키는 연약하고 갸름한 얼굴이 인상적이었다. 여자는 하얀색 민소매 원피스에 팔찌를 두 개 감은 손으로 긴 머리칼을 만지작거리더니 눈썹을 위아래로 움직이며 애교를 부렸다. 냉방이 잘 된 공간에서는 가냘픈 몸매가 몹시 추워 보였다.

“남자 두 명이었어요.”

평소의 습관인지, 미키라고 불린 여자는 입술을 오므리며 토라진 표정을 지었다. 억양은 오사카 사투리보다 교토 사투리에 가까웠다.

히가시다가 조바심을 터트렸다.

"그게 아니라 어떻게 생긴 남자인지 물었잖아."

"그러니까…… 한 사람은 마흔 살쯤에 양복을 입었고, 또 한 사람은 편안한 복장의 영감님이었어요."

"폭력배야?"

"폭력배는 아니고 평범한 사람처럼 보였어요."

"무슨 특징 같은 건 없어?"

"무서웠어요."

히가시다가 짧은 한숨을 한 번 쉬었다.

"그것뿐이야? 내가 보러 갔으면 좋았을 텐데."

"은행원이에요."

미키가 그렇게 말하자 히가시다는 남자와 시선을 마주치더니 나지막한 목소리로 물었다.

"그걸 어떻게 알지?"

"그렇게 말했거든요. ……은행원이라고요. 분명히 그렇게 말했어요."

"외모도 그런 느낌이었어?"

여자가 선언하듯 말했다.

"그래요. 하얀 셔츠에 검은색 양복을 입는 사람은 은행원밖에 없잖아요?"

"국세국 사찰부일지도 모르지."

남자의 말에 여자는 고개를 흔들었다.

"공무원은 아니에요. 어떻게 설명해야 좋을지 모르겠지만 분위기가 달랐거든요."

남자의 축축한 시선이 히가시다를 날카롭게 쏘아보았다.

눈동자에 의혹을 담고 히가시다가 대답했다.

"한자와 아니야? 그런데 녀석이 어떻게……."

7

"이건 너에게만 하는 말인데, 곤도 녀석은 진짜 위험할지도 몰라."

한자와는 젓가락을 멈추고 도마리를 보았다.

우메다 지하상가에 있는 한자와의 단골 술집이다. 꼬치구이 냄새가 가득 찬 술집 안은 직장인들로 발 디딜 틈이 없었다. 볼륨이 높아진 술꾼들의 목소리에 묻혀서 도마리의 목소리가 사라질 것 같았다.

도마리로부터 갑자기 전화가 걸려온 것은 아까 다케시타에게서 연락을 받은 다음이었다. 도마리는 오사카로 출장을 오면 반드시라고 해도 좋을 만큼 한자와에게 연락을 했다. 곧장 도쿄로 돌아가지 않고 숙박할 때는 꼭 만나서 한잔한다. 오늘도 그러했다. 한자와도 집에서 다케시타의 연락을 기다리기보다 이렇게 도마리와 한잔하면서 기다리는 편이 조바심을 억누를 수 있었다.

"위험하다니, 뭐가 위험한데?"

"파견."

도마리는 술안주인 말린 가오리 지느러미를 입에 넣었다.

"그런 소문이 있어?"

"슬슬 정해진다는 이야기가 여기저기서 들리고 있어. 곤도가 있는 시스템부의 관리직은 위쪽이 막혀 있고, 그렇다고 지점으로 돌려보낼 수는 없잖아?"

"안타깝군. 똑똑한 녀석인데."

조직이 곤도를 짓누르고, 다시 마지막 순간까지 몰아붙이고 있다.

"원래 인사에는 인정사정이 없잖아."

"쳇! 은행원의 말로는 비참하기 짝이 없군."

한자와가 토해내듯 말했다.

"누가 아니래? 남의 일이 아니야. 나도 그렇고 너도 마찬가지지. 그래도 파견은 나아. 먹고살 길이 막막하지는 않으니까."

도마리가 진지한 얼굴로 물었다.

"가지모토 선배, 기억나?"

"그래, 기억나. 그 선배가 왜?"

가지모토 히로시는 대학 선배다. 2년 전에 조기퇴직 제도를 이용해 은행을 그만두고, 경영 컨설턴트 회사를 차렸다고 들었다.

"다른 선배에게 들었는데 상당히 고전하는 모양이야."

은행을 그만두는 이유는 여러 가지가 있겠지만, 가장 큰 이유는 은행에서의 미래가 뻔히 보이기 때문이다. 물론 그때 보이는 것은 빛나는 미래가 아니다. 어정쩡한 자리에서 허송세월을 보내야 하는 미래이다. 그래서 사표를 쓰기로 결심하는 것이다.

"일을 못 하는 사람이 아니었잖아?"

한자와는 그렇게 말했다. 가지모토는 최종적으로 고지마치 지점의 부지점장까지 지냈다. 몇몇 지점을 돌아다닌 결과, 현장 감각에는 정평이 있었다. 인맥을 잘 활용해서 사내 정치도 잘하고, 거품 경제 시절에는 상당한 실적을 올렸다고 들었다.

"그 실적이 몇 년 후에 손실로 바뀌었지. 선배에게는 그게 불운의 시작이었어."

"손실을 고스란히 떠안은 거야?"

"부하직원 중에 못된 놈이 하나 있었어. 나중에 부정이 드러나서 재판까지 가게 됐지. 그 결과 부지점장이었던 선배가 책임을 떠안게 됐어."

"안됐군."

"아무리 조기퇴직 제도가 있어도 혼자 독립하기는 쉽지 않아."

도마리가 무슨 말을 하고 싶은지 충분히 이해할 수 있었다.

어떤 이유가 있든 은행을 그만둔 순간, 더 이상 은행원이 아니다. 그런데 이 당연한 사실을 모르는 은행원들이 의외로 많다.

조기퇴직 제도를 이용해 은행을 떠나는 사람은 상당한 숫자에 이르지만, 독립한 사람에 한정해서 말하면 생계를 꾸려나가는 사람은 별로 없고, 은행원 시절의 연봉보다 더 많이 버는 사람에 이르면 찾아보기 힘들다.

재취업 자리를 찾고 나서 퇴직하는 사람은 그래도 낫다. 은행을 그만두고 독립하면 대부분 창업하는 것이 컨설턴트 업종인데, 성공하기는 하늘의 별따기다.

전 융자부장에 전 부지점장……. '전' 은행원 중에는 신분이 달라져도 아직 은행원 기분에서 빠져나오지 못하는 사람이 적지 않다.

독립하고 나서 맨 처음에 하는 일은 예전 거래처를 돌아다니는 것이다.

은행에 다니던 시절에는 어떤 말을 해도 입에 침이 마르도록 찬사를 보내고 떠받들어주던 사람들이었다. 그런데 은행을 그만두고 돌아다니면 대부분 경계하고 귀찮은 표정을 짓곤 한다. 기대했던 컨설팅 의뢰는 있을 리가 만무하고, 예의상 차 한 잔을 내밀고 "뭐 열심히 해봐"라는 말과 함께 쫓겨나기 일쑤다.

이런 일을 몇 번 당하는 사이에 컨설팅으로 먹고살려는 의기양양한 기분은 점차 시들고, 대성공을 거머쥔다는 달콤한 기대는 서서히 무너져 내린다. 그리고 그제야 깨닫게 된다.

거래처가 자신에게 고개를 조아린 것은 자신의 실력에 감탄했기 때문이 아니라 다만 융자과장이나 부지점장이라는 직책 때문이었다는 것을. 은행의 간판이 그토록 컸다는 것을. 그리고 자신은 이제 은행원이 아니라는 것을…….

그런 사실을 겨우 알아차렸을 때, 조기퇴직자의 마음에 조금씩 스며드는 것은 희망이 아니라 끝도 없는 불안이다.

적어도 전 은행원의 경력을 살려서 독립하려면 책이나 잡지에 실릴 만큼 글을 잘 쓰든지, 몇 번 있는 강연 기회를 놓치지 않고 재강연 요청이 들어올 만큼 말을 잘하든지 해야 한다. 양쪽 기술을 모두 가지고 있으면 다행이지만 최악의 경우라도 한 가지는 있어야 한다.

하지만 그런 능력이 있는 은행원은 그렇게 많지 않고, 아무런 준비 없이 컨설턴트가 된 사람은 얼마 버티지 못한 채 그대로 무너지게 된다. 애초에 컨설턴트로 먹고살 수 있을 만큼 능력 있는 사람이라면 은행에 있어도 성공한다.

"힘들겠군."

한자와는 절실하게 말했다.

조기퇴직을 하는 경우, 수당까지 더해서 상당히 많은 액수의 퇴직금을 받지만, 주택 대출금의 상환으로 눈에 띄게 줄어든다. 게다가 40대가 되면 자녀의 교육비도 두 어깨를 무겁게 짓누른다.

매일 잔고가 줄어드는 예금통장을 보면서 사는 것은 앞으로 몇 달밖에 못 사는 중환자가 달력을 보면서 사는 것과 비슷하다. 독립하거나 창업했다고 하면 듣기에는 좋지만 일이 없으면 실업자나 마찬가지다.

"가지모토 선배가 재취업 자리를 찾고 있는 것 같더군. 하지만 40대 중반에 재취업은 쉽지 않지."

도마리의 정보는 한자와를 우울하게 만들었다. 한자와가 아는 가지모토는 후배들을 잘 돌봐주어 힘들 때 기댈 수 있는 사람이었기 때문이다.

은행에 오래 근무해도 전문적인 기술이 있는 사람은 별로 없다. 더구나 전 은행원이란 간판과 일류 대학 졸업이란 경력은 재취업 기업에 '부리기 힘들다'고 비칠 수 있다. 한편 전 은행원에게도 자존심이 있다. 이런 수요와 공급의 간극이 메워지지 않는 한 재취업은 쉽지 않고, 더구나 그 간극이 메워질 가능성은 거의 없다.

"당시 지점장이 누구였는데?"

"사무부장인 가네시로였어. 누군지 알지?"

"밥맛없는 녀석이야."

한자와는 얼굴을 찡그렸다.

"결국 문제가 생기면 승부는 정치력에서 갈리니까. 가네시로 녀석이 정치력이 조금 더 있었다고 할 수 있겠지. 가지모토 선배도 착각을 했어. 불상사로 이어지긴 했지만 애초에 관리책임이라기보다 부하직원의 악의였거든. 그걸 잘 아는 가네시로 지점장이 지켜줄 거라고 기대한 모양인데, 막상 뚜껑을 열어보니 모든 책임은 부지점장에게 있다는 걸로 결론이 나왔지."

"믿을 사람을 믿어야지. 정말 어리석었군."

한자와는 맥주잔을 들고 맥주를 목으로 흘려보냈다.

"너하고도 관계가 있어."

도마리는 뜻밖의 말을 해서 한자와를 놀라게 했다.

"가네시로 부장은 서부오사카철강의 부도에서 실제로 손실이 난 경우, 융자과장의 책임을 추궁해야 한다고 주장하고 있지. 아무래도 너에게 악의를 가지고 있는 것 같아."

"아사노가 손을 썼겠지 뭐."

한자와는 도마리가 말하려고 하는 바를 알아차리고 그렇게 말했다.

"예전에 어디에선가 아사노가 가네시로 밑에 있었던 적이 있거든."

한자와는 분노를 집어삼켰다.

"본부 인맥을 총동원해서라도 아사노는 대손의 책임을 너에게 떠넘길 작정이야. ……그나저나 좀 진전은 있어? 융자부 안에서 관심이 높아서 말이야."

그것을 묻는 것도 도마리가 만나자고 한 목적인 듯했다.

"히가시다가 숨겨놓았던 아파트를 찾았는데, 아직 회수하지는 못했어."

한자와는 낮에 있었던 일을 말한 뒤, 테이블에 있던 종이 냅킨에 볼펜으로 문제의 로고를 그렸다.

"이런 로고였어. 일단 고베 지역의 은행은 전부 다 알아봤는데, 짐작 가는 곳이 없다고 하더군. 혹시 본 적 없어?"

도마리가 얼굴 표정이 달라지면서 뜻밖의 말을 했다.

“이건 외국계 증권회사야.”

“외국계 증권회사라고? 어딘데?”

“뉴욕하버증권. 일본에는 도쿄 지점밖에 없고, 간사이에는 거점이 없어.”

“미국의 대형 증권회사야?”

“주로 프라이빗 뱅킹을 하는 곳이지. 그곳의 프라이빗 뱅킹을 사용하려면 금융 자산만 해도 최소한 10억이 있어야 돼.”

“10억?”

한자와는 도마리에게 시선을 고정한 채 덧붙였다.

“즉, 히가시다가 그만한 자산을 가지고 있다는 거야?”

“만약 그곳의 고객이라면.”

프라이빗 뱅킹(private banking)이란 부유한 자산가들을 대상으로 자산을 종합 관리해주는 서비스를 말한다. 업무의 중심은 어디까지나 자산 운용이다. 고객의 의향에 따라 주식과 채권, 외화예금 등으로 자산을 분배해서 수익 상황을 관리해줄 뿐만 아니라 때로는 집안 문제까지 도와준다. 일본 은행 중에도 수익 기반을 확실하게 하기 위해 개인 부유층 시장을 개척하는 곳이 있지만, 이런 외국의 일류 은행과 비교하면 제공하는 서비스의 질은 하늘과 땅 차이다.

“한 걸음 전진했군. 고마워, 네 덕분이야.”

한자와가 회심의 미소를 지었다.

"반드시 압류해."

도마리가 진지한 표정으로 못을 박았다.

"걱정 마."

한자와가 도마리의 빈 술잔에 맥주를 따라주며 물었다.

"그나저나 도마리. 외국계 증권회사의 로고까지 용케 알고 있네?"

도마리의 표정이 어색하게 변했다.

"내가 알면 안 돼? 나도 그동안 이런저런 일이 있었어."

"이직이라도 생각했어?"

정곡을 찔렸는지 도마리는 입을 다물었다. 그의 꿈은 프로젝트 파이낸싱이다. 도쿄중앙은행에서 산산이 부서진 꿈을 이 증권회사에서 이루려고 했을지도 모르겠다.

"숨겨놓은 자산을 압류해서 전액 회수하면 아사노는 어떻게 할 심산일까? 손실을 낸 건 모두 네 책임이라고 본부의 여기저기서 떠벌리고 다녔는데, 완전히 체면을 구기겠군."

"알 게 뭐야! 그때는 대출금을 회수한 건 자기 공이라고 떠벌리고 다닐 수도 있어."

"은행의 원칙은 공은 내 것, 실수는 부하직원 것이니까. 가리타를 잘 활용해서, 뉴욕하버증권의 압류는 아사노 지점장의 머리 너머로 할 수 없을까?"

"가능하면 그렇게 하고 싶을 정도야."

그렇게 말하면서 웃었을 때, 기다리고 있던 연락이 들어왔다.

다케시타였다.

"지금 철수했네. 사진 찍었어. 은행의 메일주소로 보내두겠네. 참, 휴대폰용으로 만들어서 그쪽으로도 보낼까? 술안주 삼아서 한번 보게. 월급쟁이였어."

술자리의 소란스러움을 들었는지, 다케시타가 나지막이 웃었다.

"히가시다와 손잡은 녀석의 얼굴을 알아냈나 봐."

술잔을 입으로 가져가던 도마리가 휘파람 부는 흉내를 냈다.

다케시타로부터 즉시 메일이 도착했다.

시끌벅적한 술집의 한 귀퉁이에서, 술에 취해 흔들리는 손으로 한자와가 받은 파일을 열어보았다. 수신 중이라는 표시가 뜨면서 화면에 사진이 나타났다. 도마리도 말없이 한자와의 휴대폰을 들여다보았다.

아파트의 현관이었다. 밝은 오렌지색을 배경으로 히가시다의 배웅을 받으며 현관에서 나오는 남자의 모습이 찍혔다. 처음에 나타난 것은 인사하면서 치켜든 손이었다. 그리고 서서히 얼굴까지 명확해졌다.

사진이 끝까지 나타난 다음에도 한자와와 도마리는 한동안 사진에서 눈을 떼지 못했다.

한자와는 사진을 저장한 뒤, 휴대폰 버튼을 눌러서 다케시타에게 전화를 걸었다.

"사진 받았습니다."

"어때? 잘 찍었지? 문제는 이 녀석과 히가시다의 관계야. 히가시다의 계획도산을 도와줬을 가능성이 있으니까. 이제 그 녀석을 찾아보자고. ……이봐, 한자와 과장. 이봐! 내 말 듣고 있어?"

"다케시타 사장님."

한자와는 주변의 소란스러움을 가리듯이 송화구를 손으로 감싸면서 말을 이었다.

"이 남자 말인데요……."

한자와와 도마리의 시선이 마주쳤다.

"누군지 알고 있습니다."

"뭐, 뭐야? 정말인가? 어디 사는 어떤 놈인가? 히가시다와 무슨 관계지?"

"히가시다와 무슨 관계인지는 모르겠지만 누구인지는 압니다."

"누군데?"

한자와가 숨을 깊이 들이마셨다. 다음 순간, 주변의 소란스러움이 의식 밑으로 밀려나고 손 안에 있는 휴대폰에서 다케시타에게까지 보이지 않는 선이 쭉 이어진 듯한 기묘한 감각에 휩싸였다.

"우리 은행 지점장입니다."

"엉?"

다케시타는 한동안 말을 잇지 못했다.

"뭐라고? 자네 은행의 지점장……? 어떻게 된 거야?"

그걸 알고 싶은 사람은 한자와였다.

8

책상 위에서 전화벨이 울렸다. 상대는 아사노의 운전기사인 고마키 시게오였다.

"나카지마제유 앞입니다. 지금 막 들어갔으니까 앞으로 한 시간 정도는 괜찮을 겁니다."

"고마워."

한자와가 전화를 끊자 가키우치가 그를 향해 고개를 작게 끄덕였다.

지점장 자리는 비어 있고, 부지점장인 에지마는 조금 전에 나카니시와 같이 나갔다. 부지점장이 간 곳은 구조특수강이다. 뒤에서 '고충특수강'이라고 비아냥거리는 거래처로, 1년 내내 이런저런 일로 융자 담당자를 오라 가라 하는 곳이다. 오늘은 며칠 전의 신청한 대출이 자신들이 지정한 오전이 아니라 오후로 넘어간 것이 사장의 심기를 건드린 모양이다. 끊임없이 깐족거리며 잔소리를 늘어놓는 타입의 사장이라서 적어도 두 시간은 걸릴 것이다.

겨우 9시 반이 지난 시간으로, 지점 안에는 손님이 얼마 없었다.

한자와가 자리에서 일어나 가키우치와 같이 향한 곳은 지점장실이었다. 개인실이지만 지점의 제1접견실을 겸하고 있어서 문은 잠겨 있지 않았다. 접견용 테이블과 의자 안쪽에 집무용의 묵직한 책상과 옷장이 놓여 있다.

한자와를 따라서 들어온 가키우치가 문을 닫았다.

두 사람은 곧장 책상으로 다가가서 서랍에 손을 댔다.

"잠겨 있어."

가키우치가 말없이 열쇠를 끼웠다. 총무부에서 몰래 빌려온 스페어 키였다. 그것을 끼우자 즉시 문이 열렸다.

문구용품과 지점의 계획을 정리해놓은 서류, 그리고 인사 파일이 들어 있었다. 개인적인 물건은 문고본과 경제 잡지 한 권. 잡지는 지난주의 《주간 일본경제》였다.

"이쪽엔 갈아입을 셔츠 하나밖에 없습니다."

가키우치가 옷장을 열고 말했을 때, 한자와의 눈에 책상 밑에 있는 가방이 들어왔다.

가키우치와 시선이 마주쳤다.

한자와가 가방을 책상 위에 올려놓자 가키우치가 "잠시만요"라고 하면서 문을 잠그러 갔다. 다른 행원들이 가방 여는 모습이라도 보면 곤란하다.

가방 안에서 통장이 나왔다.

다른 은행 통장이었다. 하쿠스이은행이다. 표지를 넘겨서 어느 지점인지 확인했다. 우메다 지점이다. 우메다 지점이라면 오사카 역 앞의 깨끗한 건물에 있다.

"최근에 만든 통장 같군요."

첫 줄에 쓰여 있는 '신규'라는 글자와 날짜가 그것을 말해주었다. 통장 개설 날짜는 올해 2월 하순으로 되어 있었다.

"서부오사카철강과의 거래 시작일과 거의 비슷하군."

아사노는 천 엔을 입금해서 통장을 만들었다.

"과장님……."

가키우치가 숨을 들이마시며 고개를 든 순간, 한자와와 시선이 마주쳤다.

통장을 만들고 며칠이 지나서 5천만 엔이나 되는 거금이 들어와 있었다.

돈을 보낸 사람은 히가시다, 날짜는 3월 초였다.

한자와가 물었다.

"서부오사카철강에 대출금을 보낸 게 언젠지 기억나?"

"그러고 보니 분명히 이 무렵이었을 겁니다."

그때 아사노가 무슨 말을 했는지, 한자와의 기억에 선명하게 남아 있었다. 서부오사카철강 앞으로 대출금이 이미 나갔다고 한자와가 말했을 때였다.

'그런 건 진작 보고했어야지…….'

"사실은 이미 알고 있었군. 서부오사카철강의 대출 품의를 올린 건 2월 말이었어. 그로부터 며칠 지나서, 즉 3월 초에 우리 은행에서 대출금이 나갔지. 그리고 일부는 이런 식으로 아사노의 개인 계좌로 흘러들어간 거야."

두 사람 모두 입을 다물었다. 하고 싶은 말은 둘 다 똑같았다.

먼저 입을 연 사람은 가키우치였다.

"5억 엔의 10퍼센트인가요? 이거, 부정 대출의 수수료죠?"

"그렇게 되겠지."

하지만 지금 그 계좌에는 수백만 엔밖에 남아 있지 않았다.

처음에 3천만 엔을 인출한 것은 5월의 골든위크• 직후였다. 이체한 곳은 통장의 비고란에 적혀 있었다.

도쿄시티증권.

아사노가 돌아온 것은 점심시간이 지나서였다. 운전기사인 고마키의 말에 따르면 아사노는 나카지마제유에서 나온 뒤 퍼뜩 생각난 것처럼 거래처를 두 군데 돌더니, 세 번째로 오사카 중심부에 있는 도지마기계라는 회사를 점심식사 전에 방문해서 점심을 대접받고 돌아왔다고 한다. 고마키가 핸들을 잡은 차에는 도지마기계의 전무도 태워서, 나카노시마에서 유명한 장어집으로 직행했다. 그들의 식사가 끝날 때까지 고마키는 고픈 배를 움켜쥐고 대기해야 했다.

"오늘은 중국음식이잖아요?"

구내식당의 메뉴 말이다. 한자와와 같이 지점의 구내식당에서 중국식 돼지고기덮밥을 먹으면서 고마키는 작은 목소리로 말을 이었다.

"아사노 지점장님은 중국음식을 싫어하거든요. 그래서 먹고 들어왔을 겁니다."

"그래서 자기만 장어를 먹었단 말이야?"

• 4월 말에서 5월 초까지 이어지는 일본의 황금 연휴.

"그동안 여러 지점장님을 모셨는데, 그분은 원래 그런 사람입니다. 나 같은 서무행원은 몸종으로밖에 생각 안 해요."

그것도 지점장의 그릇이다. 거물 지점장일수록 행원을 잘 배려하고 지켜준다. 그래서 인망이 두텁다. 아사노는 그 반대쪽 끝에 있다.

식사를 마치고 돌아오자 아사노는 오전에 올린 품의서를 펼치고 있었다. 그러더니 한자와를 보자마자 오른손을 들고는 하인이라도 부르듯 손짓을 했다. 통장이 없어진 사실은 아직 눈치 채지 못한 모양이다.

"부르셨습니까?"

아사노는 책상 앞에 선 한자와를 향해 품의서를 내밀고 퉁명스럽게 한마디했다.

"다시 써 와."

한자와가 볼 때는 아무 문제가 없는 운전자금의 대출 품의서였다.

"무슨 문제라도 있습니까?"

"담보를 제대로 검토하지 않았잖아."

"그거라면 여기에 있습니다."

한자와는 자신의 코끝에 들이민 품의서를 펼친 뒤, 해당 서류를 아사노에게 보여주었다.

"이건 석 달 전 금액이잖나? 실적이 좋은 회사가 아니니까 내게 올릴 때는 항상 최신 숫자를 써놔."

"하지만 부동산의 평가는 단기간에 바뀌는 것도 아니고, 이 회사는 담보 평가액이 대출 잔고보다 훨씬 많습니다. 오히려 우리 쪽에서 부탁해서 대출을 받고 있을 정도입니다."

"누가 그런 짓을 하라고 했지!"

아사노는 싸울 듯이 고함을 질렀다. 그는 요즘 틈만 있으면 한자와의 말에 트집을 잡았다. 한자와가 그를 받아들이지 못하는 것 이상으로 그도 역시 한자와에게 적개심을 불태웠다. 그것이 자신을 지키기 위해서임을 알고 있는 만큼, 한자와의 반감에 기름을 쏟아 붓는 악순환이 이어졌다.

"한자와, 비록 오기소 차장은 그렇게 되었지만 자네에 대한 평가는 그 사람의 말이 옳다고 다들 생각해."

"저에 대한 평가 말씀입니까?"

"그래. 자네에 대한 평가 말이야. 사람들의 이목을 끌기 위해 일부러 과장된 행동을 하지. 그런 주제에 융자과장의 실력은 수준 이하고. 이게 말이 된다고 생각하나? 그러다 결국 거액의 손실이나 내고 말이야. 자네, 정말로 반성하고 있나?"

반성이라고?

한자와는 천천히 아사노의 눈을 쳐다보았다. 이 빌어먹을 개똥 같은 자식아! 자기가 만들고 자기가 연기한 손실인데, 지금 누구더러 반성하라는 거야! 그렇게 소리치고 싶었지만 입을 꾹 다물었다.

아사노는 아사노대로, 마음속 깊은 곳에서부터 활활 타오르는 분노의 눈길을 한자와에게 보냈다. 의자에 몸을 젖히고 증오 가득한 눈길로 한자와를 올려다보는 태도에는, 오기소는 그렇게 되었지만 나는 너를 철저하게 짓밟아주겠다는 굳은 결의가 느껴졌다.

아사노가 천천히 입을 열었다.

"그래, 반성 말이야. 반성을 했다면 이런 허점투성이의 품의서를 올릴 리가 없겠지. 이봐, 한자와. 담보가 있으면 어떤 돈이라도 빌려줘도 되나? 그런 시대는 이미 지났어. 자네는 현실을 보는 눈이 없군 그래."

"재미있는 의견이군요."

한자와는 비아냥거림을 듬뿍 담아서 말했다.

"재미있다고?"

아사노는 어금니를 갈면서 '이 녀석을 어떻게 괴롭혀줄까?'라는 얼굴로 노려보았다.

"이게 유가증권이라면 이해합니다. 가격 변동이 심하니까요. 하지만 3개월 전의 부동산 담보를 재평가하라는 건 무리가 아닌가요? 비용도 많이 들고요."

"5억 엔이나 손실을 내놓고 이제 와서 비용 타령인가?"

아사노는 코웃음을 치고 나서 무시하듯 소리쳤다.

"자네의 그런 반항적인 태도가 지금 본부에서 문제가 되고 있어!"

"반항할 생각은 없습니다. 이상하니까 이상하다고 말씀드린 것뿐입니다."

"인사부나 융자부만이 아니야. 이제 업무통괄부에서도 오사카 서부 지점의 융자과장은 문제가 있다고 말하더군."

"지점장님께서 그렇게 소문을 퍼트리고 다니기 때문이라고 들었습니다만."

옆에서 듣고 있던 에지마가 한자와의 말을 가로막으며 고함을 쳤다.

"한자와! 지점장님한테 무슨 태도인가!"

"한자와, 과연 언제까지 그렇게 허세를 부릴 수 있을까?"

아사노는 그렇게 말한 뒤 한자와를 노려보며 덧붙였다.

"내일 자네 건으로 업무통괄부의 기무라 부장대리님께서 현장 감사를 나올 거야. 업무통괄부 부장대리님께서 자네에게 문제가 있다고 직접 밝히면 나름대로 조치가 내려지겠지. 나를 무시하면 언젠가 지옥을 보게 된다, 그 말이지."

아사노는 말이 끝나자마자 한자와를 향해 품의서를 힘껏 내던졌다. 그것은 한자와의 가슴 주변에 단단하고 날카로운 감촉을 남기고 바닥으로 떨어졌다. 서류가 바닥에 어지러이 흩어지자 가키우치가 황급히 주우러 왔다.

"한자와 과장이 줍게 해!"

아사노의 입에서 불벼락이 떨어졌다.

하지만 가키우치는 말없이 서류를 주워서 한자와에게 건네주었다.

"고마워."

"아닙니다."

짤막하게 대답한 가키우치의 눈에서도 분노가 이글이글 타올랐다.

업무통괄부 부장대리가 감사한다는 이야기는 처음 들었다. 하지만 앞으로 지옥을 보는 것은 아사노, 바로 너다. ……그 말을 뱃속에 간직하고 한자와는 재빨리 자기 책상으로 돌아왔다.

9

맨 처음 징조가 나타난 것은 오후 5시가 지났을 무렵이었다. 지점장실 안에서 옷장과 서랍이 열고 닫히는 시끄러운 소리를 듣고 한자와는 웃음을 집어삼켰다.

"시작됐군요."

한자와의 옆 자리에서 가키우치가 작은 목소리로 말했다.

"모른 척해."

"알겠습니다."

이윽고 아사노가 당황한 얼굴로 지점장실에서 나오더니, 융자과 뒤쪽에도 있는 자신의 책상을 마구 뒤지기 시작했다. 그 모습을 보고 에지마가 "무슨 일이신가요?"라고 물었지만 종잡을 수 없는 대답밖에 돌아오지 않았다.

한자와 책상의 전화벨이 울렸다. 도마리다. 아사노의 부정 증거를 확보했다는 말은 이미 전해놓았다. 그와 동시에 인사 자료에서 아사노의 경력을 조사해달라고 부탁해놓았다. 인사부와의 개인적인 줄을 통해서 은밀히 조사해달라고 한 것이다.

"아사노의 경력을 메일로 보낼게. 이 건에 관해서 아사노와 얘기했어?"

"아직이야."

한자와가 목소리를 더욱 낮추면서 덧붙였다.

"지금 겨우 통장이 없어졌다는 걸 알아차린 모양이야. 하도 재미있어서 잠시 구경하기로 했어."

전화기 너머에서 도마리가 심술궂게 웃었다.

"그 꼴을 나도 보고 싶군. 멍청한 자식, 그러게 왜 그런 걸 가지고 다녀?"

수화기를 내려놓으려는 찰나에 도마리의 메일이 도착했다. 하지만 실제로 메일을 열어서 확인한 것은 아사노가 찜찜한 얼굴로 퇴근하고 에지마도 사라진 후의 일이었다.

한자와의 옆에서 가키우치가 말했다.

"중학교를 세 번 바꾸었네요."

한자와는 자신이 알고 있는 히가시다의 경력과 비교해보았다. 공통점은 즉시 알 수 있었다. 도요나카 시내에 있는 중학교였다.

가키우치가 깜짝 놀란 얼굴로 말했다.

"아사노가 예전에 오사카에 살았던 적이 있었군요. 히가시다 사장과 같은 중학교에 다녔어요."

히가시다는 아사노보다 두 살이 많다. 즉, 아사노가 중학교 1학년일 때 히가시다는 중학교 3학년이었다. 그 이전에 아사노는 일단 도쿄 세타가야 구에 있는 중학교에 입학했다가 같은 해 여름에 전근한 아버지를 따라 오사카로 전학한 모양이었다.

가키우치가 물었다.

"아사노의 부친은 대일본전기에 다녔지요?"

대일본전기는 대형 종합전기회사다. 예전에 아사노가 관리직 회식 자리에서 그런 말을 한 적이 있어서 한자와도 기억하고 있었다. 그 회사의 사무부문에서 임원까지 했다고 자랑을 늘어놓았던 것이다.

"중학교도 그렇지만 대일본전기가 두 사람의 공통점이야. 히가시다의 아버지도 그곳에 다녔다더군."

그것은 전화로 나미노에게 확인한 터였다.

"알아봤는데 대일본전기의 사택 중 하나가 지금도 도요나카 시내에 있어. 이 중학교 바로 옆이야."

"그러면 아사노와 히가시다가 그 사택에서 알게 된 건가요?"

"확실한 건 모르지만 그럴 가능성이 높아."

히가시다가 이끄는 서부오사카철강은 도쿄중앙은행이 쉽게 접근할 수 없는 난공불락의 회사였다. 그런데 아사노가 가서 너무도 쉽게 거액의 대출을 따왔을 때 이상하다고 생각했다.

그때까지 히가시다가 새로운 은행과 거래하지 않은 이유는 분식회계가 드러날까 봐 두려웠기 때문이 아닐까? 그리고 도쿄중앙은행에서 대출을 받기로 한 것은 아사노와 뒤에서 이어져 있었기 때문이라고 생각하는 편이 자연스럽다. 아사노가 '내가 들키지 않도록 잘 할 테니까'라고 말한 것이리라.

"그때까지만 해도 히가시다는 거래처의 매입을 부풀려서 뒷돈을 모으는 것 정도밖에 생각하지 않았을 거야. 은행을 속인다고 해도 멍청한 간사이시티은행을 속이는 게 고작이었지. 하지만 아사노가 나타나면서 계획을 바꾸었어."

"무슨 사정인지 모르겠지만 아사노도 돈이 필요했던 거 아닐까요? 그렇다면 히가시다의 계획도산은 절호의 타이밍이었군요. 하지만 심사는 아사노 혼자 하는 게 아닙니다. 과장님이 차분히 분석하면 분식회계를 알아차리게 되죠. 그래서 신참인 나카니시를 담당자로 앉히고 재무 분석을 시켰어요. 그리고 품의서를 빨리 제출하라고 재촉해서 과장님에게 검토할 시간을 주지 않은 거군요."

"그렇게 해야 그 이후 손실에 대한 책임을 내게 전가할 수 있으니까."

"아주 잘 짜인 시나리오네요."

한자와는 분노를 참을 수 없었다.

"다만 아사노에게도 예측할 수 없는 일이 몇 가지 겹쳤어. 하나는 히가시다가 하와이 별장을 구입할 자금을 우리 지점에서 이체했다는 거야. 그게 우연히 드러나리라곤 생각도 못 했겠지.

더구나 히가시다의 아파트에 드나드는 모습을 다케시타 사장님에게 들켰어. 그리고 이 통장이야."

"고발할까요?"

가키우치는 진지한 얼굴로 물었다.

"아직이야. 일단 히가시다가 숨겨놓은 자산을 압류해야 돼. 채권 회수가 먼저야."

"하지만 압류한다는 사실을 아사노가 알면 히가시다에게 들어갈 거고, 그러면 히가시다가 자산을 옮길지도 모르잖습니까?"

"그래서 아사노의 머리 너머로 해야 해."

"머리 너머로요?"

법무실의 가리타와는 이미 협의가 끝났다.

"준비가 되는 대로 압류할 거야."

가키우치가 작은 승리의 포즈로 대답했다.

5장

검은 꽃

1

"뭐? 통장이 안 보인다고?"

전화기 너머에서 히가시다의 얼빠진 목소리가 들렸다.

"어디에 넣어뒀는데?"

"가방 안입니다."

"가방? 그렇게 중요한 걸 왜 그런 데다 넣어뒀어?"

수화기를 움켜쥐고 히가시다는 천장을 올려다보았음이 틀림없다. 히가시다의 반응에 화가 났다. 아니, 정말로 화가 나는 것은 히가시다에 대해서가 아니라 통장 분실이라는 예기치 못한 사태에 대해서였다.

"원래 물건을 잘 잃어버리지 않거든요."

냉정하게 말할 생각이었지만 목소리가 가늘게 떨렸다. 물건을 잃어버리지 않는다고? 그러면 통장은 어디로 갔지? 자신의 모든 비밀이 담겨 있다고 할 수 있는 통장은…….

"마지막으로 본 건 언제인가?"

물건 찾을 때의 상투적인 질문이 전화기 너머에서 들렸다.

"어제입니다. 어제 통장 정리를 하고 나서……."

수화기에서 깊은 한숨이 새어 나왔다.

"은행 지점장이나 되는 사람이 통장을 잃어버리다니."

주식 계좌에 돈을 넣는 바람에……. 그렇게 변명할 마음도 들지 않았다. 경솔했다. 왜 통장을 가지고 다녔을까?

"어딘가에서 떨어뜨렸겠지요."

"그럴지도 모르지."

하지만 어디서 떨어뜨렸는지 짐작도 되지 않았다.

"분실 신고는 했나?"

처지가 바뀌어서 마치 히가시다가 은행원인 것처럼 말했다.

현금카드와 도장은 조금 전에 있는 것을 확인했으므로, 제3자가 주웠다고 해도 현금을 인출할 수는 없다.

"아사노 씨, 조심해. 만에 하나 은행 안에서 잃어버리면 엄청난 일이 벌어질 거야. 아마 통장 정리를 하고 가방에 넣어둘 때 떨어뜨렸겠지."

아마 그랬을 것이다. 은행 안에서 도난당하는 일은 생각도 할 수 없기 때문이다.

"보기와 달리 가끔 당치도 않은 실수를 저지른다니까. 주식 건만 해도 그래. 뭐, 덕분에 내 계획도산은 성공했지만 말이야."

히가시다가 아사노의 아픈 곳을 찔렀다.

사건의 발단은 주식의 신용거래였다. 그것으로 아사노가 큰 손해를 본 것이다.

머리로는 알고 있었지만 무의식중에 깊은 곳까지 빠져서, 정신이 들었을 때는 온몸이 떨릴 만큼 엄청난 손실을 앞에 두고 망연자실할 수밖에 없었다.

어리석었다.

그때까지 주식에 손을 댄 적은 한 번도 없었는데, 1년 전에 우연히 데이트레이딩(day trading)•을 시작하면서 주식의 재미에 푹 빠졌다. 원래 한번 빠지면 브레이크도 없이 몰두하는 성격이 화근이 되어서, 수십만 엔 단위의 데이트레이딩이 이윽고 수백만 엔에 이르고, 다시 위험이 큰 신용거래에 손을 댈 때까지 그렇게 오랜 시간이 걸리지 않았다.

처음에는 잇따라 돈을 벌었다.

그것이 문제였을지도 모른다. 주식을 하면 돈을 번다. 나는 주식에 재능이 있다……. 주식뿐만 아니라 아사노의 인생에 만연한 자신감이 화를 불렀다. 아직 상처가 크지 않은 사이에 손절했으면 좋았을 텐데. 그렇다면 수백만 엔의 예금이 사라지는 것으로 끝났을 것이다. 그런데 그것을 되찾기 위해 더 큰 거래에 손을 대고, 최종적으로 감당할 수 없는 손실을 껴안게 되었다.

신용거래의 결제 기일은 6개월 후였다.

그 날짜가 점점 코앞으로 다가왔다. 결제에 필요한 금액은 3천만 엔. 그것은 집을 팔아야 겨우 마련할 수 있을 만큼 큰돈이었

• 단기 시세 차익을 얻기 위해 하루 만에 주식을 사고 파는 초단타 매매 기법.

다. 하지만 주식으로 손해를 본 것은 아내에게도 비밀이었다. 아내는 그가 주식 매매를 한다는 사실은 알았지만 잘되고 있다는 그의 말을 철석같이 믿었다.

하지만 실제로 잘되기는커녕 바닥까지 추락해 있었다.

무슨 방법이 없을까? 지금 상황을 타개할 길이 없을까? 고민하는 사이에도 결제 기일은 시시각각 코앞으로 다가왔다. 만약 결제를 하지 못하면 아사노의 신용 사고는 만천하에 드러나고, 은행원의 장래가 없어질 뿐만 아니라 대출금이 남은 집까지 팔아야 한다.

그러는 사이에도 그의 기대와 반대로 주가는 바닥을 모르고 추락해서, 이제 사태는 옴짝달싹 못하는 곳까지 와버렸다.

매일이 지옥 같았다. 어둡고 암울해서 어떤 일에도 미소조차 지을 여유가 없고 위가 쿡쿡 쑤셨다. 마치 바닥없는 늪에 빠져서 발버둥치다가 입까지 진흙탕에 잠겨 있는 기분이었다.

히가시다 미쓰루의 이름을 발견한 것은 그런 때였다.

"히가시다……."

아사노는 나지막하게 중얼거렸다. 그 이름은 지금까지 몇 번 들은 적이 있었다. 회의석상에서였다. 그때 신사업발굴팀의 과장대리가 가져온 리포트가 그의 눈에 들어왔다.

히가시다의 이름은 그 리포트의 끝부분에 자리하고 있었다.

서부오사카철강의 나미노 경리과장을 경유해서 히가시다 미쓰루 사장에게 면담을 요청했지만 거절당했다…….

그 순간, 아사노의 뇌리에 30여 년 전의 광경이 떠올랐다. 도요나카 주택가에 있는 조그만 사택. 체구는 작지만 단단한 체격의 소년. 부모끼리 친해서 양쪽 가족이 같이 어울리는 일이 종종 있었다. 히가시다는 도쿄에서 막 전학 와서 아직 학교에 적응하지 못한 아사노를 잘 돌봐주었다.

당시 히가시다의 별명은 '만땅'이었다. 차에 기름을 가득 넣어 달라고 할 때 사용하는 만땅이란 별명은 콩탱크처럼 땅딸막한 체격의 그에게 잘 어울렸다.

만땅은 부모님으로부터 아사노의 성적이 좋다는 이야기를 듣고 한 수 접어주었다. 그리고 심술궂은 녀석들로부터 종종 아사노를 지켜주었다. 만땅과 같이 있으면 평소에 아사노를 괴롭히던 녀석들도 멀리서 지켜볼 뿐 가까이 다가오지 않았다. 녀석들은 모두 팔 힘도 세고 유도부 주장이었던 만땅을 존경의 눈으로 바라보았다.

"만땅……."

'설마' 하는 생각과 '그럴 수 있다'는 생각이 뇌리에서 교차했다.

아사노는 신사업발굴팀 행원을 불러서 서부오사카철강의 자료를 가져오라고 했다.

맨 먼저 확인한 것은 사장의 경력이었다.

물론 집 주소는 달라졌지만 나이는 만땅과 똑같았다. 신용조사회사에서 온 자료에는 히가시다 미쓰루의 출신 학교가 적혀 있었다. 그곳에서 도요나카 시내에 있는 고등학교 이름을 발견한 순간, 혹시나 하는 생각은 역시나 하는 확신으로 바뀌었다. 만땅은 중학교를 졸업하고 그 고등학교에 진학했기 때문이다.

그 이후 만땅, 즉 히가시다 미쓰루는 오사카의 대학을 졸업하고 일반 기업에 취직했다. 그리고 독립해서 서부오사카철강을 설립했다.

창업 사장일까?

'창업 사장'이란 단어는 힘과 정열이 넘치던 만땅의 이미지와 정확히 일치했다. 거침없이 자신의 길을 개척해나가는 강인한 생명력. 만땅에게는 그런 힘이 있었다.

서부오사카철강의 이력을 확인했다.

좋은 회사라고 들었지만 이 정도일 줄은 몰랐다. 매출 50억 엔 기업의 오너. 그것이 헤어진 지 30년이 지난 만땅의 모습이었다. 도쿄중앙은행의 신규 거래 요청을 코끝으로 비웃는 강한 자신감. 새로운 은행이 파고들 여지가 없는 난공불락의 회사. 만땅이라면 지금의 아사노를 구해줄지도 모른다. 다만 한 가지 걱정되는 점이 있었다.

"과연 나를 기억하고 있을까?"

아사노는 누구에게도 들리지 않도록 지점장실 전화를 사용해서 조심스럽게 만땅에게 전화를 걸었다.

여성이 받았다. 그는 은행 이름을 감추고 말했다.

"사장님 계십니까? 중학교 후배인 아사노라고 전해주십시오."

몇 초를 기다렸다.

"아사노 씨? 이게 얼마 만이야?"

전화를 받은 히가시다는 30년이라는 세월이 무색하리만큼 편하게 대해주었다. 한 가지 달라진 점은 예전에 부르던 '다짱'이 아니라 '아사노 씨'라고 부르는 것 정도였다.

"그동안 격조했습니다. 눈부시게 활약한다는 이야기는 들었습니다. 역시 히가시다 씨답군요."

아사노도 '만땅'이 아니라 '히가시다'라고 불렀다.

"아니야, 그렇게 대단하지는 않아. 그나저나 정말 오랜만이군. 지금 뭐 해? 은행에 들어갔다는 말은 우리 어머니에게 들었는데."

마음을 준비할 틈도 없이 신분을 말해야 할 때가 찾아왔다.

"지금 오사카입니다."

"오사카? 언제 이쪽으로 왔어?"

"작년 6월입니다."

"그래? 이거 서운한데? 그러면 진작에 연락하지 그랬어? 어느 은행이야?"

"도쿄중앙은행의 오사카 서부 지점입니다."

'오사카 서부 지점'이라고 말한 순간, 수화기 너머에서 그때까지 타올랐던 기세가 별안간 시들었다.

"오사카 서부? 우리 회사 근처에 있는 그 지점인가?"

"네, 지점장으로 있습니다."

그러자 히가시다는 경계하면서 한동안 입을 열지 않았다.

'무슨 일로 전화했지?'

그런 말이 날아올까? 아사노는 미리 각오했지만 히가시다는 30년 만에 연락한 중학교 후배에게 그렇게 말할 만큼 쪼잔한 남자는 아니었다. 이용할 수 있는 건 이용한다. 지금은 뼈저리게 알고 있다. 그것이 히가시다의 방식이라는 것을…….

"다시 온 걸 환영해. 한번 놀러 오게."

30년이라는 세월이 지나서 두 사람의 운명이 다시 교차한 순간이었다.

"통장을 잃어버렸다고 별일이야 있겠어? 통장을 주운 사람이 현금을 찾을 수 있는 것도 아니고, 우리 회사와의 일은 관계자 말고는 아무도 모르고 말이야. 아닌가?"

히가시다는 그렇게 말했다.

"그건 그렇습니다. 히가시다 씨가 그렇게 말씀하시니까 안심이 되는군요. 제가 너무 예민하게 생각한 것 같습니다."

"그래."

히가시다는 스스로에게 들려주듯이 말하더니 화제를 바꾸었다.

"그나저나 한자와는 어떤가? 난 통장보다 그자가 더 마음에 걸려. 그때 만난 건 우연이라고 쳐도 생각할수록 기분 나쁜 작자라니까."

"히가시다 씨, 은행원이라는 건 '처지'로 움직이는 인종입니다. 지금 그자는 서부오사카철강을 담당하는 융자과장이라는 직책에 있지요. 그래서 자기 책임을 피하기 위해 발버둥치고 있는 겁니다. 하지만 일단 전근을 가면 어떻게 해볼 도리가 없지요. 그게 은행이라는 조직입니다."

"하지만 전근을 보내는 건 인사부잖나?"

"거긴 제 친정입니다. 녀석을 쫓아내기 위한 준비는 착실히 진행되고 있지요. 내일은 또 새로운 면담이 준비되어 있습니다. 그걸로 한자와는 온몸에 불이 붙어 활활 타오르다 산화할 겁니다."

아사노는 자신만만하게 말했다. 조금 전까지만 해도 잃어버린 통장 때문에 안절부절못했는데, 이제야 겨우 본래의 기세가 돌아왔다. 권모술수에 뛰어난 은행가로서의 능력. 그것을 확인하고 기분이 좋아진 것이다.

"기대하고 있을게. 이제 미키는 혼자 슈퍼에도 안 가려고 해."

히가시다는 여자에게 상당히 신경을 썼다. 옆에서 보기에 눈꼴사나울 만큼 돈과 시간을 쏟아붓는 것이다.

"녀석을 쫓아내는 건 시간문제니까 걱정 마십시오. 내일 또 연락드리겠습니다."

아사노는 수화기를 내려놓고 뺨을 부풀리며 크게 숨을 토해냈다.

탁자에는 마시다 만 캔맥주가 그대로 놓여 있었다. 미지근해진 맥주를 목으로 흘려보내면서 컴퓨터를 켜고 인터넷에 접속했다.

메일 수신함을 확인했다.

업무 메일은 은행의 메일주소로 오지만, 가족이나 친구의 메일이 들어오는 개인 메일을 확인하려는 것이다.

하지만 그날은 가족이나 친구에게서 온 메일이 없고, 받은메일함에 새로 온 메일은 한 통뿐이었다.

보낸 사람의 이름은 '하나'.

뭐지? 스팸메일인가? 삭제 키를 누르려고 하다가 '비밀'이라는 제목을 보고 마우스의 움직임을 멈추었다.

다음 순간 아사노는 그대로 얼어붙었다. 메일의 내용에서 눈길을 돌릴 수 없었던 것이다.

당신의 비밀을 알고 있습니다. 5천만 엔이나 받았더군요. 지점장이나 되는 사람이 이런 짓을 해도 되나요? – 하나

무대의 잿빛 장막이 느슨하게 풀어진 것처럼 코끝을 스치며 눈앞을 뒤덮었다……. 히가시다와의 통화에서 언뜻 보였던 밝은 전망은 순식간에 사라지고, 그 대신 악몽에 시달리다 깼을 때처럼 불쾌함과 절망적인 현실이 아사노의 가슴으로 파고들었다.

여기는 혼자 부임한 지점장들만 모아놓은 지점장 사택 중 한 곳이다. 아사노는 구석에 있는 컴퓨터 앞에서 얼음처럼 굳은 채, 파고들어갈 듯이 그 메일을 바라보았다.

5천만 엔이나 받았더군요…….

아사노의 비밀. 더구나 절대로 알려져서는 안 되는 비밀을 누군가가 밝혀냈다. 뼈만 앙상한 손가락 끝에 매달린 기다란 손톱으로 심장을 쿡쿡 찌르는 듯한 압박을 느끼고 아사노는 연신 마른 침을 삼켰다. 그리고 이마에 솟구친 차가운 땀을 소매로 닦았다.

하나…….

통장을 어디에서 잃어버렸지?

애초에…… 그렇게 중요한 걸 왜 가지고 다녔을까?

의문과 후회, 그리고 자책의 마음이 한꺼번에 밀려들어 가슴을 마구 뒤흔들었다. 순간 패닉 상태에 빠져서 머리칼을 쥐어뜯었지만 책상에 엎드려서 잠시 시간이 지나자 또 다른 생각이 솟구쳤다.

잠깐! 마음을 가라앉히고 냉정히 생각해보자. 상대는 누구일까? 누가 그 통장을 주웠을까?

아사노는 상체를 일으킨 뒤 스크린세이버를 해제하고 다시 내용을 분석했다.

우선 이 저주스러운 메일을 보낸 사람은 아사노가 지점장이라는 사실을 알고 있다. 그러면 그의 직업과 관계된 사람이다. '설마!' 하면서 고개를 갸웃했지만 어쩌면 부하직원일지도 모른다.

당황함과 놀라움으로 돌처럼 굳어가던 뇌를 멈추고 가까스로 생각해보았다.

혹시 지점의 계단을 올라가다가 가방 안에서 물건을 꺼낸 게 아닐까? 그때 무엇인가에 걸려서 통장이 떨어진 게 아닐까? 그런 가능성을 부정할 수 없다. 이마에서 관자놀이를 타고 땀방울이 뚝 떨어졌다.

그런데 이 사람은 자신의 통장을 보고 메일을 보냈을까? 꼭 그렇다곤 할 수 없지 않을까? 어쩌면 통장과는 관계없는 곳에서 사실을 파헤쳤을 가능성도 있지 않을까? 통장이라는 움직일 수 없는 증거가 없으면 빠져나갈 수도 있다.

하지만 5천만 엔이라는 금액을 맞힌 것은 하나라는 자가 통장을 가지고 있다는 증거가 아닐까? 메일의 내용에는 '지점장이나 되는 사람이 이런 짓을 해도'라고 되어 있다. '그런 짓'이 아니라 '이런 짓'이라고 한 것은 메일을 보낸 사람의 손에 통장이 있다는 증거가 아닐까?

또 한 가지 마음에 걸리는 것이 있었다. 메일을 보낸 하나라는 사람이 어떻게 자신이 개인적으로 사용하는 메일 주소를 알고 있냐는 것이다.

대부분의 은행원들과 마찬가지로 아사노도 두 개의 메일 주소를 구분해서 사용하고 있었다.

하나는 은행에서 받은 것이고 또 하나는 개인적으로 사용하는 이 주소다. 명함에는 은행의 메일 주소뿐이고, 업무적인 면에서 개인적인 메일 주소를 사용한 적은 없다.

이 메일 주소를 아는 사람은…… 가족과 친척, 친한 친구들, 그밖에는……?

그는 팔짱을 끼고 미지근해진 캔맥주를 뚫어지게 쳐다보며 과

거의 기억을 더듬었다. 지점의 행원들은 모를 것이다. 거래처도 역시 모를 것이고. 아니면 자신이 누군가에게 가르쳐주었을까? 아니, 짐작 가는 데가 없다.

아사노는 거의 뜬눈으로 밤을 새운 뒤, 다음날 아침 게슴츠레한 눈을 비비면서 지점으로 출근했다.

“지점장님, 업무통괄부의 기무라 부장대리님께서 오셨습니다.”

2층으로 올라가자 아사노를 기다리고 있던 에지마가 황급히 뛰어왔다. 기무라는 까다롭기로 유명한 사람이다. 에지마는 그런 사람을 상대하면서 아사노가 출근하기만을 애타게 기다렸던 모양이다.

그 메일 때문에 깜빡했지만 이날은 업무통괄부의 현장감사가 예정되어 있었다.

“참 그렇지. 내가 좀 늦었군.”

아사노는 마음속의 불안을 감춘 채 미소를 지으며 기무라가 기다리는 지점장실로 들어갔다.

2

“융자과장 한자와입니다.”

에지마는 기무라에게 한자와를 소개한 뒤, 한자와를 보고 사납게 말했다.

"한자와, 이쪽은 기무라 부장대리님이셔. 오늘 융자과의 현장 감사에 오셨으니까 한 사람씩 면담을 받도록!"

한자와가 "잘 부탁드리겠습니다"라고 말하며 고개를 숙이자 기무라는 소파에 몸을 맡긴 채 기민하게 말했다.

"당신이 명물 과장인가?"

"명물이요? 그게 무슨 말씀이시죠?"

한자와는 자신에게 향해진 적의에 가득 찬 눈길을 똑바로 쳐다보며 말했다.

"바야흐로 유명인사가 됐거든. 본부의 조사역에게 대들거나 차장 괴롭히기가 취미인 융자과장이 있다고 말이야."

한자와가 반론하기 위해 입을 열려고 한 순간, 아사노가 냉랭한 얼굴로 끼어들었다.

"그런 안 좋은 소문은 금방 퍼지는 법이죠."

증오가 담긴 눈길로 한자와를 보는 아사노의 창백한 얼굴에 비열한 웃음이 감돌았다.

아사노의 개인 메일 주소를 알려준 사람은 가키우치였다. 친하게 지내는 아사노의 후배에게 대학 동창회 명부에 실려 있는 메일 주소를 알아낸 것이다.

메일을 보낸 사람은 한자와였다. 하나라는 이름은 물론 아내의 이름에서 따왔다. 발신인 이름을 뭐라고 할까 생각했을 때, 문득 그 이름이 떠올라서 자기도 모르게 회심의 미소를 지었다. 아내는 하고 싶은 말은 거침없이 하고, 흑백을 정확히 가려야 직성이 풀리는 성격이다. 이번 사건이 진행될 때마다 남편을 안쓰러워하기보다 냉정하게 질책한 아내에게 보기 좋게 대갚음할 기회라고도 여겨졌다. 지점장인 아사노를 추궁하는데 이보다 더 좋은 이름은 없지 않을까?

지금 아사노의 얼굴을 보면 메일이 절대적인 효과를 발휘했다는 사실을 알 수 있었다.

입을 다물고 있는 한자와를 쳐다보며 기무라는 여유만만한 태도를 보였다.

"아침 회의가 끝나면 슬슬 시작하겠네."

한자와가 지점장실에서 나옴과 동시에 융자부의 도마리로부터 전화가 걸려 왔다.

"업무통괄부에서 갔지?"

"왔어. 구역질나는 녀석이야."

한자와가 그렇게 말하자 "그 녀석이야"라는 대답이 돌아왔다.

"지난번에 말했잖아. 곤도가 신규 지점에서 같이 있었다는 지점장 말이야. 그 녀석이 곤도를 처참하게 짓밟았어."

"알고 있어. 예상한 대로 자기밖에 모르는 폭군 같은 녀석이더군. 자신만만하고 콧대도 높고."

"그렇게 자신만만한 녀석이 왜 부장대리에서 썩고 있을까?"

도마리가 나지막이 웃으며 자문자답을 했다.

"인사부에서도 그런 녀석을 부장으로 승진시키면 곤란하다고 생각했겠지."

"곤도는 어떻게 되지? 겨우 저런 녀석 때문에 인생이 엉망이 돼버린 거야?"

"그래. 한자와, 그 녀석이 짓밟아버렸어."

도마리가 감정적으로 덧붙였다.

"잘 들어. 거만한 얼굴로 부장대리라는 직책을 달고 있지만 녀석의 실체는 관리능력이고 나발이고 하나도 없는 비열한 폭군이야. 너한테 가서 융자과의 체제가 이러니저러니 말할 자격은 발톱의 때만큼도 없단 뜻이지. 그것만은 확실해."

도마리가 잠시 숨을 쉬었다가 덧붙였다.

"녀석은 너에게 당한 인사부의 오기소와 친해. 다들 한통속이야. 무슨 뜻인지 알겠지? 오기소가 한 짓은 무시하고 너에 대한 평가가 맞았다는 걸 증명하려고 할 거야."

"수고가 많으시겠군."

한자와가 느긋하게 말했다.

"녀석이 오기소의 원수를 갚지 못하게 조심해야 돼."

그 말을 끝으로 도마리는 전화를 끊었다. 그 타이밍을 보고 있던 것처럼 가키우치가 아침 회의를 소집하고, 오늘의 업무를 간단하게 확인한 다음 전달사항을 말했다. 그것이 끝나자 면담의 1번 타자인 나카니시가, 기무라가 기다리는 회의실로 들어갔다. 한자와의 피가 소용돌이쳤다.

"밑의 행원들은 다들 똑똑한 것 같던데? 그런데 이 정도 실적밖에 올리지 못하다니, 정말 이상하군 그래."

기무라 나오타카는 그렇게 빈정거리면서 한자와가 대꾸하기도 전에 서류판에 뭔가 써 넣었다. 반응이 둔하다고 썼을까?

일반 행원들 다음에는 과장대리인 가키우치가 들어갔다.

"조심하십시오."

조금 전에 한자와와 교대해서 밖으로 나간 가키우치가 이렇게 조언했다. 관리능력도 없는 작자가 다른 사람을 지도할 위치에 오르자 자신의 무능력함은 뒷전으로 밀어놓고 말도 안 되는 소리를 늘어놓은 것이리라.

"아직 회기 중이니까요."

한자와는 느긋하게 대꾸하고 상대의 반응을 기다렸다.

그러자 기무라가 재빨리 덤벼들었다.

"잘도 그런 말을 하는군. 애초에 실적 악화의 원인은 서부오사카철강의 거액의 부실 채권이 아닌가? 그건 자네의 실수잖아? 아무리 부하직원이 열심히 일해도 5억 엔이나 되는 대손을 만회할 수 있겠어? 그건 어떻게 생각하지?"

"사실을 잘못 알고 계시는 것 같군요."

한자와가 냉정하게 말하자 기무라는 활활 타오르는 눈으로 한자와를 노려보았다.

"내가 잘못 알고 있다고?"

"제 실수인지 아닌지는 아직 결론이 나지 않았습니다. 적어도 저는 제 실수라고 인정한 적이 없습니다. 이 건에 대한 면담 조사에서도 확실하게 부정했고요. 아니면 누가 그런 식으로 말씀하시던가요?"

"정말이지, 입만 살아서 말은 번지르르하게 잘도 하는군. 변명만 짜내고 있다고 들었는데, 이런 지경에 이르러서도 잘못을 인정하지 않다니! 정말 대단하시군그래. 내손 손실이 나오면 융자과장이 책임을 지는 건 당연하잖나?"

기무라가 토해내듯 말했다.

"부장대리님은 오늘 하루의 면담에서 무엇을 물으셨습니까?"

한자와가 서서히 반격의 횃불을 올렸다. 본부에서 윗사람이 감사를 온 경우, 융자과장이 반론을 제기하는 일은 거의 없다. 기무라가 도발적으로 말한 것도 반론하지 않으리라고 예상했기 때문이겠지만 그 예상은 철저하게 빗나가고 말았다.

한자와는 생각했다. 도마리의 말을 들을 것까지도 없이 이 녀석은 용서할 수 없다. 용서해서도 안 된다.

까불지 마! ……한자와는 얼굴을 들고 상대를 차갑게 쏘아보았다. 예상 밖의 반격을 모욕으로 받아들였는지, 기무라가 시뻘겋게 달아오른 얼굴로 무슨 말인가 하려고 했지만 한자와가 재빨리 가로막았다.

"대손이 융자과장의 책임이라면 그것은 동시에 지점장의 책임이기도 하고 그 융자를 승인해준 융자부의 책임이기도 합니다. 서부오사카철강에 대해서는 개별적인 사정이 있었는데, 그것은 어떻게 생각하십니까?"

"개별적인 사정이라고? 흥!"

기무라는 거만한 얼굴로 코웃음을 쳤다.

"자네가 분식회계를 모른 채 융자부 조사역에게 승인해달라고 압박을 가했다는 사정 말인가?"

"그 안건은 애초에 아사노 지점장님이 가져온 겁니다. 더구나 내용을 정리해서 다음 날 아침 일찍 품의서를 제출하라고 지시했지요."

"자신의 무능력을 지점장 탓으로 돌릴 셈인가?"

"지점장님 탓이요?"

한자와는 잠시 생각하고 나서 말했다.

"뭐 어느 의미에서는 그럴지도 모르겠군요. 이건 꼭 기록해두었으면 하는데, 서부오사카철강에 대해 5억 엔을 융자하라고 지시한 아사노 지점장님의 여신 판단은 분명히 상식에서 벗어났습니다."

"보자 보자 하니까 정말 어이가 없군!"

기무라는 들고 있던 볼펜을 서류판에 내던지더니 침을 튀기며 말했다.

"자네 연봉이 얼마야? 자네는 말단 행원이 아니야! 자기 업무 안에서 일어난 일에 책임을 지는 건 당연하잖나!"

"그게 정말로 제 책임이라면 그 말씀이 맞습니다."

"자네 책임이잖아!"

기무라는 얼굴을 붉으락푸르락한 얼굴로 주위가 떠나가라 소리를 질렀다.

"그게 아니라고 말씀드리고 있잖습니까?"

"정말 말이 안 통하는군. 자네처럼 앞뒤가 꽉 막힌 사람은 처음이야."

"당신이야말로 처음부터 이야기를 들을 생각이 없다면, 비싼 교통비를 내고 현장감사를 올 의미가 없지 않습니까?"

한자와는 노골적으로 대결 자세를 드러냈다.

"더구나 당신은 지금 손실로 단정하고 있는데, 서부오사카철강에 대해서는 아직 채권 회수를 포기한 게 아닙니다."

"이거 참 재미있군."

기무라의 얼굴에 도전적인 미소가 깃들었다.

"한 가지 말해두지. 자네의 지론과 상관없이 만약 채권 회수가 이루어지지 않으면 그에 상응하는 책임을 져야 할 거야. 그걸 잊지 말도록."

"그 반대도 있다는 것을 잊지 말도록 하십시오."

"반대라고?"

기무라는 밉살스럽게 대꾸했다.

"시시한 인연에 사로잡혀 사실을 왜곡하려고 한다면 진상이 명백하게 밝혀졌을 때 책임을 져야겠죠. 현장감사는 얼마든지 해도 좋습니다. 아마 저에게 불리한 보고서를 쓸 생각이시겠죠. 그것이 나중에 실제와 다르다는 사실이 드러났을 때는 보고자인 당신의 무능력함도 같이 드러나게 될 겁니다."

분노에 사로잡힌 기무라의 얼굴색이 붉은색을 뛰어넘어 창백해졌다.

"만약 그런 일이 일어난다면 자네 앞에 무릎을 꿇고 머리를 조아리지. 하지만 내 오랜 현장 경험으로 보면 자네가 부활할 가능성은 제로에 가까워."

"그 말씀을 기억해두겠습니다."

면담이 끝났다.

"한자와! 생각이 있어, 없어?"

기무라가 마지막으로 면담한 사람은 지점장인 아사노였다. 에지마와 함께 지점장실에 한 시간쯤 있었을까. 두 사람의 배웅을 받고 기무라가 지점에서 나가자 아사노는 한자와를 불러서 불호령을 내렸다.

문을 닫은 지점장실에서 폭력배가 무색할 만큼 무서운 시선으로 에지마가 한자와를 노려보았다.

"지금 자네가 무슨 짓을 저질렀는지 알고 있나! 융자과장으로서 부끄럽지도 않아? 이제 그만 자네 잘못을 인정해!"

미친 듯이 화를 내는 아사노를 향해 한자와는 냉정하게 반론을 펼쳤다.

"제게 책임이 있다면 순순히 인정하겠습니다. 그건 융자과장으로서, 은행원으로서, 더 나아가서는 직장인으로서 당연한 일입니다. 하지만 제 책임이 아닌 것까지 사죄하는 건 오히려 부끄럽고 무책임한 행동이라고 생각합니다."

"한자와, 자네는 융자과장 자격이 없어!"

옆에서 듣고 있던 에지마가 그렇게 말하며 끼어들었다. 이 녀석에게는 자기 의견이란 게 없다. 아사노가 하는 말은 뭐든지 옳고, 아사노가 인정하지 않는 것은 옳지 않다고 판단하는 추종자일 뿐이다. 한자와는 에지마를 무시하고 계속 아사노의 표정을 관찰했다.

아사노는 악의를 잔뜩 담아서 말했다.

"한자와, 이제 다음은 없어. 그렇게 생각해."

"그런 식으로 다음 인사(人事)를 언뜻 내비치며 협박하는 것은 조직의 관리자로서 무능하다고 말하는 것이나 마찬가지입니다."

머리끝까지 솟구친 분노로 인해 아사노의 얼굴에서 핏기가 사라졌다.

"뭐야? 지금 말대답을 하는 건가!"

"서부오사카철강 건에서 본인의 실수는 털끝만큼도 없고, 전부 제 책임이라고 본부에서 열심히 떠들고 다닌 것 같습니다만, 지점장님! 그건 애초에 지점장님이 가져온 겁니다. 그리고 검토할 시간도 주지 않고 5억 엔이나 되는 대출을 밀어붙였습니다. 이건 아무리 봐도 부자연스럽지 않은가요? 상대가 히가시다 사장이라도 검토할 시간을 충분히 주어야 했습니다. 그런데 왜 그렇게 하지 않으셨죠? 혹시 그렇게 할 수 없었던 이유라도 있었던 건 아닌가요?"

한자와가 승부수를 던졌다. 이제 재미있는 구경거리가 시작될 것이다.

아사노의 눈에 낭패스러움이 깃들었다. 그 낭패스러움은 바람을 받은 촛불의 불꽃처럼 눈동자 한가운데에서 흔들리더니, 이윽고 의지의 힘에 따라 감정의 깊은 안쪽으로 밀려들어갔다. 그 반동이 가져온 분노의 크기는 한자와의 예상대로였지만, 닫힌 문을 뚫고 사무실까지 들리는 분노의 목소리는 패배한 개의 울부짖음이나 마찬가지였다.

소리를 지르다 지쳐 어깨로 숨을 쉬기 시작한 아사노를 대신해서 에지마가 자기 차례라는 듯이 끼어들었다.

"한자와, 지점장님 말씀이 맞아. 이제라도 반성하고 내일부터, 아니 지금부터 최선을 다해서 일해. 기무라 부장대리님께는 내가 나중에 사과해둘 테니까."

한자와는 터져 나오려는 웃음을 가까스로 집어삼킨 뒤 "잘 부탁하겠습니다"라고 말하고 자리를 떴다. 이것은 완전히 코미디가 아닌가!

3

"메일이 왔다고?"

전화기 너머에서 히가시다는 그렇게 말한 채 입을 다물었다. 통장을 잃어버렸다고 말했을 때만 해도 머리가 돌아갈 여유가 있었지만, 마침내 이번 사건이 얼마나 심각한지 깨달은 모양이다.

"그쪽으로 전송하겠습니다만 아무래도 통장을 주운 녀석 같습니다."

"지금 즉시 보내게."

아사노는 무선 전화기를 든 채, 켜놓은 컴퓨터에서 히가시다의 메일 주소로 문제의 메일을 보냈다. 잠시 후 전화기 너머에서 나지막한 신음소리가 들리더니, 히가시다는 "이럴 수가! 큰일이잖아!"라고 누구에게랄 것도 없이 비난의 말을 토해냈다.

"아사노 씨, 하나가 누구인지 짚이는 사람이 없나?"

히가시다의 말을 들을 필요도 없이 아사노도 지금까지 생각에 생각을 거듭했다.

"우선 메일을 보낸 사람이 누구인지 생각해봐."

"저도 생각해봤는데, 아무리 머리를 짜내도 짚이는 사람이 없습니다."

그렇게 말한 순간, 히가시다도 아사노의 메일 주소를 알고 있다는 사실을 알아차렸다.

"히가시다 씨, 혹시 제 메일 주소를 누군가에게 말하지 않았습니까?"

그러자 돌아온 것은 대답이 아니라 욕설이었다.

"멍청한 놈! 내가 그렇게 할 리가 없잖아?"

"그 여자는 어떤가요?"

"그 여자? 지금 미키를 의심하는 건가?"

히가시다가 불쾌한 듯이 되물었다.

"의심하는 건 아니지만……."

말꼬리를 흐린 아사노에게 "미키는 몰라"라는 차가운 대답이 돌아왔다.

"참고로 말하면 이타바시에게도 말해주지 않았어."

"그런가요? 괜히 의심해서 죄송합니다."

"뭐 상관없어."

히가시다는 그렇게 말하더니 "혹시 한자와 아니야?"라고 물었다.

그것은 아사노도 몇 번이나 생각했다. 만약에 그렇다면 최악의 사태라고 할 수 있다. 아니, 생각하는 것조차 무섭다고 할까? 생각만 해도 속이 울렁거리고 토할 것 같다.

"통장을 분실한 건 사실이지만 그게 한자와의 손에 들어갔을 확률은 거의 없습니다."

"확률 따위는 아무래도 상관없어. 제로가 아니라면 의심해봐야 하잖아! 이 계획에 실수는 용납이 안 돼. 실수가 있으면 안 된다고!"

그 말이 맞다. 그때 아사노의 머리에 한자와의 반항적인 태도가 떠올랐다. 은행이라는 조직 안에서 상사에게 그토록 노골적으로 반항하는 부하직원은 본 적이 없다. 인사부 출신인 만큼 지금까지 누구보다 많은 행원을 봐왔지만, 상사에게 정면으로 대드는 부하직원도 보기 힘들다.

더구나 아사노 자신은 인정하고 싶지 않았지만 서부오사카철강의 여신에 관해 한자와는 아픈 곳을 날카롭게 찔렀다. 자신도 모르게 동요할 만큼.

서부오사카철강의 계획도산에 가담해서 그 책임을 한자와에게 떠넘긴다.

은행이라는 조직과 은행원의 생리를 잘 알고 있는 아사노 쪽에서 보면 간단한 일이라고 여겼는데, 생각지도 못한 곳에서 한자와의 저항을 받고 나니 계획이 다소 안이했다고 반성하지 않을 수 없었다.

본부 인맥을 활용해 미리 손을 써둔 다음, 자신과 친한 인사부의 오기소 차장과 사다오카가 현장감사를 하고 기무라 부장대리가 면담하는 것으로 계획을 짰다. 본래라면 지금쯤 한자와를 완벽하게 옭아매서 추락시켜야 정상인데, 한자와는 지금도 여봐란듯이 본인에 대한 비난을 되받아치면서 실수를 인정하지 않았다. 한자와라는 자를 순종적인 사람이라고 생각했던 아사노 쪽에서 보면 완벽한 계산 착오였다.

그때 전화기 건너편에서 히가시다의 목소리가 들려서 아사노는 현실로 돌아왔다.

"오늘 면담은 어땠나?"

"그건 제 생각대로 되었습니다."

어느 의미에서는 사실과 조금 달랐지만 아사노는 일부러 강하게 말했다. 아사노의 시나리오대로라면 엄격하기로 소문난 기무라 부장대리가 한자와를 철저하게 짓밟을 예정이었기 때문이다. 하지만 실제로 어떤 대화가 오갔는지는 모르겠으나 한자와는 철저하게 짓밟히기는커녕 기무라의 빈틈을 찔러서 반론을 시도한 모양이다.

아무리 그래도 이번 사건이 한자와에게 유리하게 작용하는 일은 있을 수 없다. 그런 의미에서는 자신의 생각대로 되었다고 할 수 있다. 이렇게 된 이상 기무라는 어떤 이유를 붙여서라도 한자와의 태도나 관리에 문제가 있다고 보고서를 쓸 것이다. 그 보고서는 이윽고 인사부로 돌아온다. 아사노가 능력 부족을 이유로 한자와를 조기 경질을 해달라고 부탁해놓은 인사부에서 그것을 어떻게 처리할지 눈에 뻔히 보이는 듯했다.

"아마 이번 달 안으로 인사부에서 결론을 내릴 겁니다."

"전근을 보낸다는 건가?"

"그렇습니다. 그걸로 한자와는 끝입니다. 우리는 우리 생각만 하면 됩니다."

전화선을 타고 흐르는 만족스러운 웃음소리를 듣고, 아사노는 수화기를 내려놓았다.

한순간 스며들었던 불안이 그림자를 감추고, 만족감과 비슷한 감정이 파도처럼 솟구치며 아사노의 가슴을 가득 메웠다. 한자와가 무슨 말을 하든 어차피 과장은 과장이다. 은행이라는 조직에서는 지점장의 권한이 절대적인 만큼, 아사노의 생각대로 진행되지 않을 리가 없다.

"괜히 쓸데없는 걱정을 했군. 이제 마음 놓아도 되겠어."

아사노는 혼잣말을 하며 여유로운 미소를 지었다.

하지만 그 여유는 새로운 메일의 알림음과 동시에 산산조각으로 부서졌다.

보낸 사람, 하나……. 제목은 '검토 중'.

메일을 읽고 나자 아사노의 위 주변으로 쓰디쓴 액체가 서서히 퍼져나갔다.

> 악랄한 아사노 지점장과 오만한 히가시다 사장과의 비밀 관계를 고발할지 말지 망설이고 있습니다. 조사하면 조사할수록 당신은 비열한 사람이더군요. 통장의 복사본을 고객상담실로 보낼까요? 아니면 인사부나 임원실의 비서실, 또는 총무부에 보낼까요? 당신의 태도를 보고 결정하겠습니다. 자아, 어떻게 할까요, 절체절명의 지점장님? 당신 인생에 마침표를 찍을까요?

꿀꺽. 목젖을 울리며 아사노는 침을 삼켰다.

손가락이, 손이, 그리고 온몸이 떨리기 시작했다. 메일에서 눈을 뗄 수 없었다.

만약 고발을 당하면 아사노의 은행원 인생은 끝이다.

가슴이 위아래로 흔들릴 만큼 거칠게 숨을 몰아쉬면서, 그는 자신의 미래가 얼굴도 모르는 사람의 손 안에 있다는 사실을 다시금 깨달았다.

갑자기 전화벨이 울려서 그는 소스라치게 놀랐다.

하나일까?

'조사하면 조사할수록.'

메일의 주인은 자신에 대해 조사했다. 그렇다면 이 전화번호도 알고 있음이 틀림없다.

'당신의 태도를 보고 결정하겠습니다.'

내 태도라고? 내 태도라……. 지금 누구인지도 모르는 너에게 머리를 조아리라는 건가? 나더러?

정신이 아득해질 것 같은 굴욕감과 초조함 속에서도 전화벨은 그치지 않았다.

전화를 받았다.

"아빠?"

수화기에서 튀어나온 것은 아들의 목소리였다.

"레오니?"

그의 온몸에서 힘이 빠져나갔다. 둘째인 레오는 올해 초등학교 2학년이다. 어린 티가 배어 있는 목소리는 어딘지 불안해 보이고 여자아이처럼 톤이 높다.

"아빠, 이번에 오사카에 놀러 가도 돼? 나랑 누나랑 엄마랑. 거기서 하룻밤 자고 오고 싶은데, 괜찮아?"

갑작스러운 말을 듣고 아사노는 "괜찮긴 한데. 엄마 좀 바꿔줄래?"라고 말하는 것이 고작이었다.

"됐다! 괜찮대!"라면서 좋아하는 레오의 말이 수화기 너머에서 들린 뒤, 이윽고 "여보세요"라는 아내의 목소리가 들렸다.

"여보, 바쁜데 미안해. 레오가 당신이 보고 싶다고 노래를 부르지 뭐야? 가도 될까?"

"뭐 상관없어."

아사노는 그렇게 말하고 사무적으로 물었다.

"어디에서 잘래? 호텔은 잡을 수 있어?"

"그래, 우메다에 잡으면 될까?"

"그래."

"당신도 같이 잘 거지? 방은 두 개 잡을까?"

"글쎄."

아내의 말에 숨어 있는 뜻을 알아차렸지만 아사노는 무뚝뚝하게 말했다.

"트윈으로 할까? 아니면 더블로 할까? 아이들은 트윈이 좋을 거고, 우리는……."

아내의 말을 가로막고 아사노는 재빨리 말했다.

"그건 당신에게 맡길게."

"그래."

그의 조바심을 어렴풋이 느꼈는지 아내는 조심스럽게 대답하고 "사오리를 바꿔줄까?"라고 물었다.

사오리는 올해 초등학교 5학년이 되는 딸이다. 사립중학교 입시를 보기 위해 학원에 다니는데, 주말에 오사카에 와서 자고 간다는 것은 매주 일요일에 있는 정기 시험을 거른다는 뜻이다. 비싼 학원비를 내고 있는데 그렇게 쉽게 거르다니! 그런 생각이 없는 건 아니었지만 "아빠, 잘 지내세요?"라는 사오리의 생기 있는 목소리를 들은 순간 불만을 억누를 수밖에 없었다.

"요즘도 많이 바빠요?"

"그저 그래."

"아빠, 우리를 위해 열심히 일하는 거죠?"

엄마에게 무슨 말을 들었는지, 사오리는 여느 때와 달리 아사노에게 따뜻하게 말했다. 하지만 한마디 한마디가 지금은 작은 바늘이 되어 아사노의 심장을 쿡쿡 찔렀다.

"그렇지 뭐. 넌 어때?"

"열심히 공부하고 있어요. 지난주 시험에선 우리 반에서 3등이었어요. 아빠, 피곤해요?"

비록 나이는 어리지만 뭔가를 느꼈는지 사오리가 예리하게 물었다.

"괜찮아."

아사노는 적당히 얼버무리고 잠시 딸의 이야기를 들어준 다음, 아내를 바꿔달라고 하지 않고 "그럼 그만 끊을게"라고 말하며 수화기를 내려놓았다.

지금 그에게 가족의 존재는 너무나 무거워서, 탁해진 마음에 가라앉는 납덩이같았다.

애초의 시작은……. 그는 잠시 기억을 더듬었다.

그렇다. 처음 시작은 데이트레이딩이었다. 그것이 어느새 신용거래로 발전하면서 거액의 손실을 만들었다.

그래도 수백만 엔을 잃었을 때 손절했으면 좋았을 것이다. 물론 이제 와서 그런 말을 해봤자 이미 때가 늦었지만. 생각할수록 허무할 뿐이다.

구멍을 메우려고 하다가 손실이 더 커졌다…….

그가 한 일은 실패하는 사람의 정석이었다. 그리고 시시한 자존심 때문에 아내에게 사실을 털어놓을 수 없었다.

더구나 그 잘못을 어물쩍 넘기기 위해 더 큰 잘못을 저질렀다.

그가 한 행동은 배임이나 사기라는 형사처분의 대상이 되는 일이었다. 만약 밖으로 드러나면 은행에서는 미래가 없다. 뿐만 아니라 은행원이라는 사회적 지위까지 잃어버리게 된다. 법정의 피고석에 앉은 아버지를 두 아이는 어떤 심정으로 바라볼까?

그래도 "아빠, 힘내세요"라고 응원해줄까?

더는 견디기 힘들어 술로 도망치기 위해 의자에서 일어선 순간, 그는 자신이 얼마나 동요했는지 깨달았다. 다리가 후들거려서 한 발짝도 걸을 수 없었다.

자신이 그토록 소중히 여겼던 자존심은 이제 아무런 의미도 없고 가치도 없다. 이런 것을 지키려고 발버둥치다가 빠져나갈 수 없을 만큼 깊은 수렁에 발을 집어넣은 게 아닌가. 한심하기 짝이 없었다. 그런 자신을 저주하고 싶었다. 비디오 플레이어로 재미없는 영화를 봤을 때처럼 테이프를 되감을 수 있다면 얼마나 좋을까.

아사노는 비틀비틀 냉장고까지 걸어가서 캔맥주를 꺼낸 뒤, 컴퓨터로 돌아가 아직 그대로 열려 있는 메일을 다시 바라보았다.

답장을 보내자.

그는 캔맥주를 내려놓고 키보드에 손을 올린 뒤 답메일 화면을 불러냈다.

뭔가 오해한 것 같은데, 장난 메일은 그만 보내십시오. 자꾸 이러면 경찰에 신고하겠습니다.

자신이 입력한 내용을 물끄러미 바라보다가 즉시 삭제했다. 상대를 자극해서는 안 된다. 그렇다고 우쭐하게 만들어서도 안 된다.

누구십니까?

이런 건 어떨까? 좋을지도 모르겠다. 하지만 너무 짧은 것 같아서 내용을 조금 추가했다.

누구십니까? 오해가 있는 것 같으니 직접 만나서 이야기합시다.

이렇게 보내면 어떨까?

나쁘지 않다. '오해'라는 단어가 정치가의 변명 같아서 조금 괴롭긴 하지만, 처음에 내보내는 가벼운 펀치로는 이 정도가 적당하리라.

보내기.

잠시 기다렸다.

조금 전에 하나의 메일이 도착하고 나서 20분쯤 지났다. 하나는 아사노의 답장을 금방 볼까?

캔맥주를 마시면서 10분쯤 기다리다가 견디기 힘들어서 샤워를 했다.

아무것도 손에 잡히지 않고 기분 전환도 할 수 없었다. 다시 한 시간이 지났다. 오늘은 오지 않으리라고 생각했던 답장은 자정이 넘어서야 도착했다.

> 답장을 봤습니다. 오해? 정말 오해인지 아닌지, 은행이나 경찰의 판단을 듣기로 하지요.

메일을 읽은 순간, 아사노는 경악해서 입을 다물지 못했다. 그리고 패닉 상태에 빠져서 답장을 쓰지 않을 수 없었다.

> 당신 멋대로 하지 말고 대화로 풉시다. 당신의 목적을 말씀하십시오.

메일을 보내고 기다렸다. 5분, 10분, 다시 30분. 새벽 1시가 지나고 2시가 지났다. 그래도 그는 계속 기다렸다. 하지만 그날 밤,

결국 하나에게서는 답장이 오지 않았다.

4

"아무래도 곤도의 파견이 정식으로 정해질 것 같아."

업무통괄부 건으로 도마리에게서 전화가 걸려온 것은 다음 날 아침이었다.

"어디야?"

한자와는 짧게 물었다.

"교바시 지점의 거래처. 인사부 사람한테서 은밀히 들었는데, 총무부장으로 갈 것 같아. 부장이라고 해봐야 중소기업이야. 부서에 직원은 몇 명밖에 없고, 직접 뛰어다니며 실무를 봐야겠지. 당연히 편도 티켓이고."

편도 티켓이란 말은 은행으로 돌아올 수 없다는 뜻이다.

파견 나간 회사와 관계가 나빠져서 다시 돌아오는 일도 드물지 않다. 하지만 대부분 즉시 다른 회사로 파견을 나가고 운이 나쁘면 이 회사, 저 회사를 돌아다니게 된다. 그러다 결국 염증이 나서 스스로 그만둘 수 있다면 낫지만, 아이도 어리고 여기저기에 돈이 들어가야 하는 곤도 입장에서는 쉽게 그만둘 수도 없다.

"그 녀석, 오사카에 집을 사려고 얼마 전에 계약금을 냈다던데."

그 말을 듣고 한자와의 가슴이 시려왔다.

"은행에선 그걸 몰라?"

"당연히 알지 왜 모르겠어? 대출을 받기 위해 알아봤을 테니까."

한자와는 한숨을 쉬었다. 즉, 은행에서는 그런 사실을 알면서도 일부러 오사카를 떠나도록 만드는 것이다.

도마리가 핵심을 찔렀다.

"곤도에게 대출을 안 해주고 싶은 게 아닐까? 빌어먹을 인사부가 하는 일이야. 그놈들은 우리 행원들을 게임의 말 정도로밖에 생각하지 않아."

"곤도는 알고 있어?"

"아직. 아무에게도 말하면 안 돼."

"알았어."

그 순간, 은행에 취직이 정해지고 장래의 꿈을 이야기했던 곤도의 모습이 떠올랐다. 나는 작은 회사들을 도와주고 싶어. 그러기 위해 중소기업 융자의 프로가 되겠어―이것이 곤도의 꿈이었다.

그런데 시시한 곳에서 발목이 잡혀 넘어지고 병에 걸린 끝에, 지금은 시스템부에서 간신히 숨만 붙어 있는 신세로 전락했다. 곤도의 인생을 엉망으로 만든 것은 바로 은행이다.

"그 건 말인데, 그쪽 지점장은 어때?"

"직접 만나서 오해를 풀고 싶다는 메일이 왔어. 아직 모르는 척 시치미를 떼고 있지. 자신이 얼마나 어리석고 바보 같은 짓을 저질렀는지 좀 더 깨닫게 해주려는 중이야."

도마리의 소리 없는 웃음이 들렸다.

"한자와, 기왕 하려면 철저하게 해."

도마리의 말을 들을 것까지도 없이 철저하게 처리할 것이다!

그런데…….

그날 오후 2시쯤, 법무실의 가리타로부터 전화가 걸려오고 분위기가 심상치 않아졌다.

"실은 예의 해외부동산 말인데, 어쩌면 어려울지도 몰라."

입을 열자마자 가리타는 굳은 목소리로 말했다.

"어렵다니, 무슨 뜻이야?"

"하와이 당국에 문의해봤는데, 반응이 뜨뜻미지근해. 다른 사례도 알아봤지만 그쪽 법이 우리 법을 따라야 하는 건 아니니까 강제력이 없어. 시간도 오래 걸릴 것 같아."

"앞으로 몇 주가 승부의 갈림길이야. 그때까지 회수할 수 있는지 알고 싶어."

이제 남은 시간은 그렇게 길지 않다.

"네 마음은 이해해. 하지만 이것 말고 돈을 회수할 수 있는 전망은 없어? 국내의 금융 자산 같은 것 말이야."

한자와는 뉴욕하버증권에 대해서 말했다.

"그걸 압류하자."

"실은 그곳과 히가시다 사이에 거래가 있는지 없는지 아직 몰라. 거래가 있다고 해도 어떤 종류의 자산이 얼마나 있는지 모르고. 섣불리 나섰다가는 압류에 실패할 뿐만 아니라 히가시다에게 이쪽의 움직임이 알려져서 모든 게 물거품이 될 수도 있어."

작게 혀 차는 소리와 함께 "막다른 골목인가?"라는 가리타의 말이 들렸다.

형광등 소리가 나지막하게 울리고 어디선가 날아온 작은 모기가 미친 듯이 활을 그리다 시야에서 사라졌다.

이곳은 다케시타네 집 거실이다. 한자와는 저녁 8시가 넘어서 지점을 나와 이곳에 도착했다. 어둠이 내려앉아도 무더위가 가라앉지 않은 가운데, 다케시타는 지점에서 여기까지 걸어온 한자와에게 차가운 맥주를 내주었다. 두 사람은 간단히 건배를 한 뒤 서부오사카철강의 채권 회수를 어떻게 진행할지 작전 회의를 시작했다. 하지만 한자와가 낮에 들었던 가리타의 이야기를 전하자 무거운 침묵이 내려앉았다.

다케시타가 침묵을 깨뜨리며 말했다.

"즉, 하와이 주택은 포기하고 뉴욕 뭐라든가 하는 증권의 자산을 노리라는 건가?"

"한마디로 말하면 그렇죠. 그런데 자세한 내역을 모르면 손 쓸 도리가 없습니다."

다케시타는 콧김을 힘차게 내뿜고 험악한 표정을 지었다.

"무슨 좋은 방법이 없겠나? 그렇지! 아사노 지점장이라면 알고 있지 않을까? 협박해서라도 알아내는 게 어때? 지금 엄청나게 쫄았잖아?"

그 방법은 한자와도 생각했다. 하나 이름의 메일로 아사노를 협박해서 히가시다의 비밀 정보를 알아내는 것이다. 하지만 그것은 양날의 검이라고 할 수 있었다. 성공하면 회수에 탄력이 붙는 한편, 실패하면 모처럼 꼬리를 잡은 뒷돈을 다시 어디론가 숨기게 만들 수도 있다. 히가시다와 아사노는 공범이고 하나로 이어져 있다. 히가시다가 파멸하면 아사노까지 위험해진다. 아사노에게 히가시다를 파는 일은 자기 자신을 파는 일이나 다름없다.

"지금 아사노와 히가시다를 나누기는 어렵습니다. 더 확실하게 정보를 얻을 수 있어야 합니다."

"그런 방법이 있겠나?"

다케시타는 심각한 얼굴로 미지근해진 맥주를 목으로 흘려보냈다.

다시 침묵이 이어졌다. 그러다 별안간 다케시타가 얼굴을 들고 소리쳤다.

"여자!"

"네?"

"히가시노의 여자 말이야. 그 여자로부터 정보를 얻어낼 수 없을까?"

한자와는 백화점 주차장에서 다정하게 팔짱을 끼고 걸어가는 두 사람의 뒷모습을 떠올렸다.

"어떻게 하시려는 건데요?"

"어차피 유흥업계에 있겠지 뭐. 분명히 술집에 나갈 거야. 어느 술집에 나가는지 알아내서 한번 접촉해보는 게 어떨까? 아무튼 그건 나한테 맡기고 자네는 다른 방법이 없는지 생각해보게."

막다른 곳에서 회수 방법에 골머리를 썩이고 있어도 날짜는 속절없이 계속 흘러간다. 이렇게 생각만 할 게 아니라 어떻게든 행동해야 한다. 한자와는 고개를 끄덕이고, 활기 없는 대화를 재빨리 마무리지었다.

5

"어때? 누가 협박하는지 단서라도 잡았나?"

그날 저녁, 8시가 넘어서 히가시다로부터 전화가 걸려왔다.

"아닙니다. 누구인지 당최 알 수가 없습니다."

뿐만 아니라 어제 보낸 메일의 답장도 아직 오지 않았다. 아사노의 이마에는 깊은 주름이 새겨졌다. 그 통장과 고발 편지가 은행으로 오지 않을까 생각하면 마음이 조마조마해서 한시도 제정신을 유지할 수 없었다.

"하지만 메일의 답장이 왔다는 건 아직 거래의 여지가 있다는 거 아닌가?"

"그런 것 같진 않아요."

"너무 부정적으로 생각할 거 없어. 목적은 돈이겠지 뭐. 그래서 일부러 초조하게 만드는 거야. 두고 봐, 조만간 그쪽에서 거래하자고 할 거야. 통장을 얼마에 살 거냐고 말이야."

"그렇다면 다행이지만요."

돈으로 해결할 수 있다면 그보다 간단한 일은 없다. 문제는 돈으로 해결할 수 없는 경우다. 그렇게 생각하자 가까스로 평정을 되찾았던 아사노의 표정이 다시 흐려졌다.

히가시다가 갑자기 화제를 바꾸었다.

"그건 그렇고 다음 주에 중국에 다녀올 거야."

"드디어 움직이시는 건가요? 중국 어디에 가시는데요?"

"선전."

"마침내 히가시다 사장님의 진가를 발휘할 수 있겠군요."

그건 히가시다의 꿈이라고 할 수 있었다. 건설 경기가 하늘 높은 줄 모르고 치솟고 있는 중국에서는 갈 때마다 도로가 생기고 건물이 들어섰다. 그 장래성을 보고 지금부터 현지 법인을 설립할 계획을 세웠다. 그러기 위해 히가시다는 몇 년에 걸쳐 계획적으로 돈을 긁어모았다.

20년 전에 독립해 서부오사카철강이라는 회사를 설립했으나 주요 거래처의 방침 전환으로 어이없이 좌절을 맛봐야 했다. 그로 인해 히가시다의 가슴속에서는 하청 괴롭히기라고 할 수 있는 대기업 방식에 대한 울분이 소용돌이치고 있었다. 강압적인 가격 삭감, 이용할 만큼 이용하고 필요가 없어지면 간단하게 버리는 비정함. 그 어느 것도 도저히 묵과할 수 없었다. 예전에 실적이 좋았을 때 국세청의 표적이 되었던 적이 있는데, 그것은 세무 당국에 대한 불신감을 부추기는 결과가 되었다.

은행도 마찬가지였다.

아사노가 그 말을 들은 것은 히가시다와 재회한 지 얼마 되지 않았을 때였다. 예전에 서부오사카철강의 자금 사정이 한계에 부딪쳤을 때, 산입중앙은행의 신사업발굴팀 담당자가 회사로 찾아와서 대출해주겠다고 해놓고, 마지막 순간에 그 약속을 헌신짝처럼 내던졌다. 그 말을 철석같이 믿은 결과 하마터면 도산할 뻔해서, 그 이후 은행이라면 진절머리를 내며 고개를 가로젓게 되었다.

히가시다라는 남자는 역경을 발판 삼아 여기까지 온 것이나 마찬가지라고 아사노는 생각했다.

계획도산의 밑바닥에는 대기업과 국세청, 그리고 은행에 대한 원한이 깔려 있었다. 한마디로 말해 이번 계획도산은 히가시다의 복수극이나 마찬가지였다.

그리고 폐쇄적이고 부조리한 국내 시장을 포기하고 중국 진출에 자신의 운명을 맡기기로 한 것이다.

아사노는 구멍이 난 주머니 사정으로 그 계획에 동참한 뒤, 후회인지 부러움인지 모를 어정쩡한 감정을 주체하지 못하면서 히가시다와의 관계를 계속 유지했다. 그곳에는 만에 하나 은행에서 쫓겨나면 믿을 만한 사람은 히가시다밖에 없다는 속셈도 숨어 있었다.

"선전에서는 한 달에 2만 엔만 있으면 최소한 먹고살 수 있어. 직원 월급은 일본의 16분의 1이고. 그래도 일자리를 찾아서 풍

부한 인재가 모여들지. 건설 자재의 쟁탈전이 벌어질 만큼 시장이 과열되어 있는데, 그 기세는 당분간 꺾이지 않을 거야. 만약 기세가 꺾인다면 그것은 중국의 쇠퇴를 의미하는 거고, 나아가서는 세계 경제의 판도가 뒤바뀔 만한 문제가 되겠지. 하지만 그런 일은 있을 수 없어. 이것은 일생에 한 번 있을까 말까 한 사업 기회야."

한 달에 2만 엔. 겨우 2만 엔의 월급으로 먹고사는 사람들의 집에 인프라가 제대로 되어 있을 리가 없다. 벽은 콘크리트가 그대로 드러나고 수도에서는 물과 함께 장구벌레가 쏟아진다. 나약한 일본인이라면 사흘도 견딜 수 없는 환경인 것이다.

"이번에는 현지 컨설턴트 회사와 계약해서 새로운 회사를 언제 설립할지 일정을 정하고 올 거야. 빠르면 올해 안에 설립해서 중국으로 날아가려고 해. 아사노 씨도 같이 가면 좋을 텐데."

마지막 한마디는 농담으로 들리지 않았다. 아사노도 갈 수만 있다면 가고 싶을 정도였다. 어떤 면에서는 모든 것을 깨끗이 무너뜨리고 제2의 인생으로 뛰어들 수 있는 히가시다라는 남자가 부러워서 견딜 수 없었다.

"돈은 아직 증권회사에 있나요?"

히가시다는 그 증권회사에 10억 엔이 넘는 돈을 넣어놓았다. 기왕 하려면 철저하게 해라! 이것이 '만땅주의'다.

"그래. 회사 설립의 전망이 서고 거래 은행이 정해지면 그쪽으로 옮길 거야. 도쿄의 외국계 증권회사에 그만한 돈을 맡겨놓았을 줄 누가 알겠어? 채권자들은 어느 한 놈도 상상하지 못할 거야. 다 아사노 씨 덕분이야. 아주 좋은 조언이었어. 고맙단 말을 백 번 해도 모자를 지경이야."

궁지에 몰려 있는 아사노의 마음은 아랑곳하지 않고, 히가시다는 주변이 떠나가라 호탕하게 웃었다.

히가시다가 득의양양하게 말했다.

"모든 게 순조로워. 이게 다 평소에 잘 살아온 덕분이지. 그러니까 아사노 씨, 당신도 걱정할 필요 없어. 행운의 여신은 우리 편이니까. 하나인지 뭔지도 이제 곧 정체를 드러낼 거야. 그때가 승부처야. 어쩌면 오늘밤에라도 전화가 걸려올 수 있어."

"그렇다면 좋겠는데요."

기운이 넘치는 히가시다와 이야기를 하고 있자 반대로 우울해지는 것을 느끼고 아사노는 수화기를 내려놓았다. 지금 그가 있는 곳은 지점장 사택이다. 사택은 깨끗하고 설비도 잘 갖추어져 있지만, 기분 풀 상대가 없어서 한번 우울해지기 시작하면 브레이크가 걸리지 않는다.

하지만 이것은 혼자 생각하고 혼자 해결해야 할 문제다. 내팽개칠 수도 없고 그렇다고 적극적으로 해결할 수도 없다.

쥐죽은 듯 조용한 방에서 그런 생각을 하고 있자 불안과 초조함으로 머리가 이상해질 것 같았다. 위스키의 뚜껑을 따서 컵에 따르고 냉장고의 얼음을 아무렇게나 집어넣은 뒤 목으로 흘려보냈다. 원래 술이 센 편은 아니다. 어쨌든 취하고 싶어서 단숨에 들이켠 순간, 목이 막혀 컥컥거렸다. 그래도 억지로 술잔을 비우고 한 잔, 또 한 잔 마시는 사이에 찾아온 것은 기대했던 졸음이 아니라 두통이었다. 나는 기분 좋게 취할 수도 없는가.

자기비하에 빠진 순간, 알림음과 함께 메일이 들어왔다.

> 멋대로 하다니, 그게 무슨 뜻이죠? 당신이야말로 지금까지 멋대로 행동하지 않았나요? 이 통장을 언제 당신의 상사에게 전달할지, 지금은 그것만 생각하고 있습니다. 그리고 당신의 교도소 생활을 생각하는 것도 즐거움의 하나가 되겠군요. 그러기 위해서 세 군데에 고발하겠습니다. 은행과 경찰, 그리고 매스컴. 당신의 소중한 가족이 기자들에게 둘러싸이는 모습을 빨리 보고 싶군요.

가족이라는 단어가 눈으로 뛰어들어온 순간, 아사노의 머릿속이 새하얘졌다.

흐느껴 우는 아내의 얼굴과 사랑스러운 아이들이 우는 모습이 뇌리를 가로질렀다. 주식 거래에서 생긴 손실을 메우기 위해 배임죄로 체포되면 자신의 가족은 어떻게 될까? 고집이 세고 공부도 열심히 하는 사오리는 입술을 깨문 채 친구들의 비웃음을 견뎌낼까? 레오는 섬세한 아이니까 학교에 가려고 하지 않을 것이다. 아내는 동네 엄마들의 쑥덕거림과 비난의 눈초리를 견뎌내야 하리라. 다 나 때문이다. 내가 한때 헛된 욕심을 부렸기 때문이다.

제발 그것만은 참아주십시오. 가족만은 건드리지 마십시오.

이렇게 쓰면 자신의 죄를 인정하는 꼴이 되지만 그런 것에 신경 쓸 때가 아니었다. 아사노는 필사적으로 매달릴 수밖에 없었다.

보내기 버튼을 누르고 고개를 푹 떨군 뒤, 아무도 없는 방에서 머리를 감싸안았다. 후회가 잔물결이 되어 마음 깊은 곳까지 밀려왔다. 그러다 점차 수위가 높아지면서 후회의 바다에서 허우적거렸다.

아무리 스스로를 책망해도, 아무렇지도 않은 듯 오기를 부려도 과거를 바꿀 수는 없다. 자존심도 자부심도 모두 던져버리고 지금 그의 머릿속에 있는 것은 단 한 가지 — 자기 자신을 지키는 것뿐이다. 미래의 꿈이나 희망이 아니라 현재의 지위나 가족을 지키기 위한 방어인 것이다.

그는 인생의 갈림길에서 사면초가에 빠졌다는 사실을 심장이 오그라들 만큼 절실하게 느끼고 있었다.

6장

은행 회로

1

유흥가인 신치의 북쪽을 가랑비가 적시고 있었다. 화요일 저녁 8시가 지난 시각이었다. 시간이 이른 탓인지, 아니면 불경기 탓인지 우산을 쓰고 오가는 사람들은 그렇게 많지 않았다.

따분한 표정으로 호객 행위를 하는 사람들을 무시하고 말없이 걸어가던 한자와와 다케시타는 어느 상가 빌딩 앞에서 걸음을 멈추었다.

"여기군."

입주해 있는 가게의 간판이 깔끔한 건물의 벽면에 박혀 있었다. 다케시타는 그중에서 '아르테미스'라는 핑크색 간판을 가리킨 뒤, 건물 안으로 먼저 발을 집어넣었다.

용케 찾아냈다. 다케시타의 끈기에는 감탄하지 않을 수 없었다.

다케시타는 히가시다의 여자를 점찍은 뒤, 히가시다와 친했던 사장들을 찾아다니며 이야기를 들었다. 그리고 결국 히가시다의 여자가 일하는 술집을 알아낸 것이다.

"여자의 이름은 미키. 히가시다는 여기 단골손님으로, 미키와는 벌써 2년 가까이 관계를 맺고 있다고 하더군. 지금도 종종 둘이 밖에서 만나고 여자가 술집에 출근할 때 함께 나온다는 것 같아. 망한 회사의 사장이 여자에게는 돈을 물 쓰듯이 쓰는군."

다케시타는 입술을 삐죽거리며 비아냥거리고 엘리베이터 버튼을 눌렀다. 비교적 새 건물이다. 엘리베이터 문이 열리자 예순이 가까워 보이는 남자들과 함께 그들을 배웅하기 위해 술집 여자들이 내렸다. 향수를 마구 뿌리고 속옷이 보일 만큼 짧은 차이나 드레스를 입은 여자들이었다.

한자와와 다케시타는 빈 엘리베이터에 타서 3층에서 내렸다. 아르테미스는 통로 안쪽에 있었다.

새카맣고 묵직한 문을 밀고 들어가자 느닷없이 쩌렁쩌렁한 노랫소리가 흘러나왔다. 아직 이른 시간임에도 불구하고 여자들의 간드러진 웃음소리를 추임새 삼아, 젊은 남자가 마이크를 들고 춤을 추며 음정과 박자가 맞지 않는 노래를 열창하고 있었다.

"어서 오세요!"

요염한 목소리가 맞이해도 다케시타는 부루퉁한 얼굴로 한 손을 들었을 뿐이었다.

"어머나, 또 오셨네요. 이쪽으로 오세요."

여자가 구석의 테이블 자리로 안내했다. 여자를 사이에 두고 벽 쪽에 앉은 한자와는 아직 빈자리가 눈에 띄는 내부를 둘러보았다.

"어서 오세요."

어린 티가 남아 있는 얼굴에 체구가 작은 여자가 한자와의 맞은편에 앉았다. 손님이 많지 않아서 여자들이 많이 배당되는 모양이다.

다케시타가 물었다.

"미키는 없나?"

"미키요? 죄송해서 어쩌죠? 아직 안 왔어요. 이제 곧 올 거예요."

물에 희석한 술로 건배를 한 뒤 안주를 두세 번 집어먹은 다케시타가 예리한 눈길로 술집 구석을 쳐다보았다.

"저기 좀 보게."

다케시타의 말을 듣고 한자와가 슬며시 쳐다보자 안쪽 테이블에서 남자 두 명이 술을 마시고 있었다. 여자가 세 명 앉아 있었지만 웃지도 않고 묵묵히 술만 들이켰다.

"히가시다의 아파트 앞에 있던 녀석들이야. 국세국 놈들이지?"

"내사를 벌이고 있군요."

국세국의 움직임은 겉으로 드러나지 않았다. 다만 국세국에서도 어딘가에서 정보를 얻고 움직이는 것만은 분명하다.

그때 술집 문이 열리고 "어머머머! 오셨어요?"라는 한층 높은 목소리와 함께 남자가 들어왔다.

히가시다였다.

미키도 함께 들어왔다. 미키는 재빨리 히가시다의 짐을 받아서 술집 안쪽으로 가져갔다. 커다란 캐리어였다. 감색 재킷에 하얀 바지 차림의 히가시다는 손에 든 비닐 주머니를 마담에게 내밀었다.

"선물이야."

"어머나, 우롱차네요? 꽤 고급 같은데요? 중국에 다녀오셨어요?"

"많이 있으니까 애들에게 적당히 나눠줘."

여자들로부터 제각기 고맙단 인사를 듣고 히가시다는 거만한 미소를 지었다. 하지만 웃음을 지을 수 있는 것은 그때까지였다.

마담이 안내해준 테이블로 성큼성큼 걸어간 순간, 정면에 있는 한자와와 다케시타를 발견했기 때문이다.

주머니에서 담배를 꺼내 입에 문 얼굴에서 만족스러운 웃음이 사라졌다. 서로 노려보는 상황이 몇 초 이어졌다. 히가시다는 이내 아무 일도 없었다는 듯 라이터로 불을 붙이고 담배를 맛있게 피웠다.

그때 한자와의 옆에서 다케시타가 벌떡 일어나서 히가시다에게 다가갔다. 말릴 틈도 없었다.

"팔자 한번 좋으시군. 남의 돈을 떼먹고 놀러 다니는 거야, 이 염병할 놈아!"

마침 노래방 기기의 반주가 멈추고 술집 안이 조용해진 순간이었다. 히가시다는 "쳇!" 하고 혀를 차며 고개를 돌렸다.

"무슨 말이라도 해봐! 입이 있으면 말을 해보라고!"

손님과 종업원들이 마른침을 삼키고 지켜보는 가운데 다케시타가 히가시다의 정면에 우뚝 섰다. 좁은 술집 안에 험악한 분위기가 퍼져나가고, 다들 가슴을 졸이면서 다케시타와 히가시다에게 시선을 집중했다.

히가시다가 어린아이를 타이르듯 말했다.

"가게에 민폐 끼치지 말고 얌전히 앉아 있어."

"가게에 민폐 끼치지 말라고? 우리에게 엄청난 민폐를 끼쳐놓고 그런 말이 나와? 네놈이 무슨 짓을 했는지 알기나 해? 잘못했으면 미안하다는 말부터 해야지! 방귀 뀐 놈이 성낸다더니, 적반하장도 유분수지."

말이 끝나자마자 다케시타는 테이블 위에 있던 안주 접시를 히가시다에게 던졌다. 히가시다가 재빨리 피하자 유리접시가 뒤쪽 벽에 부딪치면서 산산이 부서졌다. 근처의 테이블에 있던 여자가 비명을 지르고 펄쩍 뛰어오르더니 멀리서 에워싸고 있던 동료들 쪽으로 몸을 피했다.

"마담. 경찰에 신고해. 기물 파손이잖아!"

히가시다가 다케시타를 노려보며 낮은 목소리로 말했다.

"뭐야? 말 다했어?"

다케시타는 그렇게 말하고는 히가시다 앞에 있는 테이블을 꽉 잡았다. 그리고 여자들의 비명이 고막을 찌르는 가운데 테이블을 높이 들어올렸다.

"다케시타 사장님!"

한자와가 황급히 다케시타를 말리며 테이블을 내리게 했다.

"이렇게 해서 해결될 문제가 아닙니다. 그 정도는 아시잖습니까?"

분노로 인해 다케시타의 얼굴이 달라졌다. 유머러스한 평소의 표정이 180도 바뀌면서, 눈 안쪽에서 거칠고 사나운 불길이 활활 타올랐다.

"이런 녀석을 가만두란 말이야? 이런 녀석은 살아 있을 가치도 없다고!"

다케시타가 거친 숨을 몰아쉬면서 울부짖었다.

"다케시타 사장님……."

다케시타를 말리는 한자와의 등에 히가시다의 야유하는 목소리가 꽂혔다.

"이런! 싸가지 없는 은행원도 같이 왔군그래. 당신이 이 벽창호 같은 영감탱이한테 설명해줘. 내게 할 말이 있다면 변호사를 통하라고 말이야. 이 세상 모든 일에는 법도 있고 규칙도 있어. 무턱대고 폭력을 사용하면 안 되지. 안 그래?"

"뭐야?"

다시 돌진하려는 다케시타를 말리면서, 한자와는 유리조각이 흩어진 의자에서 도발하듯 쳐다보는 히가시다를 노려보았다.

"히가시다. 세상이 법만으로 돌아간다고 생각하면 그거야말로 큰 착각이야. 세상에는 법보다 더 중요한 게 있거든. 잘 들어. 이런 곳에서 큰소리치는 것도 지금뿐이야. 당신이 말하는 법에 따라서 이제 곧 땅을 치고 후회하게 만들어주지. 즐겁게 기다리고 있어."

히가시다가 코끝으로 비웃었다.

"으아, 무서워라. 요즘 은행에선 사채업자는 저리가라 할 만큼 불법으로 돈을 받나 보지? 그렇게 억울하면 위쪽에 하소연해도 좋아. 찍소리도 못 하고 꼬리를 감고 도망치는 주제에 어디서 큰소리야?"

히가시다를 향해 달려들려고 하는 다케시타를 "그만 가시죠" 라고 달래며 한자와는 술집을 나섰다.

"저 갈아 마셔도 시원찮은 녀석!"

엘리베이터를 타자 다케시타는 전체가 떨릴 만큼 큰소리로 울화통을 터트렸다. 분노로 인해 몸은 바들바들 떨고, 반백의 머리 밑에 자리한 얼굴은 새빨개져 있었다.

말로 표현하지는 않았지만 가슴속에 솟구친 분노는 한자와도 마찬가지였다. 아니, 다케시타의 분노보다 오히려 더 크지 않을까?

하지만 도발에 넘어가 폭력을 휘두르면 히가시다의 함정에 넘어가는 것이다.

"자네는 먼저 가. 나는 여기에 있을게."

건물 밖으로 나오자 다케시타가 그렇게 말했다.

"여기서 뭘 하실 건데요?"

"걱정할 필요 없어. 히가시다에게 손을 대지는 않을 테니까."

다케시타는 눈을 부릅뜨고 지금 나온 건물을 올려다보았다.

"녀석을 감시하다 보면 뭐라도 나오겠지. 단서가 없는 상황에선 조금이라도 가능성 있는 일을 해야 하잖나? 이 술집은 알아냈지만 아직 내가 모르는 게 있지 않을까 해서 말이야. 예를 들면 히가시다가 여기까지 어떻게 왔을까? 지하철을 타고 왔을까? 차를 타고 왔을까? 차를 타고 왔다면 어느 주차장에 세워뒀을까? 여기서 나온 뒤 곧장 집으로 갈까? 아니면 다른 곳에 들를까? 나는 그놈의 모든 행동을 샅샅이 조사할 생각이네. 그 어딘가에 히가시다가 숨겨놓은 재산을 알아낼 단서가 있겠지. 놈이 찍소리도 못 하게 만들어주겠어. 뭔가 알아내면 즉시 알려줄 테니까 자네는 집에서 기다려. 지금은 그게 우리가 할 일이야."

다케시타는 선언하듯 말하더니 맞은편에 있는 시가 바(cigar bar)를 향해 걸어갔다. 아르테미스가 있는 건물을 감시하기에는 안성맞춤이다. 가볍게 오른손을 들어 올린 다케시타의 뒷모습을 바라본 뒤, 한자와는 조금 강해진 빗발을 뚫고 역을 향해 걸음을 옮겼다.

2

살아도 사는 것 같지 않다.

도마 위에 있는 물고기가 이런 심정이 아닐까?

오늘일까? 내일일까? 아니면 통장 복사본과 같이 자신을 고발한 문서가 이미 어딘가에 전달됐을까?

밤에는 잠들지 못하고 음식도 목에 넘어가지 않았다. 주의력은 산만하고 집중력은 거의 사라졌다. 지금 아사노의 눈에 보이는 것은 사방이 온통 색채가 없는 잿빛 세상이었다.

칙칙하고 무거운 납색 시궁창물이 흘러가듯 오늘도 역시 암울한 하루가 지나갔다.

조례를 한 뒤 걸려온 전화를 응대하거나 누군가가 말을 걸면 대답은 했지만, 그의 뇌가 기억하는 것은 아무것도 없었다. 모든 것이 공허하고 나쁜 꿈이라도 꾸는 듯한 — 물론 꿈이라면 얼마나 행복할까? — 모호한 의식의 밑바닥에 떨어져 있었다.

그러고 보니 한 가지 기억나는 게 있었다.

아내의 메시지였다.

"이번 주 토요일 11시에 신오사카 역에 도착해. 마중 나와줘."

분명히 그런 내용이었다.

'가족들의 얼굴을 보면서, 나는 지금까지처럼 아버지의 모습을 연기할 수 있을까?'

그렇게 생각하자 머리에서 발끝까지 불안이 파고들었다.

지금 그에게 웃음을 짓는 일은 땅끝까지 가는 일보다 더 아득하게 느껴졌다. 그런 면에서 볼 때 그의 정신 상태는 상당히 위험한 지경까지 몰려 있다고 할 수 있었다.

지금…….

아사노는 지점장 사택에서 컴퓨터를 켜고 메일을 기다리고 있었다. 어제도 그제도, 그리고 그 전날도 그는 귀가하자마자 식사도 하는 둥 마는 둥 하고 책상 앞에 앉았다. 그리고 이제나저제나 하는 심정으로 하나의 메일을 기다렸다.

마지막 메일을 주고받은 후 벌써 열흘이 지났다.

히가시다는 걱정 말라고 하면서, 아직 거래의 여지가 있을 것이라고 말했다. 그 말은 아사노에게 마지막 희망을 걸 수 있는 한 줄기 빛이었지만, 지금으로선 그런 여지가 어디에 있는지 알 수 없었다.

하나가 그대로 물러났을 수도 있다고 생각할 마음의 여유는 없었다. 그냥 내버려두면 자연히 물러난다고 생각할 만큼 느긋하게 있을 수 없는 것이다. 뿐만 아니라 수많은 불안이 한여름의 비구름처럼 피어올라 새하얀 덩어리가 되더니 하늘을 가득 메우며 그의 정신에서 생기를 빼앗았다.

사형 선고를 받고 집행 시기를 모르는 죄수는 깨끗하게 씻은 목에 밧줄이 걸리는 순간보다, 자신을 데리러온 교도관을 기다리는 기나긴 시간에 온 정신을 빼앗기는 게 아닐까?

지금 그의 마음은 그야말로 사형수의 심경과 똑같았다.

메일은 오지 않았다.

오늘밤에도 역시.

그러는 사이에 그가 보낸 메일함에는 간절히 애원하는 메일이 헤아릴 수 없을 만큼 쌓여갔다.

그때 전화벨이 울렸다. 아사노는 잠시 전화기를 노려보았다.

눈도 깜빡이지 않고 망연히 쳐다본 다음, 천천히 손을 내밀며 수화기를 잡는 자신의 손을 바라보았다.

"네."

자신의 몽롱한 목소리가 멀리서 들렸다.

"뭐야? 있었나?"

수화기에서 약간 빠르고 생생한 목소리가 흘러나와 스펀지로 변한 그의 뇌로 스며들었다.

그는 공허하게 대답했다.

"아아, 히가시다 씨. 중국에서 벌써 돌아오셨나요?"

그 말에는 대답하지 않고 히가시다는 씩씩거리며 마구 떠들어 댔다.

"그쪽 은행의 한자와란 놈 말이야, 미친 거 아니야? 미키의 가게를 찾아내서 잠복하고 있었지 뭔가? 놈 때문에 거기서 무슨 꼴을 당했는지 알아? 망신도 그런 망신이 없었어. 경찰에 고소하고 싶은 걸 가까스로 참았다고!"

아사노는 큰 충격을 받았다.

"한자와가……. 하긴 여기저기서 문제를 일으키는 녀석이니까요."

"지금 그렇게 느긋하게 말할 때야? 은행의 회수 때문이라면 아사노 씨가 모르는 게 이상하잖아? 사람들 앞에서 그렇게 기세 좋게 큰소리를 치다니! 자기가 뭐라도 된 줄 아나 보더군. 아사노 씨, 도대체 그 녀석은 언제 전근 가지? 빨리 오사카에서 쫓아내!"

"그건 시간문제입니다."

업무통괄부의 기무라가 쓴 한자와 비판 보고서는 아사노가 예측한 내용과 똑같았고, 이미 인사부로 회부되었다. 이제 곧 인사부에서 어떻게 처리하는 게 좋을지 다짐이 올 것이다.

아사노는 힘없이 대답했다.

"조바심 낼 필요는 없습니다. 아무리 짖어봐야 녀석이 할 수 있는 일은 아무것도 없으니까요. 녀석도 조직의 무게를 견딜 수 없을 겁니다. 이제 얼마 안 남았습니다."

"그래? 그렇다면 알았어."

히가시다는 절반쯤 체념한 듯이 혀를 차더니, 중국에서 시찰한 내용을 늘어놓았다.

"아직까지 인프라에 관계된 건축, 토목, 철강 회사는 거의 진출하지 않았더군. 내가 예상한 대로 지금이 좋은 기회인 것만은 틀림없어. 다만 문제는 뇌물이야."

히가시다가 잠시 숨을 돌리고 말을 이었다.

"인프라는 정부 관할이잖나? 공무원이 뇌물을 요구하는 모양이야. 모든 건 그들을 얼마나 잘 조종하느냐에 달렸지. 다행히 지인을 통해 좋은 중국인을 하나 찾았으니까 별 문제 없을 거야. 회계 사무소도 정해서 계약금을 주고 정식 설립 절차에 들어가 달라고 부탁해놨어. 이제 시작이야."

"기대되는군요."

"왜 그래? 하나도 즐겁지 않은 말투잖아. 그 협박 메일 때문에 그래? 걱정할 필요 하나도 없다니까 그러네. 무슨 일이 생기면 중국으로 가면 되잖아. 앞으로는 중국이야, 중국!"

중국 쪽 일이 상당히 잘 되었는지, 한자와의 일로 분통을 터트린 다음에는 히가시다의 기분이 좋아 보였다. 중국에서 이미 성공을 거머쥔 듯한 말투였다.

"알겠습니다. 그때는 잘 부탁합니다."

아사노는 수화기를 내려놓으며 땅이 꺼져라 한숨을 쉬었다.

그날 밤에도 하나의 메일은 오지 않았다.

3

어쨌든 열심히 해…….

한자와는 그렇게 말하는 자기 자신에게 염증이 났다. 은행이라는 조직의 추한 부분이 그대로 자신의 말과 말투에 응축되어 있다는 생각이 들었다.

도마리가 오사카에 온 날 밤에 오랜만에 동기 네 명이 모였다.

무거운 공기가 자리를 가득 메웠다.

인사부에서 곤도에게 파견 근무를 타진한 것은 그 전날로, 이날 모임의 명목은 곤도의 위로회였다.

도마리와 한자와는 관심이 없는 것처럼 파견이라는 말을 가볍게 넘겼지만 그것이 오히려 곤도를 신경 쓰게 만들고, 가리타까지 끼어들어 감정이 뒤죽박죽되면서 분위기는 더욱 썰렁해졌다.

"너, 단독주택은 어떡할 거야?"

가리타가 조심스럽게 물었다.

"백지야, 백지. 어쩔 수 없지 뭐."

곤도는 오히려 후련한 얼굴로 말했다.

"어쩔 수 없다는 게 말이 돼? 나는 너 때문에 인사과 녀석들만 보면 창자가 뒤틀려 죽겠는데!"

도마리가 처음으로 분노를 입에 담고, '아뿔싸!' 했을 때는 기분이 깊은 늪 속으로 가라앉았다.

"이제 와서 이번 인사에 이러쿵저러쿵 말해봤자 소용없어. 은행은 원래 그런 곳이야. 그건 너희도 알잖아?"

그렇게 말한 사람은 가리타였다.

"가리타, 너도 길들여졌구나."

곤도의 파견 근무를 도저히 받아들일 수 없는지, 도마리는 여느 때와 달리 연신 빈정거렸다.

"그런 식으로 말하니까 인사부가 기어오르는 거야. 내 말 잘 들어. 인사부는 말이지, 도저히 받아들일 수 없는 곳으로 이동시켜서 우리를 시험하고 있어. 집을 사면 꼭 이사 가야 할 곳으로 전근을 보내지. 그런 건 일상다반사야. 새로 지은 집을 사택으로 몰수해서 생전 처음 보는 행원에게 빌려주고, 당사자는 멀리 있는 다른 사택에 살게 하고. 이런 게 말이 된다고 생각해? 이래선 중세시대의 초야권•이나 마찬가지잖아!"

"도마리, 말이 너무 지나쳐!"

평소보다 술 마시는 속도가 빠른 도마리의 소주잔을 빼앗으면서 한자와가 타이르듯 말했다. 술에 물을 많이 부어서 희석하고 있자 도마리가 멋대로 소주를 더 추가했다.

"뭐가 지나치다는 거야? 나는 은행을 평생직장이라고 생각했어. 지금은 그렇게 생각하지 않지만 어쨌든 일하고 있지. 그런데 당사자인 은행은 어때? 우리의 기대에 하나라도 부응을 해주고 있어? 우리의 30대를 돌아봐. 부실 채권을 처리하기 위해 밤새워 일하느라 녹초가 됐는데, 월급은 동결되고 보너스는 삭감되고. 처음에 들어왔을 때는 엘리트라고 다들 대단한 눈으로 봐줬는데, 이제 은행원이라고 하면 부러워하기는커녕 진절머리를 내는 사람이 많아. 도대체 우리 인생은 뭐였단 말이야!"

도마리는 피를 토하듯 말하더니 주먹으로 탁자를 내리쳤다. 그 모습을 보고 가리타의 입에서 "그건 네 말이 맞아"라는 중얼거림이 새어 나왔다.

도마리가 다시 말을 이었다.

"결국 우리 은행원의 인생은 처음에는 금도금이었지만 점점 금이 벗겨지면서 바닥이 드러나고, 마지막에는 비참하게 녹이 스는 것일지도 모르지."

곤도가 희미하게 웃으면서 대꾸했다.

• 중세 유럽의 영주처럼 일정한 권력을 가진 남자가 결혼 첫날밤에 신랑보다 먼저 신부와 동침할 수 있는 권리.

"참 서글픈 말이군. 나는 아직 녹슬고 싶지 않아. 모든 건 생각하기 나름이잖아? 나는 그렇게 생각해."

"그런 걸 타협이라고 말하지."

가리티의 야유를 한 귀로 흘려보내면서 곤도가 말했다.

"은행만이 전부는 아니야. 은행원만이 직업도 아니고. 은행의 가장 나쁜 점은 이 세상에서 은행이 제일이고 은행원이 아니면 먹고살 수 없다고 공포심을 부채질하는 거지. 그래서 나는 파견에 꿈을 맡기기로 했어. 이제는 은행원이 아니지만 한 회사를 위해 내부에서 공헌할 수 있으면 그걸로 충분하다고 생각해. 딱히 도금이 벗겨졌다고 생각하지 않아. 나는 이번 파견에 만족해."

한자와가 말을 삼키며 곤도를 보았다.

곤도는 별로 억울해하지도 않고 태연하게 말했다.

"솔직히 말해서 난 은행에 있는 한 더는 올라갈 수 없어. 아무리 병이 나았다고 해도 병에 걸렸었다는 경력을 지울 수 없으니까. 한 번 붙은 벌점은 영원히 없어지지 않지. 그렇다면 새로운 곳에서 제로부터 출발하는 게 낫지 않겠어? 그래서 오히려 잘됐다고 생각해. 그곳이 중소기업이라도 상관없어. 은행에서의 꿈은 너희들에게 맡길게."

은행이라는 조직은 어디나 벌점주의를 채택하고 있다. 이번 실적의 공은 다음 전근으로 사라지지만 벌점은 영원히 사라지지 않는다. 그런 특별한 회로가 작동하는 조직이 바로 은행이다. 그곳에 패자 부활 제도는 존재하지 않는다. 한 번 가라앉은 것은 두 번 다시 떠오르지 않는 토너먼트 방식이다. 그래서 한 번 가라앉은 것은 사라지는 수밖에 없다. 그것이 은행 회로다.

아무리 그래도…….

세상에서 은행을 어떻게 말하든, 그곳에 취직해서 열심히 일하는 사람들은 은행에 인생을 걸고 있다. 피라미드형 구조의 당연한 결과로써 승자가 있고 패자가 있다는 사실은 알고 있다. 하지만 그 패인이 무능한 상사의 지시에 있고 그것을 모르는 척하는 조직의 무책임함에 있다면, 이것은 한 사람의 인생에 대한 모독이라고 할 수 있지 않을까. 우리는 이런 조직을 위해 일하는 게 아니다. 이런 조직을 만들고 싶었던 것도 아니다.

세 사람의 가슴속에 있는 그런 생각들을 눈에 보이지 않는 막대기가 마구 휘저었다. 그 어색함에서 빠져나온 가리타가 치아를 드러내며 가볍게 웃었다.

"누구나 희망이 이루어지는 건 아니잖아? 어쩌면 한자와처럼 이렇다 할 만한 꿈이 없는 녀석이 가장 좋을지도 몰라."

도마리가 재빨리 말을 받았다.

"아무것도 모르면서 함부로 말하지 마. 한자와가 취직 면접을 볼 때 뭐라고 말했는지 모르지? 한자와, 네가 직접 말해줘."

"무슨 말이야? 내가 뭐라고 그랬는데?"

한자와는 웃으면서 대꾸했지만 가슴속에서 취직 면접장의 열기가 되살아나왔다.

거품이 하늘 높은 줄 모르고 솟구치고 있을 때, 은행의 좁은 문으로 쇄도한 학생은 헤아릴 수 없을 정도로 많았다. 여기에 있는 네 사람은 그 난관을 뚫고 나온 것이다.

도마리가 개구쟁이처럼 말했다.

"어느 면접장이었더라? 퍼시픽 호텔이었나? 내가 면접관을 기다리고 있을 때, 옆의 면접 부스에서 귀에 익은 목소리가 들리더군. 들은 적이 있어서 말하는 사람이 한자와라는 건 즉시 알았지. 그때 이 녀석……."

도마리는 갑자기 쿡쿡 웃으면서 한자와의 흉내를 냈다.

"저는 저희 아버지 회사를 도와준 은행에 진심으로 감사하고 있습니다. 언젠가 제 손으로 은행이라는 조직을 움직여서 사회에 공헌하고……."

세 사람의 입에서 비웃음에 가까운 웃음이 새어 나오자 한자와는 혀를 찼다.

"도마리, 그만해."

"뭐 어때? 난 그때 감동 먹었거든."

도마리는 개구쟁이처럼 웃으면서 한자와의 어깨에 손을 올려놓더니 부루퉁한 얼굴을 들여다보았다.

"그나저나 한자와, 채권 회수는 어떻게 됐어?"

곤도의 위로회는 11시경에 끝났다.

곤도를 배웅하고 한 시간이나 걸리는 우메다의 사택에 사는 가리타와 헤어진 뒤, 도마리가 2차 가자고 말했다. 한자와와 도마리는 힐튼 오사카에 있는 바로 들어갔다.

"너무 많이 마셨어. 네가 쓸데없는 말을 해서 그래."

한자와는 벌레라도 씹은 듯 얼굴을 찡그렸다.

"네 꿈 말이야? 그보다 멋진 이야기가 어디 있어? 나는 미담이라고 생각해."

"네가 말하면 허풍으로밖에 안 들려."

"누가 말해도 허풍으로밖에 안 들리거든. 그때 면접관이 누구였는지는 모르겠지만, 그런 허풍쟁이 학생을 잘도 합격시켰군."

웨이터가 가져온 술잔을 서로 부딪친 뒤, 도마리는 "그나저나……"라고 운을 띄우고 잠시 머뭇거렸다.

"내 인사 이야기야?"

도마리는 대답하지 않았다. 하지만 무슨 말인지 짐작이 갔다. 파견이다.

한자와는 술로 입술을 적시고 "젠장!"이라고 거칠게 말했다.

"아직 정해진 건 아니지만……."

도마리는 한순간 보였던 동정의 표정을 재빨리 지웠다.

"아직 정해진 건 아니야. 하지만 이대로 있으면 앞길은 불을 보듯 훤해. 너희 지점장은 여전히 네 경질을 요구하고 있고. 물론 책임 전가라는 걸 모르는 사람은 없지만 그걸 정면으로 지적할 수 있는 사람은 아무도 없어. 덧붙여서 말하면 증거도 없고. 표면적으로는 말이야. 너, 그걸 언제 내놓을 생각이야?"

한자와는 술잔을 손에 든 채 생각에 잠겼다.

"글쎄, 어떻게 하는 게 좋을까?"

"아사노는 뭐라는데?"

"울며불며 매달리고 있어. 완전히 필사적이야. 가여울 정도지. 매일 미친 듯이 메일을 보내. 한 번만 눈감아달라고, 돈이라면 얼마든지 주겠다고 말이야."

도마리는 공포에 가까운 감정을 눈동자에 담으며 침을 꿀꺽 삼켰다.

"차마 눈 뜨고 볼 수 없는 지경이겠군. 그래서 어떡할 거야?"

한자와는 술잔을 든 손에 힘을 주었다.

"난 기본적으로 성선설을 믿어. 상대가 선의를 가지고 호의를 보인다면 성심성의껏 대응해. 하지만 당하면 갚아주는 게 내 방식이야. 눈물을 삼키며 포기하지는 않아. 열 배로 갚아줄 거야. 그리고…… 짓눌러버릴 거야. 다시는 기어오르지 못하도록. 아사노에게 그걸 알려주겠어."

"그렇군."

한자와는 도마리에 눈에 깃든 한 줄기 공포를 못 본 척하고 술을 들이켰다.

4

당신이 해야 할 일은 한 가지밖에 없습니다. 은행과 부하직원들에게 자신의 죄를 인정하는 겁니다. 그리고 속죄하십시오. 다음 주 월요

일까지 유예기간을 주겠습니다. -하나

그날 밤 새벽 1시가 지나서 받은 하나의 메일을 보고 아사노의 마음은 갈기갈기 찢어졌다.

허공을 방황하던 시선이 벽의 달력으로 향했다. 다음 주 월요일이라고……? 내일, 아니 12시가 지났으니까 오늘인가? 어쨌든 오늘은 수요일. 그렇다면 이제 닷새밖에 남지 않았다.

그런데 이번 메일에서는 지금까지 볼 수 없었던 내용이 쓰여 있었다.

은행과 부하직원들…….

외부자라면 나오지 않을 말이 아닌가? 그러면 하나는 역시 지점 안의 사람인가?

메일에 시선을 고정한 채 물끄러미 쳐다보던 그의 머릿속에서 다시 범인 찾기가 시작되었다.

지점의 행원은 전부 마흔 명. 파트타임 직원을 포함한 인원수다.

하나는 그중의 한 사람이 아닐까?

아사노는 신중하게 부하직원의 얼굴을 한 명 한 명 떠올렸다.

수면부족과 정신적 피로로 너덜너덜해진 뇌를 가까스로 달래며, 시간이 지나는 것도 개의치 않고 오직 하나를 생각했다. 정신적 피로로 인해 잠시 방심하면 몇 번이나 똑같은 일을 생각해야 했지만, 그래도 사고는 점차 집약되어서 한 얼굴에 도착했다.

한자와다.

확실한 근거가 있는 것은 아니다. 하지만 이렇게까지 자신을 괴롭힐 사람은 한자와 말고 있을 수 없다. 수법은 교묘해서 꼬리를 드러내지 않는다. 분노가 치밀긴 하지만 하나는 냉혹하고 인정도 없으며, 자신에게 보내는 메일은 모두 철저하게 계산되어 있었다. 결코 상대를 알아낼 수 없도록 해놓은 것이다.

그 순간, 그는 깨달았다.

하나—아마 한자와겠지만—는 이번 메일을 일부러 이런 내용으로 보낸 게 아닐까?

자신이 누구인지 단서를 남기기 위해, 안개처럼 어렴풋한 세계에 일부러 한 줄기 이정표를 보여준 게 아닐까?

다다다다닥! 온몸에 가느다란 소름이 돋았다.

상대가 한자와라면, 정말로 그렇다면 그의 미래는 한자와의 손에 잡힌 것이나 다름없다. 지금까지 한자와와 나눈 대화를 떠올린 순간, 조바심과 절망이 서서히 커지면서 뜨거운 마그마의 묵직한 감촉이 위를 적시기 시작했다.

잠이 오지 않았다. 아니, 잠을 잘 때가 아니었다.

한자와, 한자와, 그 한자와가……. 그 얼굴이 뇌리에 수도 없이 떠오르고, 눈을 감으면 눈꺼풀에 달라붙었다.

아니다. 아직 한자와라고 정해진 게 아니지 않는가! 그렇게 생각해보았지만 공포로 온몸이 오그라들고 두려움이 파고들어서 스스로를 억제할 수 없었다.

그는 잠시도 눈을 붙이지 못한 채 새벽을 맞이했다. 그리고 아침 8시 반이 되기를 기다렸다가 지점에 전화를 걸었다.

"부지점장인가? 미안하지만 몸이 좀 안 좋아서 오늘은 쉬겠네."

"지점장님, 괜찮으세요? 병원에 가신다면 차를 댁으로 보낼까요?"

자신을 걱정하는 에지마의 말에도 그는 헐떡이듯 대답할 수밖에 없었다. 꾀병이 아니라 바야흐로 진짜 환자에 가까웠다.

닫아놓은 커튼 너머로 밝은 햇살이 새어 들어왔다. 하지만 그 빛의 미립자는 지금 마음의 망막에는 닿지 않았다.

메일의 내용이 끊임없이 그의 뇌리에 되살아났다.

기한은 다음 주 월요일…….

머리의 어딘가에서 달칵 하는 소리가 나면서 시한폭탄의 스위치가 켜졌다. 시한폭탄이 새기는 시간은 묵직한 추를 매달고 그의 마음을 깊은 어둠의 세계로 끌고 들어갔다.

다음 날 아침, 아사노는 오전 8시 반에 출근하여 미결재함에 산더미처럼 쌓여 있는 품의서를 보고 깊은 한숨을 내쉬었다. 몸도 마음도 무겁다. 조례 때의 실적 발표도, 어제 쉬었던 사이에 일어난 일을 보고하는 에지마의 말도 아무런 의미를 이루지 못하는 소리의 나열에 불과했다. 모든 것이 귀찮고 어떻게 되어도 상관없었다. 지금 그의 신경은 가느다란 털 하나 정도로 간신히 이어져 있는 상태였다. 엘리트 의식도 특권 의식도 손톱만큼도 남아 있지 않았다. 한 달 전과 지금의 정신적인 간극은 세계 최대의 폭포 꼭대기와 밑바닥만큼 차이가 있었다.

온몸이 무겁고 구토증이 났다.

"지점장님, 안색이 안 좋으세요. 괜찮으신가요?"

이사노는 자신을 걱정하는 에지마를 향해 괜찮다는 뜻으로 왼손을 살짝 들었다. 지점장 자리에서 조금 떨어진 곳에 융자과장 자리가 있었다. 그쪽을 보지 않으려고 했지만 느닷없이 솟구친 웃음소리를 듣고 자신도 모르게 시선을 들었다.

융자과의 아침 회의가 열리고 있었다. 그곳에는 보고 싶지 않은 얼굴이 있었다. 한자와다. 바야흐로 — 어쩌면. 아니, 상당히 높은 확률로 — 자신의 미래를 한 손에 쥐고 있는 사람이다. 한자와가 아사노의 시선을 알아차렸는지, 차가운 눈길로 뒤를 돌아보았다.

서부오사카철강의 계획을 실행으로 옮긴 이후, 한자와와의 신뢰 관계는 완전히 무너졌다.

신뢰 관계를 무너뜨린 사람은 자기 자신이다. 하지만 한자와는 지점장인 자신의 괴롭힘에 풀이 죽기는커녕 강력하게 반발했다. 아사노는 그것을 용서할 수 없었다. 이유와 원인이 무엇이든 상사인 자신에게 반항하는 태도가 마음에 들지 않았다. 죽으라고 하면 찍소리도 하지 않고 죽는다, 나를 대신해 책임을 지라고 하면 눈물을 삼키며 체념한다……. 아사노는 그런 부하직원밖에 몰랐고 그 이외의 부하직원은 원하지도 않았다.

그는 한자와의 반발을 자신에 대한 도전으로 받아들여 온갖 방법을 동원해서 한자와를 괴롭혔다. 아무런 이유도 없이 품의서를 반려하고, 융자과장으로서 너무나 무능력하다고 틈만 있으면 옛 친정인 인사부에 가서 헐뜯었다. 그런데…….

하나는…… 네 녀석이냐?

아사노는 지금 당장 한자와를 불러서 그렇게 캐묻고 싶은 충동에 휩싸였다.

메일로 용서해달라고 애원한 것에 견딜 수 없는 자기혐오를 느꼈다. 한자와가 다시 아사노 쪽을 힐끔 쳐다보았다. 이번에는 완전히 무시하는 시선이었다. 재미있어 하는 것 같기도 하고 협박하는 것 같기도 했다. 생각 탓일까?

이 녀석. 겨우 융자과장 주제에 감히 나한테 덤비다니! 적반하장과 비슷한 감정이 생겨나고 자존심이 고개를 내밀면서, 만약 하나가 고발하면 어떻게 될지 잊어버릴 뻔했다.

하지만 아슬아슬한 곳에서 생각을 멈추었다. 아내와 아이들의 우는 얼굴이 눈꺼풀에 떠올랐기 때문이다. 생각지도 못한 일에 눈시울이 뜨거워졌다.

내가 지금…… 울고 있는 건가?

다음 순간, 그는 기세가 꺾이면서 가눌 수 없는 불안에 휩싸였다. 위가 뒤집어지면서 정말로 구토증이 솟구쳤다. 그는 황급히 자리에서 일어서서 화장실로 달려갔다.

먹은 것이 별로 없어서 뱃속에서 나온 것은 샛노란 위액뿐이었다. 눈에 눈물이 고이면서 그의 마음은 다시 칠흑 같은 어둠속으로 빨려 들어갔다. 시야에서 색채가 튕겨나가면서 거센 물결과 같이 흘러갔다. 그러는 사이에도 그의 시한폭탄은 재깍재깍 시간을 새겨나갔다. 그 폭탄에는 드라마에 자주 등장하는 빨강과 파랑의 니크롬선이 이어져 있지 않았다. 결국 오른쪽이냐 왼쪽이냐의 도박에서 이기면 아무 일도 없었던 것처럼 바늘이 멈춘다는 이야기는 없다. 만약 그런 것이 있으면 어느 한쪽을 재빨리 끊어서, 지금 당장 살든지 죽든지 결정할 것이다. 하지만 그에게는 그것조차 허용되지 않았다.

정해진 시간까지 철저하게 괴롭히는 것도 하나가 계산해놓은 악의라는 사실을 깨달았다.

"한자와, 너냐?"

거울에 비친 자신의 창백한 얼굴을 바라보면서 아사노는 나지막하게 중얼거렸다. 입술 사이에서 멋대로 흘러나온 말은 허공에서 춤추는 먼지처럼 고막의 끝에 걸렸다가 어딘가로 사라졌다.

5

히가시다를 감시하고 있던 다케시타로부터 그날, 즉 금요일 오후 늦게 한자와의 휴대폰으로 연락이 들어왔다.

착신 화면에서 다케시타의 이름을 보고, 한자와는 자리에서 일어나 아무도 없는 회의실에서 재빨리 전화를 걸었다. 전화선을 타고 들리는 다케시타의 목소리는 피곤으로 갈라졌으면서도 흥분으로 인해 들떠 있었다.

"재미있는 사실을 알아냈네!"

다케시타는 그렇게 말하더니 "오늘 밤 시간 있나?"라고 물었다.

두 사람은 난바 역 앞에서 7시에 만나기로 약속하고 전화를 끊었다. 한자와는 그날 일을 재빨리 정리하고 지점에서 걸어서 1분 걸리는 지하철역을 향해 황급히 걸어갔다.

다케시타는 먼저 와서 기다리다가 한자와를 보자마자 가볍게 오른손을 들고 말없이 우나기다니 방향으로 발길을 옮겼다.

이 지역은 사람이 많지 않지만 은신처 같은 재미있는 가게가 많이 있었다. 다케시타는 단골로 보이는 작은 요리점의 포렴을 헤치고 들어갔다. 카운터와 다다미방이 세 개밖에 없는 작은 가게였다. 두 사람은 안쪽 다다미방으로 들어가 테이블을 사이에 두고 마주앉았다.

다케시타는 자리에 앉자마자 "이것 좀 보게"라고 말하면서 가방에서 꺼낸 사진 몇 장을 한자와에게 보여주었다.

"사장님의 특기인 사진인가요? 무슨 좋은 사진이라도…….'"

한자와는 말을 하다가 흠칫 놀라며 입을 다물었다.

"어때? 자네도 놀랐지? 어젯밤에 찍었어."

한자와가 고개를 들자 다케시타는 장난에 성공한 개구쟁이처럼 히쭉 웃었다.

사진에 있는 사람은 커플이었다.

여자는 누구인지 즉시 알 수 있었다. 히가시다의 여자다. 그리고 옆에 있는 남자도 본 적이 있었다.

"이타바시야. 기억하지? 아야메이케에 사는 도산한 아와지철강의 사장. 히가시다와 한통속인 그 사장 말이야."

"그 이타바시가 히가시다의 여자와……?"

첫 번째 사진의 배경은 네온사인이 반짝거리는 밤거리였다. 다케시타가 신치라고 설명했지만 색채가 뿌예서 정확히 알 수 없었다. 두 번째 사진은 호텔 거리였다. 손을 잡고 호텔로 들어가는 두 사람이 선명하게 찍혀 있었다. 다케시타의 솜씨는 상당해서, 이타바시의 히죽거리는 표정까지 고스란히 전해졌다.

"이 인간들, 그렇고 그런 사이야. 히가시다는 당연히 모르겠지. 만약 알았다면 그 성질머리에 여자나 이놈을 가만히 두겠어? 이런 사실을 안다면 여자는 몰라도 이타바시는 반죽음을 만들어 놨겠지."

맥주가 나오자 다케시타는 사진을 가방 안에 넣고 일단 건배를 제의했다. 그리고 주문을 받으러 온 종업원에게 두세 가지 안주를 주문한 다음, "일단 그것만 줘. 나머지는 한 사람이 더 오면 주문할게"라고 말했다.

"또 누가 와요?"

한자와가 그렇게 묻자 다케시타는 지금이라도 웃음을 터트릴 듯한 표정을 지었다.

"이타바시가 올 거야. 아까 전화해서 여기로 오라고 했거든."

"사진에 대해서 말했나요?"

한자와가 깜짝 놀라며 물었다.

"넌지시 암시했을 뿐이야. 그것만으로도 당황해서 어쩔 줄을 모르더군. 전화기를 떨어뜨렸을 정도로 말이야."

다케시타는 손목시계를 슬쩍 쳐다보면서 덧붙였다.

"7시 반에 만나기로 했으니까 이제 곧 올 거야. 간만에 좋은 구경을 해볼까?"

다케시타의 말이 끝나기도 전에 입구의 유리문이 시끄럽게 열리더니 한 남자가 헐레벌떡 뛰어들었다. "어서 오십시오"라는 주인장의 말에 대답도 하지 않고, 쿵쾅쿵쾅 하는 발소리가 들렸다.

"여어, 왔나? 일단 앉게."

다케시타가 방석을 권해도 이타바시의 표정은 딱딱하게 굳어 있었다. 눈은 점처럼 오그라들고 눈구멍 안쪽이 가늘게 떨렸다.

"이타바시 씨, 일단 앉는 게 어때?"

다케시타가 다시 말하자 이타바시는 아무렇게나 신발을 벗고 들어왔다.

"미, 미키에 대해 할 말이 있다니. 그게 무슨 말이죠?"

"그렇게 조바심 낼 거 없어. 지금부터 천천히 말해줄 테니까. 일단 이거나 받게."

이타바시는 다케시타가 내민 컵을 순순히 받았다. 그리고 다케시타가 따라준 맥주를 절반쯤 마시고 손등으로 입을 닦았다.

"안주는 뭐로 하겠나?"

다케시타는 이타바시의 당황한 모습을 즐기듯 "필요 없어요" 라는 대답에도 아랑곳하지 않고 고기감자조림을 하나 주문했다.

"이럴 땐 사양하지 말고 마음껏 먹으면 되네."

"사람 그만 놀려요! 일부러 여기까지 오라고 해놓고 계속 딴청을 부릴 건가요?"

이타바시가 거칠게 대들었다. 소심한 남자라는 점은 태도를 보면 알 수 있었다. 한자와는 그의 모습을 뚫어지게 바라보았다. 히가시다의 여자와 어디서 어떻게 이어졌는지 모르겠지만, 여자를 유혹할 정도의 머리는 있는 모양이다.

"그렇게 급한가? 나중에 천천히 말하려 했는데, 지금 모습을 보니 음식이 목에 넘어가지 않겠군."

다케시타는 천천히 가방을 열더니, 안에서 조금 전의 사진을 꺼내 보여주었다.

이타바시는 안타까울 정도로 낭패한 모습을 보였다. 사진 든 손을 덜덜 떨다가 옆에 있는 컵을 넘어뜨려 바지를 적실 정도였다. 그래도 입술을 바들바들 떨면서 자신이 찍힌 사진에서 눈을 떼지 않았다.

다케시타가 빈정거리기 시작했다.

"이타바시 씨, 당신도 보통이 아니더군. 이거, 히가시다의 여자지? 히가시다는 알고 있나? 당신은 히가시다에게 은혜를 입었잖아? 계획도산을 거들어서 히가시다와 친한 건 알고 있었는데 히가시다의 여자와도 이렇게 사이가 좋은 줄은 몰랐군그래."

"그, 그만해요! 이런 짓을 해도 된다고 생각하세요?"

엉뚱한 것을 꼬투리 잡아 반박하는 이타바시에게 다케시타는 비웃음으로 대꾸했다.

"나쁜 놈과 한패가 돼서 많은 사람들에게 피해를 끼쳐놓고 뭐가 어째? 당신 같은 사람이 그런 말을 할 자격이 있어? 있으면 말해봐!"

"무, 무슨 말이에요? 아까부터 듣자 하니 나쁜 놈이라는 둥 계획도산이라는 둥."

"어설픈 연극은 그만하지. 다 알고 있으니까."

"다, 당신. 목적이 뭐야? 돈이야? 돈이라면 없어. 진짜야."

이타바시의 당황한 모습과 반대로 다케시타는 느긋하게 대답했다.

"목적 같은 건 없어. 난 그저 이 사진을 히가시다에게 보내주려는 것뿐이야. 그 전에 예전 동업자란 인연을 생각해서 특별히 미리 알려주는 것뿐이고."

"그럴 수가……. 그건 안 돼요!"

이타바시는 안타까울 만큼 당황하더니, 순식간에 얼굴에서 핏기가 사라졌다.

"그렇게 하면 나는……."

"곤란한가?"

대답은 돌아오지 않았다. 그 태도를 보고 다케시타가 큰 소리로 다그쳤다.

"확실히 말해! 그러면 곤란하냐고!"

"고, 곤란해요. 미키와의 관계가 알려지면……."

"언제부터 이렇게 됐지?"

"언제부터라니……."

"말해봐. 경우에 따라서는 그냥 넘어가줄 수도 있어."

이타바시가 무거운 입을 열었다.

"미키와의 관계는 1년쯤 되었어요. 히가시다 씨에게는 돈이 있지만 그것뿐이라고 해서 관계를 가지게 되었지요. 미키가 워낙 외로움을 많이 타거든요."

말도 안 되는 변명을 늘어놓아서 한자와는 자기도 모르게 웃음을 터트렸다. 외로운 여자를 위로해준, 너무도 다정한 남자가 말을 이었다.

"우리 회사가 망할 뻔했을 때 히가시다 씨가 도와줬는데, 그것도 미키가 넌지시 다리를 놔줬기 때문이에요."

다케시타가 협박하듯이 말했다.

"그렇다면 이런 관계가 들키면 곤란하겠네. 그나저나 당신 이야기를 들어도 어떻게 해야 할지 판단이 안 서는군. 한자와 씨. 어떻게 할까? 그냥 히가시다에게 팍 터트릴까?"

"그, 그러면 안 돼요!"

이타바시는 뒤로 물러서자 무릎을 꿇고 고개를 조아렸다.

"이렇게 부탁할게요. 제발 그쪽에는 알리지 마세요. 부탁해요. 다케시타 씨, 평생 은인으로 모실게요."

"어떡할까?"

한자와는 정수리가 벗겨진 남자의 간절한 시선에 구토증을 느끼면서 대답했다.

"한 가지 조건이 있어. 뉴욕하버증권에 있는 히가시다의 자세한 자산 상황을 알고 싶어. 명세표를 가져오면 이 건은 덮어주지."

이타바시의 얼굴에 당황하는 기색이 역력했다.

"잠깐만요. 제가 그런 걸 어떻게 가져와요? 아무리 가까워도 히가시다 씨의 자산명세표 같은 건……."

원래 징징거리는 경영자를 싫어하는 한자와가 거칠게 말했다.

"여자가 있잖아! 여자를 이용해서 조사하게 만들어. 이타바시 씨, 머리를 써, 머리를! 그러니까 회사도 못 지키고 도산하지."

이타바시가 겁먹은 강아지 같은 눈길로 말했다.

"그, 그런데 당신들, 그걸 압류할 생각이지요? 그러면 제 미래도 없어져요."

그러자 다케시타의 입에서 날벼락이 떨어졌다.

"당신, 바보야? 히가시다와 같이 체포되고 싶냐고!"

"체, 체포요?"

이타바시의 눈에 공포가 내달렸다. 그와 동시에 한 줄기 의혹도 깃들었다. 다케시타가 허세를 부리고 있을지도 모른다고 의심하는 눈이다.

"히가시다가 한 짓은 명백한 사기야. 증거도 있지. 이제 곧 그걸 고발할 생각이야. 우리가 시키는 대로 한다면 당신에겐 나쁘게 하지 않겠어. 재판에서도 증언해주지. 잠시 머리를 식히고 어떻게 하는 게 현명한 일인지 생각해봐. 히가시다에겐 이제 도망갈 곳이 없어. 과연 어느 쪽에 붙는 게 이득일까? 그 정도는 당신도 알고 있겠지?"

이타바시는 경악한 표정을 지으며 한동안 아무 말도 하지 못했다.

7장

수족관 구경

1

일요일. 한자와는 다케시타와 같이 오사카 역 앞에 있는 힐튼 오사카의 2층 바에 있었다. 한자와가 자주 이용하는 곳이다. 내부는 넓고 의자도 편했다. 옆의 테이블과 적당히 떨어져 있어서 대화가 들릴 우려도 없다. 술도 맛있다.

"그쪽 지점장은 어떤가?"

다케시타는 그렇게 묻더니 심술궂게 웃었다.

한자와는 어깨가 흔들릴 만큼 크게 웃으면서 대답했다.

"자업자득입니다. 금방이라도 숨이 넘어갈 것 같더군요. 점심때가 지나서 메일을 보냈는데 지금까지 답장은 없습니다."

"아무리 그래도 상사잖아? 좀 더 정중히 대하는 게 어때?"

"물론 정중히 대하고 있습니다. 철저하게 말이죠."

"그게 예의라는 건가?"

다케시타는 소리를 내어 웃다가 도중에 웃음을 끊었다.

"왔네."

이타바시다. 이타바시는 넓은 실내를 두리번거리다가 오른손을 든 다케시타를 알아보고 종종걸음으로 다가왔다.

"거기 앉게."

반소매 셔츠와 바지 차림의 이타바시에게 빈자리를 권한 뒤, 다케시타는 단도직입적으로 물었다.

"그래서 어떻게 됐나?"

"미키에게 말했어요. 그 애도 상당히 괴로워했지만 결국 이해해주었지요."

이타바시의 표정은 더할 수 없이 심각했다. 여자에 대해서 말할 때만, 나긋나긋하게 말하는 모습이 우스꽝스러웠다.

"그래서?"

이타바시는 무릎 위에 있던 갈색봉투를 테이블 위에 놓았다. 한자와가 봉투를 들고 안의 서류를 꺼냈다.

뉴욕하버증권이 히가시다에게 발행한 잔고 증명서의 복사본이었다. 이것만 있으면 운용상황과 잔고를 알 수 있다.

복사본은 두 장.

"이게 전부래요."

누가 들을 리도 없는데 이타바시는 목소리를 낮추었다.

"히가시다가 집을 비운 사이에 미키가 복사해줬어요. 이 증권회사에서 돈을 맡기는 게 좋다고 은행 지점장이 가르쳐줬대요. 히가시다는 그대로 따랐을 뿐이라더군요."

다케시타가 물었다.

"정말로 이게 전부야? 이것 말고는 없겠지?"

"히가시다가 지금 사는 집에 가지고 있는 서류는 그게 전부래요. 미키 말에 따르면 부인이 사는 집에 돈이 어느 정도 있는 것 같은데, 그렇게 많지는 않을 거라고 하더군요."

용무가 끝나도 이타바시는 즉시 일어서지 않고 몸을 앞으로 내밀었다.

"다케시타 사장님, 한자와 씨, 제발 부탁해요. 이걸로 눈감아 주실 수 없을까요? 이제 저는 히가시다와 상관없는 걸로 해주십시오."

"눈감아줄지 말지는 결과에 따라서 다르지. 잘되면 그때 생각해볼게."

다케시타가 차갑게 말했다.

"너, 너무해요! 얘기가 다르잖아요? 이것만 갖다 주면 저와 미키는 벌을 받지 않게 해준다고 하셨잖아요?"

한자와가 옆에서 말했다.

"여자는 처음부터 아무 관계가 없어. 문제는 당신이야."

"제발 부탁해요. 한 번만 봐주십시오. 이제 히가시다를 따라다니는 것도 싫습니다. 전 그냥 미키와 둘이 조용히 살기로 했어요. 그런데 그렇게 말씀하시면 꿈도 희망도 없잖아요?"

다케시타가 다시 야멸차게 말했다.

"이봐, 뭔가 착각하는 거 아니야? 꿈도 희망도 없는 건 이쪽이야! 아무튼 이걸로 일이 잘돼서 우리가 손해 본 걸 전부 만회할 수 있다면, 그때는 당신을 용서해줄 수 있어. 문제는 지금부터야. 달랑 복사 두 장으로 책임을 피하려고 하다니, 당신도 경영자라면 세상이 그렇게 만만치 않다는 건 알아둬! 알았어?"

이타바시는 온몸의 기운이 빠진 모습으로 풀썩 고개를 떨구었다.

그런 이타바시를 노려보며 한자와가 못을 박았다.

"이건 다른 데서 말하면 안 돼. 만약 히가시다에게 말하면 당신을 철저하게 파멸시켜주겠어. 알겠지?"

"아, 알겠습니다. 제가 어떻게 히가시다에게 말하겠어요? 미키에게도 확실하게 말해둘게요. 그런데 그 자산은 압류할 거 아닌가요? 그러면 그 자료를 누가 밖으로 흘렸는지 들키지 않을까요?"

"이봐, 히가시다가 그렇게 무서워? 이거야 원, 정말 한심하군. 당신 여자 말이야, 히가시다와 잤지?"

다케시타가 코끝으로 비웃자 이타바시의 안색이 달라졌다.

"아닙니다! 미키는 그런 여자가 아니에요! 히가시다와 육체관계는 없어요. 다만 집에 가서 술시중을 드는 것뿐이라고요!"

"그 집에서 자기도 하잖아?"

"아니라니까요!"

이 세상에 이렇게 멍청한 인간이 있다니! 이 자료를 넘겨준 것을 보면 미키라는 여자도 슬슬 히가시다와 관계를 끊으려고 하는지도 모르겠다. 이타바시는 아무것도 모르지만 보통 여자가 아니다.

"과연 그럴까? 흥!"

고개를 옆으로 돌린 다케시타를 대신해서 한자와가 말했다.

"정보를 누가 주었는지 히가시다가 어떻게 알겠어? 아무튼 여자는 잘 입막음해둬."

"그때까지 저는 어떻게 하면 될까요?"

이타바시가 불안한 표정으로 물었다.

"평소처럼 행동하면 돼. 그때가 오면 알 거야. 그러면……."

"그러면?"

"여자를 데리고 도망쳐."

이타바시는 한순간 아연한 표정으로 한자와를 보더니, "감사합니다"라고 인사를 하고 황급히 자리를 떴다.

"정말 찌질한 놈이군. 그나저나 한자와 씨, 저 녀석을 그냥 놔둬도 되겠나?"

"어차피 피라미인데요 뭐."

한자와는 그렇게 말하고 이타바시가 가져온 자료의 숫자를 확인했다. 잔고는 약 10억 엔으로 되어 있다.

"언제 할 건가?"

"내일이요. 즉시 가압류를 신청하겠습니다."

"좋았어. 드디어 시작이군."

"다케시타금속의 채권도 같이 회수하겠습니다."

"그래도 되나?"

"물론입니다."

두 사람은 얼굴을 마주보고 회심의 미소를 지었다.

"채권 회수를 위하여!"

다케시타가 내민 맥주잔에 한자와가 진토닉 잔을 부딪쳤다.

2

투명한 수조 안쪽에서 말미잘의 가느다란 더듬이가 물속을 떠다녔다. 수많은 사람들의 눈길을 받으면서 마치 실체가 없는 것을 잡으려고 발버둥치는 것처럼 보였다.

그것을 보면서 아사노는 생각했다. 저 말미잘, 지금의 내 모습과 똑같군…….

눈의 초점을 옮기자 심각한 표정으로 수조를 들여다보는 자신의 얼굴과 마주쳤다.

가족들과 같이 수족관에 왔다. 아이들은 몹시 들뜬 것 같았다. 아들은 잠시도 아사노의 손을 놓지 않고, 딸은 그런 동생을 보고 "응석꾸러기"라고 놀리면서도 즐거워 보였다.

"아빠, 빨리 고래상어 보러 가!"

"순서대로 봐야지, 레오는 응석꾸러기라니까."

딸이 아사노의 손을 잡아당기는 아들의 머리를 쿡쿡 찔렀다.

"아야야!"

그러자 아내가 말했다.

“사오리. 너도 응석꾸러기잖아. 아까부터 아빠 옆에만 딱 달라붙어 있으면서.”

“내가 언제?”

부루퉁한 표정을 짓는 딸을 보면서 아내가 웃음을 지었다.

“하여간 못 말린다니까.”

괴로웠다.

가족의 존재가 이렇게 무겁고 이렇게 마음을 짓누른 적은 처음이었다.

나는 너희들의 아빠 자격이 없다.

“아빠. 빨리 와! 빨리!”

초등학교 2학년생 아들이 아사노를 불렀다. 아사노를 좋아해서 항상 “우리 아빠 최고!”라고 말한다. 아내가 아들에게 좋은 말만 하는지, 아들은 학교에서나 집에서나 항상 아사노를 세상에서 제일 존경한다고 말한다.

“아빠. 요전에 사회 시험을 잘 봤어요.”

딸이 걸으면서 은근슬쩍 자신의 근황을 이야기했다.

“항상 그러면 좋을 텐데.”

아내가 끼어들자 딸은 “엄마는 좀 빠져!”라고 말하며 웃었다.

“다음에도 열심히 할 거예요.”

“그래. 꼭 아빠만큼 열심히 해야 돼.”

아사노는 천장을 올려다보았다. 심장이 쿵쾅쿵쾅 소리를 내고 얼굴에서 핏기가 사라졌다. 손바닥에 차가운 땀이 축축이 배어

나왔다.

가족 단위의 손님이 많은 이 시끌벅적한 수족관은 아사노가 지점장으로 있는 지점의 구역 안에 있었다.

끝없이 이어질 것만 같은 철강 도매업 거리를 빠져나와 오사카 항구와 마주한 덴포 산에 있는 거대한 위락시설이다.

여기까지 오는 동안 "이 주변이 아빠가 맡은 지역이래"라고 조수석의 아내가 설명했지만 "흐음"이라는 둥 "그래?"라는 둥 아이들의 반응은 뜨뜻미지근했다.

하긴 아이들이 철강 도매업 거리에 관심을 가질 리가 만무하다.

오사카의 중심지에서 항만을 향해 펼쳐 있는 스산한 도시다. 그 살벌한 광경은 앞 유리창의 안쪽에서 핸들을 잡고 있는 아사노의 마음까지 잠식했다.

아이들이 물고기를 보고 웃음을 터트렸다. 아이들의 천진난만한 웃음소리는 마치 아사노의 부정을 비난하는 것처럼 들렸다.

그때 아내가 작은 목소리로 말을 걸었다.

"당신, 괜찮아? 안색이 안 좋아 보여. 어디 아픈 거 아니야?"

"아냐……. 괜찮아."

아사노는 가까스로 대답했다.

"그래……."

아내의 얼굴에 그늘이 드리웠다. 위가 뒤틀렸다. 그런 일만 없었다면 아내에게 밝게 웃어줄 수 있을 텐데. 지금의 아사노는 너무나 크고 무거운 짐을 짊어지고 있어서, 자신의 의지와는 반대로 차가운 태도밖에 보여줄 수 없었다.

아내는 어쩌면 아사노의 마음속에 숨어 있는 비밀을 알아차렸을지도 모른다.

지금 아사노의 머릿속은 의심지옥으로 가득 차 있었다.

그 상황이 그를 더욱 궁지로 몰아넣으면서 영혼을 쥐어짜고, 한편으로는 지긋지긋하다는 생각이 들게 만들었다.

"난 애들 보내고 하루 더 있다 가면 안 될까?"

아내가 그렇게 말한 것은 오후 3시가 지난 시각이었다. 걷다가 지쳐 카페에서 빈자리를 발견하고 둘이 앉았을 때였다. 아이들은 상어를 보러 갔다.

메뉴판을 보고 있던 아사노는 마음속에 차가운 얼음이 흘러들어왔음을 느끼고 고개를 들었다. 아내가 진지한 눈길로 그를 보고 있었다.

"걱정되어서 안 되겠어."

"뭐가?"

"당신 말이야."

"무슨 뜻이야?"

씁쓸함이 가슴 가득 퍼져 나갔다. 그와 동시에 모든 게 귀찮다는 생각이 들었다. 아이들 앞에서 간신히 억누르고 있던 불안과 공포가 얼굴에 배어나오기 시작했다. 아내의 표정이 흐려지면서 "당신, 괜찮아?"라고 물었다.

그는 공허한 눈으로 대답했다.

"괜찮고말고."

"엄마에게 물었더니 아이들을 봐주시겠대. 아까 전화로 부탁해뒀어. 신오사카 역에서 신칸센에 태워 보내면 도쿄 역으로 데리러 나오시겠대."

"당신 멋대로……."

"미안해. 하지만 하루만 더 있게 해줘. 부탁이야."

"마음대로 해."

아사노는 그렇게 말한 뒤, 아직 무엇을 주문할지 정하지도 않았으면서 손을 들어 종업원을 불렀다.

하나가 말한 기한은 내일이다.

어쩌면 오늘밤에 메일이 오는 게 아닐까? 아니면 지금쯤 와 있는 게 아닐까? 그리고 자신의 연락을 기다리는 게 아닐까?

그렇게 생각하자 조바심이 목구멍까지 솟구쳤다. 지금 그는 인생의 최대 기로에 서 있었다. 가족들과 웃고 떠들 때가 아니다. 당장이라도 컴퓨터 앞으로 달려가고 싶었다. 컴퓨터 앞에서 하나와 거래하고 싶었다.

저녁때 만석에 가까운 신칸센에 아이들을 태워 보낸 뒤, 아사노는 우메다에서 아내와 함께 식사를 했다. 그리고 "아직 일이 좀 남아서 가봐야 돼"라고 말한 뒤, 아내 혼자 호텔에 남겨두고 지점장 사택으로 돌아왔다.

그리고 컴퓨터가 있는 방으로 허둥지둥 뛰어들자마자 윗도리도 벗지 않고 컴퓨터의 스위치를 켰다.

인터넷에 접속하자 메일이 몇 통 들어와 있었다. 보낸 사람 중 한 명의 이름을 보고 아사노의 심장이 덜컹 내려앉았다.

하나다.

각오는 되었나? 지점장, 이제 당신 인생은 끝이야.

메일이 도착한 시간은 오후 6시 40분.

"염병할!"

아사노가 혀를 차며 욕설을 쏟아냈다. 수족관에 있는 사이에 메일이 도착한 것이다. 지금은 이미 저녁 8시다.

황급히 답장을 보냈다.

낮에 잠시 외출해서 메일을 지금 막 보았습니다. 시키는 대로 하겠습니다. 구체적으로 어떻게 하면 되는지 가르쳐주시겠습니까? 또한 가능하면 대화할 수 있는 자리를 만들어주십시오. 부디 검토해주시기 바랍니다.

보내기 버튼을 눌렀다. 모니터 화면에 송신 완료 표시가 나타나더니 잠시 후에 사라졌다. 아사노는 크게 심호흡을 하고 의자에 등을 기댔다.

아내에게는 일이 늦게 끝나서 호텔로 돌아가지 못할 수도 있다고 말해놓았다. 샤워를 하고 커피를 타서 컴퓨터 앞에 자리를 잡았다. 처음부터 호텔로 돌아갈 생각은 없었다. 오늘 밤이 승부의 고비다.

하지만 답장은 좀처럼 오지 않았다.

내일은 하나가 말했던 기한이다. 이걸로 끝인가? 아니면 아직 희망이 있는가.

날카로운 발톱이 가슴을 움켜쥔 것처럼 심장이 조여들었다. 메일을 기다리는 동안 그의 마음은 점차 거칠게 갈라지며 억제할 수 없는 불안에 시달리기 시작했다.

30분이 지나고 한 시간이 지났다.

왜지? 왜 답장이 없는 거지? 그는 대답 없는 질문을 반복했다. 내 메일 같은 건 아무 상관이 없는가? 아니면 답장을 늦게 보내서 화가 난 것일까?

하지만……. 그로부터 두 시간이 지나서 다시 메일이 도착하는 소리가 들렸다. 그는 그제야 끝없는 생각에서 현실로 돌아왔다.

하나의 답장이다. 세 시간이 너무도 길게 느껴졌다. 이것은 이미 고문이나 마찬가지였다.

수신음을 듣자마자 덤벼들 듯이 메일을 열었다. 하지만 다음 순간, 그는 숨을 들이마셨다.

지점장님, 사죄했나요? 사죄하기로 약속했지요? 은행과 부하직원들에게 어떻게 사죄했나요? –하나

"사죄……."

아사노의 입술 사이로 메마른 중얼거림이 흘러나왔다.

"사죄라고?"

허점을 찔린 듯했다.

무시했던 것은 아니다. 하지만 하나와의 거래를 첫째로 생각하고 그것에 집착했기에, 가장 중요한 사죄 요구에 대해선 손을 쓰지 않았다. 소홀하게 생각했다고 비난해도 어쩔 수 없지만, 실제로 사죄하려고 해도 어떻게 해야 좋을지 방법이 생각나지 않았다.

더구나 제대로 사죄하려면 자신의 죄를 명백히 밝혀야 한다. 어떻게 해서라도 그것만은 피하기 위해 지금 이러는 게 아닌가? 그런데 어떻게 사죄를 하란 말인가?

사죄는 할 생각입니다. 그 전에 만나서 이야기하고 싶습니다.

다시 기다렸다.

시간이 달팽이 걸음처럼 느릿느릿 지나갔다. 1분, 또 1분.

빨리 답장을 보내줘! 이제 충분히 괴롭혔잖아! 그는 더 이상 견딜 수 없어서 고뇌로 가득 찬 가슴을 쥐어뜯었다.

이윽고 답장이 도착했다. 이번에는 한 시간쯤 흐른 다음이었다.

하지만…….

지점장님은 거짓말쟁이. 내일 각오하십시오. —하나

"자, 잠깐만 기다려……."

그는 혼자밖에 없는 방에서 비명을 질렀다. 황급히 메일을 보냈다. 손가락이 떨려서 제대로 자판을 두들길 수 없었다.

사죄하겠습니다. 구체적으로 어떻게 하면 되는지 가르쳐주십시오. 그대로 하겠습니다.

지금은 이것저것 따질 때가 아니었다.

또 기다렸다. 그는 그제야 깨달았다. 하나가 일부러 시간을 끌고 있다는 사실을. 하나는 아사노가 컴퓨터 앞에서 꼼짝도 하지 않고 메일을 기다린다는 사실을 알고 있다. 하나가 어떻게 하느냐에 따라서 그의 은행원 인생이 와르르 무너질 수 있다는 사실도 알고 있다. 그가 그런 일을 죽을 만큼 두려워한다는 사실도 꿰뚫어보면서 협박하고 있는 것이다.

"그만해. 제발 그만해. 이제 더는……. 부탁해. 용서해줘, 제발 부탁이야."

그는 두 손으로 얼굴을 덮었다. 인내심이 한계에 이르렀다. 입에서 오열이 새어 나왔다.

"제발 용서해줘. 내가 이렇게 부탁할게."

그는 책상에 엎드린 채, 온몸이 뒤틀리는 듯한 고통에 시달리면서 낮은 목소리로 애원했다.

하지만 한 시간이 지나도, 두 시간이 지나도 하나로부터는 메일이 오지 않았다. 그러는 동안 그는 끊임없이 눈물을 흘리며 소리를 질렀다. 눈물이 말라붙자 어린애처럼 자기밖에 모르는 성격 탓인지 칭찬만 받고 자란 엘리트 기질 탓인지, 이번에는 온 방안에 있는 물건에 화풀이를 했다. 자신이 저지른 죄는 생각지도 않고 하나에게 욕설을 퍼부으며, 발로 책상을 차고 주먹으로 베개를 내리쳤다. 커튼을 향해 슬리퍼를 던지더니, 이윽고 그것도 지쳤는지 바닥에 털썩 주저앉았다. 그리고 꼼짝도 하지 않고 컴퓨터 화면을 올려다보았다. 지금 막 그곳에 메일이 도착했다는 마크가 떠오른 참이었다.

영혼이 빠져나간 허물처럼 변한 그는 천천히 일어서서 새로 도착한 메일을 열었다. 그 즉시 짧은 문장이 눈으로 뛰어들었지만 무슨 뜻인지 이해할 때까지 잠시 시간이 걸렸다.

> 부하직원에게 죄를 털어놓고 용서를 구하는 게 어때? 당신을 어떻게 할지는 그 부하직원이 정할 거야. -하나

부하직원이…… 정한다…….

내 인생을 부하직원이 정한단 말인가! 나는 지점장이다!

그때 그의 머리에 떠오른 부하직원의 얼굴은 단 한 명, 한자와였다.

며칠 전 기무라 부장대리의 면담이 끝나고 호출했을 때, 한자와의 도전적인 눈길을 잊을 수 없었다. 그때 한자와가 자신의 모순을 지적하는 바람에 무의식중에 당황했던 일이 지금도 화가 나서 견딜 수 없다.

공포와 의혹을 가슴에 품고 출근한 지점에서 차가운 시선으로 자신을 바라보던 한자와의 표정.

은행이라는 조직 안에서 지점장으로서 한자와 위에 군림하고 있는데, 실은 하나라는 이름의 한자와 밑에 납작 엎드려 있었던 것이다.

어떻게 이런 일이!

내가 더 위에 있다. 내가 더 지위가 높다! 자신이 더 힘이 있다고 말하려고 해도 그 저주스러운 한자와의 표정 앞에서 자기 암시는 어이없이 무너지고 말았다.

그는 초췌한 얼굴로 책상 위에 엎드렸다. 머리를 껴안고 고뇌에 빠졌다. 울며 소리치고 몇 번이나 주먹으로 책상을 내리쳤다. 그러다 어느새 얕은 잠에 빠졌다.

3

꿈인지 생시인지 모르는 사이에 밤이 지나고 다시 아침이 찾아왔다.

은행원이 되고 몇 번째 맞이하는 아침일까? 아사노는 어울리지 않게 그런 생각을 하면서 여느 때보다 일찍 사택을 나섰다.

일을 방해하면 안 된다고 생각했는지, 어젯밤에 아내로부터 연락이 없었던 것이 다행이었다. 하나의 메일에 정신이 흐트러져서 이성을 잃어버렸을 때 아내에게 연락이 왔다면 무슨 말을 했을지 모른다. 아내에게는 미안하지만 지금은 평정심을 유지할 수 있는 상태가 아니다. 이런 정신 상태로 어떻게 가족과 함께 주말을 보냈는지 이상할 정도였다.

하지만 어떤 형태로든 하룻밤이 지나자 마음이 조금 안정되었다. 밤이라는 것은 인간의 감성을 미묘하게 뒤틀리게 만든다. 어젯밤에는 제정신을 잃어버렸지만 지금은 겨우 상황을 객관적으로 판단할 수 있었다.

8시 15분에 은행에 도착했다. 행원들의 절반 이상은 이미 자리에 앉아서 책상 위에 일거리를 펼치고 있었다.

"좋은 아침입니다."

아사노의 모습을 발견하고 여기저기에서 인사를 했다.

"그래, 좋은 아침."

아사노도 인사로 대꾸했다. 하지만 융자과의 한쪽에 있는 융자과장 자리에서는 인사의 목소리가 들리지 않고, 그 대신 차가운 시선이 느껴졌다. 한자와다. 태연한 옆얼굴을 보고 아사노는 무심결에 걸음을 멈출 것 같았다.

말없이 지점장실에 들어가 가방과 윗도리를 로커에 넣은 뒤,

영업부 뒤쪽에 있는 또 하나의 자기 자리에 앉았다. 즉시 조금 떨어진 옆자리에서 부지점장인 에지마가 말을 걸었다.

"안녕하십니까. 금요일에 지점장님께서 퇴근하신 뒤 인사부의 다노코로 차장에게서 전화가 왔었습니다. 나중에 전화해달라고 하더군요. 아마……"

에지마는 융자과장 자리를 힐끗 쳐다보고 나서 목소리를 낮추었다.

"한자와 건인 듯합니다."

"알았어."

혼잣말처럼 대답하고 나서 얼굴을 들자 에지마가 아사노를 빤히 쳐다보고 있었다.

"지점장님, 아직 컨디션이 안 좋으십니까?"

"이제 괜찮아."

"그러세요……. 한 가지가 더 있습니다."

에지마는 다시 한자와를 쳐다본 다음, 이번에는 목소리를 높여서 말했다.

"업무통괄부에서 며칠 전 면담의 결과 보고서가 왔습니다. '개선 요망'이라는 냉엄한 결과입니다."

에지마는 일부러 한자와에게 들리도록 큰 소리로 말했는데, 등을 돌리고 있는 한자와는 아무런 반응도 보이지 않았다.

그 태도를 보고 화가 나서 에지마가 목소리를 높였다.

"이봐, 한자와 과장!"

한자와가 느긋하게 다가왔다. 아사노는 고개를 돌렸다. 꼴도 보기 싫은 얼굴이었다. 그 즉시 이런저런 생각이 솟구치면서 구토증이 일기 시작했다.

"왜요?"

"왜냐고? 자네, 그 말투가 뭔가?"

에지마는 책상에 두 팔꿈치를 대고 한자와를 노려보았다. 그러면서 업무통괄부의 보고서를 손가락으로 톡톡 두들기며 말했다.

"자네 때문에 우리 지점의 평가가 땅에 떨어졌어. 다 자네 책임이야."

한자와는 에지마의 얼굴을 똑바로 쳐다볼 뿐 대답하지 않았다.

"이제 작작 좀 해!"

에지마의 목덜미가 순식간에 새빨개졌다. 죄송하다고 말하지 않는 한자와에게 분노가 치민 것이다. 에지마의 호통 따위는 개의치 않는지 한자와는 표정 하나 변하지 않고, 옆에 있는 아사노를 조용히 쳐다볼 따름이었다.

아사노는 한자와의 눈을 똑바로 바라볼 수 없었다.

사죄…….

하나의 메일이 머리를 뛰어다니면서 아사노의 마음을 다시 이리저리 헤집어놓았다. 하룻밤이 지나고 조금 안정된 마음에 잔물결이 일기 시작했다. 조금 평정을 되찾았다고 해서 자신이 처한 상황이 달라지는 것은 아니다. 그는 그런 사실을 뼈저리게 깨달았다.

한자와, 너냐? 하나라는 게 너냔 말이다…….

공포가 가슴을 가로지르며 새까만 불안이 머릿속을 파고들었다.

이 녀석의 손에, 고작 일개 융자과장 나부랭이의 손에, 도쿄중앙은행에서 손꼽히는 엘리트인 내 운명이 쥐어져 있다니…….

그 사실이 너무도 안타깝고, 너무도 분해서 머리가 터질 것 같았다.

어떻게 안 될까.

아니, 어떻게 될 것이다. 무슨 방법이 있을 것이다.

이자를 협박하든 달래든 해서 내 생각대로 할 수 있을 것이다. 나는 지점장이니까.

그렇다, 나는 지점장이다.

아사노는 마음속으로 계속 중얼거렸다. 나는 지점장이라고…….

이런 과장 나부랭이가 무슨 말을 하더라도 내가 부정하면 끝이 아닌가? 그렇지 않은가? 그렇다. 틀림없이 그렇다. 그렇다…… 그래…….

"지점장님, 지점장님……."

자신을 부르는 에지마의 목소리가 머릿속으로 파고들면서 아사노는 제정신을 차렸다. 분노로 불타는 에지마의 두 눈이 자신을 바라보고 있었다.

에지마는 "잠시 괜찮으십니까?"라고 말하며 등 뒤의 지점장실을 가리킨 뒤, "이봐! 들어와!"라고 한자와를 불렀다.

세 사람은 지점장실로 들어갔다.

에지마는 한자와에게 일방적으로 분노를 쏟아냈다. 그리고 지점장실이 떠나가라 호통을 친 뒤, 마지막으로 이렇게 덧붙였다.

"자네의 그 건방진 태도 때문에 이렇게 됐어!"

"이게 태도의 문제인가요?"

그때까지 말없이 듣고 있던 한자와가 어깨를 흔들며 웃음을 터트렸다. 그 웃음소리를 듣고 아사노는 깨달았다. 이 녀석은 지금 즐기고 있다. 이건 에지마 따위는 상대할 가치도 없다는 웃음소리였다.

"말 다했어!"

쾅! 커다란 소리가 지점장실에 울려 퍼졌다. 에지마가 주먹으로 탁자를 내리친 소리였다.

"그러면 지금 뭐가 문제라는 거야? 한자와 과장, 잘 들어. 자네는 지점장님 지시를 받고 서부오사카철강에 대한 여신 판단을 했는데, 결국 지점장님의 기대를 배신했어. 왜 그런 사실을 인정하지 않지? 지점장님! 지점장님도 한말씀해주십시오."

아사노는 당황했다. 본래라면 "그러게 말이야. 누가 아니래?"라고 맞장구를 칠 타이밍이다. 에지마의 말에 호응하면서 한자와의 잘못을 비난하고, 자신의 잘못을 인정하라고 호통을 칠 장면이다. 하지만 지금은…….

한자와의 눈을 본 순간 아무 말도 할 수 없었다.

"이런 자는 감싸줄 필요가 없습니다. 지점장님께서 따끔하게 말씀해주십시오."

뇌리에서 하나의 말이 되살아났다.

사죄했나요?

젠장. 사죄는 무슨. 사죄는 무슨…….

"지점장님……."

에지마의 재촉을 받고 아사노가 입을 열려고 한 순간, 노크 소리가 들렸다. 융자과의 요코미조가 문 뒤에서 얼굴만 들이밀고 말했다.

"부지점장님, 이제 슬슬……."

"시간이 벌써 그렇게 됐나?"

에지마가 시계를 보면서 덧붙였다.

"지점장님, 죄송합니다. 아침 일찍 이타치보리철강에 가기로 되어 있어서요. 잠시 실례하겠습니다. ……한자와."

에지마는 다시 한자와를 노려보더니 "지점장님께 사과해"라는 말을 남기고 황급히 밖으로 나갔다. 한자와는 대답하지 않았다.

그런 다음에는 아사노와 한자와만이 남겨졌다.

아사노의 머릿속에서 지금까지 하나와 주고받은 수많은 메일이 뛰어다녔다. 하나가 한자와라는 확증은 없다.

하지만 한편으로 하나는 한자와라는 근거 없는 확신도 있었다.

지금 간신히 태연함을 위장하고 있지만 아사노의 마음은 심하게 널뛰고 있었다. 위는 두 손으로 쥐어짠 것처럼 쿡쿡 쑤시고 머리의 밑바닥에는 묵직한 통증이 자리했다.

자존심을 버리고 이 녀석에게 사죄하라고? 말도 안 돼. 내가 왜 이 녀석에게 사죄를 해야 하지? 이 녀석이 무슨 짓을 하더라도 그건 어떻게든 수습할 수 있어…….

하지만 칼날처럼 날카로운 한자와의 시선이 아사노의 머릿속에 바람구멍을 뚫었다.

이 녀석은 바보가 아니다. 한 번 한다고 하면 끝까지 할 것이다. 본부에 두터운 인맥도 있어서 그것을 최대한 활용할 것이다. 분명히 자신보다 나이도 적고 직책도 밑이지만 마음만 먹으면 눈 깜짝할 사이에 자신을 씨름판 밖으로 밀어낼 것이다. 이 녀석은 증거를 쥐고 있다. 예금 통장이라는 움직일 수 없는 증거를.

도의적인 문제로 수습될 일이 아니다. 과장의 헛소리로 끝낼 문제가 아니다. 이건 경찰에 고발해서 형사사건으로 이어질 문제다. 한자와라면 끝까지 밀고나갈 것이다. 사죄할까? 사죄하지 말까? 아사노의 마음속에서 수많은 감정이 소용돌이치면서 이리저리 구르기 시작했다.

상반되고 모순된 두 가지 감정은 이윽고 거부하기 힘든 강력한 힘을 가지고 하나의 결론에 도달했다.

아사노는 카펫으로 떨군 시선을 한자와에게 향했다.

한자와의 얼굴에 자신을 무시하는 웃음이 달라붙어 있는 것을 보고, 자존심에 불이 붙을 것 같았다.

이딴 녀석에게. 빌어먹을. 내가 이딴 녀석에게…….

그때 뇌리에 다른 것이 파고들어오면서 그의 표정은 무참하게 무너졌다. "아빠!" 그의 가슴속에서 아들의 웃는 얼굴이 크게 퍼져나갔다. 빰을 부풀리며 활짝 웃는 딸의 얼굴도. "애들 많이 컸지?"라는 아내의 목소리도.

나는…… 나는……. 애들아, 미안하다.

이딴 녀석에게. 이렇게 하찮은 녀석에게. 이런 말도 안 되는 일이 어디 있는가!

아사노는 눈을 부릅뜨고 한자와를 똑바로 쳐다보았다.

4

"미안했네."

아사노의 입에서 갑작스럽게 그 말이 새어 나왔다.

아사노는 두 손을 책상에 대고 깊숙이 고개를 숙였다. 더는 견디지 못하고 굴복한 순간이었다.

"용서해주게."

한자와는 그대로 몇 초간 아사노의 정수리를 말없이 바라보면서 그가 얼굴을 들기를 기다렸다.

이윽고 아사노는 천천히 얼굴을 들고 반응을 살피듯 한자와를 보았다. 아사노의 얼굴 안에 수많은 표정이 깃들어 있는 것이 보였다.

"무슨 말씀이신가요?"

순간 아사노는 흠칫 놀라며 한자와를 뚫어지게 쳐다보았다. 한순간 낭패하고 다시 갈등하는 모습은 보기만 해도 웃음이 터질 것 같았다.

아사노가 목소리를 쥐어짜며 말했다.

"서부오사카철강 건 말이야. 그 건으로 자네에게 사죄하고 싶어."

"그래요? 왜죠?"

아사노의 마음속에서 갈등과 망설임이 계속 이어졌다.

"그 5억 엔은 자네 책임이 아니야. 여신 판단을 서두른 내 실수였네."

한자와는 화가 나서 말을 할 수 없었다. 뭐가 실수란 거야? 웃기지 마! 이런 순간에 이르러서도 우아하게 말장난으로 도망칠 생각인가?—그는 그렇게 생각하며 상사를 노려보았다.

"사과할게. 미안하네."

"실수라고요?"

한자와가 되받아치자 아사노는 입술을 꽉 깨물더니 시선을 피하며 바닥을 내려다보았다. 그리고 한동안 입을 열지 않았다.

1분? 아니면 2분? 어쩌면 더 길었을지도 모른다. 지점장실 밖에서 전체 조례의 시작을 알리는 방송이 들렸다. 월요일 아침마다 정기적으로 하는 전체 조례다. 전원이 우르르 움직이면서 조례 장소인 1층으로 내려가는 발소리가 들렸다. 하지만 조심스러워서인지 문이 닫힌 지점장실로 부르러 오는 사람은 아무도 없었다.

"저, 정정하게 해주게."

아사노가 다시 입을 열었다. 얼굴은 창백했다. 입술이 떨리고, 눈동자는 수명이 다 된 전구처럼 약하게 흔들렸다.

"나는…… 나는 은행을, 이 도쿄중앙은행을 배신했어. 지점장으로서, 아니 은행원으로서 해서는 안 될 일을 한 거야. 부끄럽네."

아사노가 고개를 깊숙이 떨구었다. 드디어 함락되었다. 한자와가 계속 입을 다물고 있자 아사노의 표정이 거미줄처럼 갈라지다가 그대로 얼어붙었다.

아사노가 천천히 의자 옆에 무릎을 꿇고 머리를 조아렸다.

"이렇게 사과할게. 미안하네. 부디 용서해주게."

"용서할 수 없어."

한자와는 조용히 말했다. 하지만 아사노는 그 말에서 칼날처럼 날카로운 감정을 느끼고 아연한 얼굴로 한자와를 올려다보았다.

한자와는 아사노를 내려다보며 잠시 생각에 잠겼다. 지금까지 틈만 있으면 비아냥거리고, 한자와를 추락시키기 위해 본부에 손을 써온 사람이다. 이 정도로 원한은 풀리지 않고, 죽여도 속이 시원치 않을 정도다.

"당신은 은행원의 쓰레기야. 꼭 파멸시켜주겠어."

너무도 강력한 말과 말투에 아사노는 경악했지만 반박할 수 없었다. 무슨 말인가 하기 위해 입을 벌렸지만 아무 말도 나오지 않았다.

그때 지점장실에 있는 내선전화가 울렸다.

"받아."

한자와가 명령했다.

아사노는 천천히 일어서서 수화기를 귀에 댔다. 그리고 상대의 목소리를 듣더니 곤혹스러운 얼굴로 한자와를 돌아보았다.

"안내 데스크야. 미, 미안하네. 아내가, 아내가 찾아왔어. 실은 그저께 오사카에 왔거든……. 돌아가라고 할 테니까……."

아사노는 전화기를 향해 말을 하다가 "알았어. 그 대신 금방 돌아가야 돼"라는 말과 함께 수화기를 내려놓았다.

"지점 사람들에게 줄 선물을 가져왔다는군. 자기가 직접 주고 싶다고 고집을 부려서……."

이윽고 지점장실 문에서 노크 소리가 들리고 아사노가 문을 열었다. 문 밖에는 반소매 셔츠에 재킷을 걸치고 스니커즈를 신은 수수한 여성이 서 있었다. 체구가 작고 현명해 보이는 여성이다. 여성은 한자와가 안에 있는 것을 보고 조심스럽게 고개를 숙였다.

"갑자기 찾아와서 죄송해요."

그것은 아사노에게가 아니라 한자와에게 한 말이었다.

"아닙니다."

한자와는 작게 대답했다. 그때 아사노의 아내가 실내의 미묘한 공기를 간파한 듯했다. 그녀는 흠칫 숨을 들이마시며 남편을 한번 보더니 한자와에게로 시선을 옮겼다. 표정은 딱딱하게 굳었지만 입에서 나온 말은 부드러웠다.

"저기…… 이거요."

그녀는 과자 상자를 내밀며 말을 이었다.

"별거 아니지만 행원 분들끼리 나눠드세요. 평소에 남편을 잘 챙겨줘서 고맙습니다. 저기, 이쪽은……."

"한자와 과장이야."

아사노가 소개를 하자 그녀는 다시 깊숙이 고개를 숙였다.

"실례했어요. 남편을 잘 부탁할게요."

한자와가 그녀를 보면서 물었다.

"이쪽에 와 계셨나요?"

그러고 보니 어제 아사노에게서 받은 메일에 낮에 외출했다고 쓰여 있었다.

"네, 아이들이 남편을 보고 싶다고 고집을 부려서 토요일에 왔어요. 아이들은 어제 돌려보냈는데, 저는 지점에 와서 인사하고 가려고 오늘까지 있었지요. 저기…… 최근에 일이 많이 힘든가요? 남편이 기운이 없는 것 같아서 걱정이에요."

"여보, 그만하지 못해?"

아사노가 말렸지만 그녀는 미간에 주름을 잡으며 가슴이 아플 만큼 진지한 표정을 지었다. 한자와는 어떻게 말해야 좋을지 알 수 없었다.

"한자와 과장님, 남편을 잘 부탁할게요."

그녀는 한자와의 손을 잡더니 힘을 꽉 주었다. 그녀의 손에서 뜻밖에 강한 힘을 느끼고 한자와는 깜짝 놀랐다. 그녀는 진지한 얼굴에 애원하는 눈빛을 담고 한자와를 바라보았다.

"정말로, 정말로 잘 부탁해요."

그녀는 매달리듯 말하면서 한동안 한자와의 손을 놓지 않았다. 여성 특유의 예리한 감으로 뭔가를 느낀 것일까?

아사노의 아내는 뭔가 알아차린 듯했다. 구체적인 상황은 모를지라도, 이 팽팽한 공기 속에서 남편이 궁지에 몰려 있고 두 사람이 특별한 말을 하고 있다는 사실을 알아차린 것이다.

그녀는 아무 말도 하지 않는 한자와 앞에서 지금이라도 눈물을 터트릴 듯한 표정을 지었다.

"여보, 이제 그만해."

보다 못한 아사노가 그렇게 말하자 그녀는 한 걸음 뒤로 물러서서 깊숙이 고개를 숙인 다음 지점장실에서 나갔다. 그녀의 등이 너무도 쓸쓸해 보여서 한자와는 한동안 눈길을 돌릴 수 없었다.

아사노는 아내를 밖에까지 배웅하고 돌아와서 사과했다.

"방해해서 미안하네. 부디 용서해주게. 내가 이렇게 사정할게. 한자와 과장. 내게 메일을 보낸 사람은 자네지?"

한자와는 대답하지 않았다. 이제 와서 누가 메일을 보냈는지 이야기해봐야 의미가 없기 때문이다. 한자와는 그의 성격답게 단도직입적으로 이야기를 진행했다.

"난 당신이 한 짓을 은행에 고발할 생각이야."

아사노의 얼굴에 절망적인 공포가 떠올랐다.

아사노는 다시 탁자에 머리를 대고 사정했다.

"제발 참아주게. 이렇게 부탁할게. 내게는 가족이 있어. 가족을 불행하게 만들고 싶지 않아."

이기적인 변명이다.

"이제 당신에게 은행원의 미래는 없어. 당신은 형사 고발될 거야. 철저하게 파헤쳐줄 테니까 미리 각오해둬."

"부, 부탁해. 그것만은 제발……! 그것만은 제발 참아줘. 한자와 과장, 자네를 나쁘게 말해서 미안했어. 그것은 보상할게. 정말이야. 내가 할 수 있는 일이라면 뭐든지 하겠네. 뭐든지 할 테니까 제발 그것만은 참아주지 않겠나?"

아사노는 다시 머리를 조아리더니, 무릎걸음으로 다가와서 한자와에게 매달렸다. 가슴이 저릴 만큼 필사적인 표정이었다. 마치 죽이지 말아달라고 목숨을 구걸하는 사람 같았다.

한자와의 마음속에 있는 시소가 천천히 위아래로 움직이기 시작했다.

그것은 처음에 파멸로 기울어져 있었다. 그런데 생각지도 못한 아내의 등장으로 미묘하게 중심을 바꾸더니, 지금 새로운 방향으로 기울어지고 있었다.

아사노는 지금 눈물을 흘리고 있다. 마흔두 살. 도쿄중앙은행 인사부에서 엘리트로 추앙받던 남자가 지금 누구의 시선도 꺼리지 않고 오열하면서 매달리고 있다.

한자와는 의자에 앉아 등받이에 몸을 내던졌다. 하나……. 불현듯 아내의 얼굴이 떠올랐다.

"조건에 따라서는 눈감아줄 수도 있어."

아사노의 몸이 굳어지면서 절망이 깃들었던 얼굴에 한 줄기 희망의 빛이 드리웠다. 오열이 멈추고 깜빡임조차 잊어버린 눈이 한자와를 올려다보았다.

"어떤 조건인가?"

"내가 원하는 부서로 가게 해줘. 그게 조건이야."

그는 한자와의 얼굴을 똑바로 쳐다보았다.

"어디로?"

"영업 2부. 그룹은 어디라도 좋아. 단, 차장이야."

"영업 2부……."

혼잣말처럼 중얼거리던 아사노가 숨을 들이마시며 눈을 크게 부릅떴다.

영업본부는 도쿄중앙은행 안에서도 엘리트가 모이는 최정예 집단이다. 그중에서도 영업 2부는 주로 대기업을 담당하는, 그야말로 도쿄중앙은행을 좌지우지하는 핵심 중의 핵심이다.

"그건……."

아사노는 입술을 깨물었다. 힘들다는 것은 말하지 않아도 안다. 그렇지 않아도 힘든 일인데, 지금까지 틈만 있으면 한자와를 헐뜯었으니 더욱 힘들 것이다. 한자와가 원하는 직위는 아사노가 소문낸 평판으로는 도저히 갈 수 없는 자리였다.

"그게 안 되면 당신의 미래는 없어. 은행에 있을 수 없을 뿐만 아니라 앞으로 콩밥을 먹어야 할 거야. 인사부에서 전화가 왔겠지? 가족이 그토록 중요하다면 알아서 해. 한 가지 더 있어. 우리 과원은 모두 자신이 원하는 자리로 가게 해줘. 그게 조건이야."

한자와는 그 말을 끝으로, 멍한 표정으로 입을 다물지 못하는 아사노를 차갑게 한 번 쳐다보고 나서 재빨리 밖으로 나왔다.

지점장실에 혼자 남겨진 아사노는 고개를 떨군 채 카펫 위에 털썩 주저앉았다.

생각지도 못한 조건이었다. 과원의 인사 문제는 그래도 낫다.

한자와를…… 영업 2부 차장으로……?

그것은 진정한 의미의 영전이다.

그렇게 만들기 위해서는 지금 본부 안에 퍼져 있는 한자와의 평판부터 뒤집어야 한다. 그것은 곧 인사부 차장이었던 오기소나 업무통괄부 기무라의 평가를 비롯해 이 건을 통해 한자와가 받은 나쁜 평가를 모두 뒤집는 것이나 마찬가지다.

책상의 전화벨이 울리자 아사노는 얼굴을 들고 비틀비틀 일어섰다. 예상한 대로 인사부의 다도코로였다. 아침에 에지마가 했던 말이 떠올랐다.

"한자와 융자과장 건 말입니다만, 지금 부서 안에서 파견 방향으로 움직이고 있어서 슬슬 파견 나갈 곳을 정해야 할 것 같습니다. 그래서 전화를 드렸습니다."

아사노는 황급히 대꾸했다.

"그 건은 잠시만 기다려주지 않겠나?"

다도코로는 인사부 시절에 아사노 밑에 있었고, 지금도 친하게 지내고 있다.

"약간 오해가 있었던 것 같아."

"오해요?"

수화기를 타고 다도코로의 당황한 기색이 전해졌다.

"아사노 지점장님, 무슨 말씀이시죠? 한자와 과장을 파견 보내야 한다고 주장하신 분은 지점장님이잖아요?"

"그건 그렇지만……. 아무래도 한자와 과장의 능력을 오해했던 것 같아. 그때는 내가 왜 그랬는지 모르겠군. 내가 잠시 어떻게 됐었나 봐. 미안하지만 파견 이야기는 그만둬주게."

"지점장님께서 그렇게까지 말씀하신다면 어쩔 수 없지만, 그래도……."

수긍하지 못했다는 것은 말투에서 알 수 있었다.

"미안하네. 한자와 과장 건은 내가 직접 그쪽에 가서 말하면 안 되겠나?"

"업무통괄부의 보고서도 있고, 저도 파견을 내보내는 게 좋겠다고 생각합니다."

"아니야! 그렇지 않다고 말했잖아!"

화를 낼 처지가 아니라는 점은 알고 있지만 아사노는 조바심을 감출 수 없었다.

"어쨌든 한자와 과장의 인사에 관해서는 내가 다시 정식으로 말하겠네."

"알겠습니다. 언제쯤 오실 건데요?"

구체적인 날짜를 정하고 아사노는 수화기를 내려놓았다. 바야흐로 한자와의 미래는 아사노의 미래나 마찬가지가 되었다. 자신이 살아남는 방법은 이제 그것밖에 없다.

아사노는 이를 악물고 두 주먹을 불끈 쥐었다.

5

한자와는 다케시타와 같이 유흥가인 신치의 북쪽을 걷고 있었다. 밤 9시가 넘어서 그런지 지나가는 사람들의 발길이 끊이지 않았다. 두 사람은 깔끔한 건물 앞에 섰다. 예전에 여기에 왔을 때와 마찬가지로 비가 내리고 있었다. 비에 흠뻑 젖은 아르테미스 간판이 핑크빛을 뿌렸다. 생각 탓인지 오늘밤은 몹시 지저분하게 보였다.

엘리베이터 앞에 섰을 때 다케시타가 숨을 들이쉬었다가 긴 한숨을 토해냈다. 엘리베이터 문이 열리고 술에 취한 남자들과 같이 화려한 드레스를 입은 술집 여성이 세 명 내렸다.

그들과 교대로 엘리베이터를 탔다.

"들어가게 해줄까요?"

한자와가 걱정하자 다케시타가 태연하게 말했다.

"걱정 말게. 요전에 기물을 파손한 건 확실하게 배상하고 사과도 했으니까."

"그러셨어요?"

"그동안 계속 생각했거든. 히가시다를 가장 비참하게 끝장내주려면 어디가 제일 좋을까 하고 말이야. 집 앞에서 잠복할까, 아니면 어디로 불러내서 너는 끝이라고 말해줄까. 그런데 요전에 녀석과 한판 뜨고 나서 생각이 굳어졌어. 여기, 이 술집이 제일 좋다고 말이야. 녀석의 여자가 있는 앞에서, 지금까지 계속 폼을 잡아온 여자들 앞에서 끝장을 내는 거야."

결의를 감춘 다케시타의 옆얼굴이 긴장으로 굳어졌다.

두 사람은 3층에서 내려서 곧장 안쪽에 있는 문으로 걸어갔다. 어디선가 에코가 빵빵하게 들어간 노랫소리가 울려 퍼졌다. 여자들의 간드러진 목소리와 화려한 웃음소리가 소용돌이치는 밤의 한 구석에서 두 사람은 분명히 이질적인 존재였다.

"어서 오세요!"

반갑게 맞이하는 목소리가 들리고 마담이 나왔다. 하지만 손님이 다케시타와 한자와라는 사실을 알고는 마담의 표정이 흐려졌다.

히가시다가 와 있었기 때문이다.

다케시타의 말이 맞았다. 그는 마담에게 미키의 출근 패턴을 캐물어서 그날 히가시다가 온다는 사실을 알아냈다. 히가시다는 보통 밤 10시쯤 와서 가게 문을 닫으면 미키와 같이 고베에 있는 아파트로 돌아간다고 한다.

"저기……."

머뭇거리는 마담에 개의치 않고 다케시타는 성큼성큼 안으로 들어갔다. 한자와도 그의 뒤를 따랐다.

히가시다는 미키를 옆에 앉히고, 그밖에도 몇몇 여자들에게 둘러싸여서 술을 마시고 있었다. 기분이 상당히 좋은 듯했다. 히가시다의 호쾌한 웃음소리에 맞춰서 여자들도 주변이 떠나가라 웃었다.

하지만 다케시타를 보자마자 웃음이 꼬리를 감추었다.

술을 많이 마셨는지, 히가시다의 기름기가 번지르르한 네모난 얼굴이 붉게 물들어 있었다.

"난 또 누구라고. 가난뱅이 사장이잖아?"

웃음기가 사라진 입에서 선제 펀치가 튀어나오자 여자들이 재빨리 다케시타를 보았다. 다케시타는 말없이 맞은편 테이블이 있는 소파에 앉았다. 한 사람이 앉을 만한 공간을 비우고 한자와도 소파에 기댔다.

"제가 한 잔 드릴까요?"

그 자리를 수습하기 위해 마담이 재빨리 다케시타의 옆에 앉아 술에 얼음을 넣기 시작했다.

"어느 노망난 녀석이 나더러 가난뱅이라고 하는 거야?"

다케시타는 술잔을 들고 한자와와 건배하더니, 히가시다에게 들으란 듯이 덧붙였다.

"망한 회사 사장이 이런 데서 똥폼 잡고 있긴."

히가시다가 코끝으로 비웃었다.

"잘 들어. 이 세상은 마지막에 웃는 자가 이기는 법이지."

"재미있는 말을 하는군."

아무것도 모르는 히가시다의 여유로운 태도에, 다케시타와 한자와는 얼굴을 마주보고 웃음을 터트렸다.

"이봐, 히가시다. 당신이 마지막 순간에 웃는다고 생각해? 아하하하! 한자와 씨, 들었나? 참 얼빠진 녀석도 다 있군그래."

히가시다의 얼굴에서 그때까지 자리했던 비웃음이 사라지고, 펄펄 끓는 분노가 깃들었다. 한자와가 다케시타의 말을 받았다.

"어이, 히가시다. 우리가 아무것도 모르는 것 같아? 천만의 말씀! 우리를 우습게 보지 마. 철저하게 박살내줄 테니까."

"뭐야?"

히가시다가 어금니를 부드득 갈았다.

"히가시다, 중국의 새로운 회사 설립은 잘되고 있나?"

한자와의 말이 끝나기도 전에 히가시다의 얼굴에서 경계심이 강해졌다. 히가시다에게 중국 건은 결코 알려져서는 안 되는 비밀이었기 때문이다.

"다케시타 사장님과 우리 은행을 속여서 가로챈 10억 엔, 사용할 수 있으면 사용해 보시지."

히가시다는 그대로 얼어붙어서 대답을 할 수 없었다.

"그러고 보니 한자와 씨. 어디라고 했었지? 그 '하' 어쩌고 하는 증권."

히가시다의 눈썹이 움찔거렸다. 얼굴 표정도 달리지면서 미키가 만들어준 술잔을 팔로 밀쳐냈다. 술집 안은 쥐죽은 듯 조용해졌다.

"뉴욕하버증권입니다. 이 얼간이가 사람들을 속여서 몰래 꼬불친 돈을 넣어둔 외국계 증권회사죠. 그 돈은 오늘 전부 압류되었지만요."

그때 큰 소리를 내며 벌떡 일어선 사람은 히가시다가 아니라 구석 자리에 있던 사내 두 명 중 젊은 사람이었다. 다른 한 사내가 어깨를 눌러서 젊은 사내를 다시 앉혔다.

'선수를 빼앗겼다!'

그들의 얼굴에 그렇게 쓰여 있었다. 하지만 "국세국!"이라는 한자와의 목소리를 듣고 젊은 사내를 제지시킨 사내가 재빨리 한자와를 쳐다보았다.

"은행에 와서 거만한 태도로 감 놔라 배 놔라 할 시간이 있다면 제대로 조사하는 게 어때? 이 얼뜨기들, 돌아가서 통괄관에게 보고해. 히가시다가 숨겨놓은 자산은 전부 압류했다고. 남은 부스러기라도 가져가고 싶다면 머리를 숙이고 오라고 말이야. 알았어?"

황급히 일어서서 밖으로 나가는 두 사내의 뒷모습을 차갑게 바라보고, 한자와는 다시 히가시다와 대치했다.

"중국에서 회사를 한다고? 무슨 잠꼬대 같은 소리야? 네가 할 일은 우리에게 머리를 조아리고 사과하는 일이야. 앞으로 지옥을 보게 해주겠어. 각오해라, 이 얼간이!"

"내일이라도 법원에서 통지서가 갈 거야. 시간은 좀 걸리겠지만 하와이의 별장도 이미 강제집행 절차에 들어갔지. 히가시다, 이제 네 인생은 끝났어. 여기 술값이나 낼 수 있을지 모르겠네."

술집 안에 다케시타의 웃음소리가 높이 울려 퍼졌다. 히가시다의 주변에 있던 여자들이 당황한 얼굴로 그에게서 스윽 멀어졌다.

히가시다의 입술이 분노와 수치로 떨리기 시작했다.

"마, 말도 안 돼! 그럴 리가 없어! 제기랄!"

히가시다가 벌떡 일어서서 다케시타의 멱살을 잡았다. 그리고 야윈 다케시타의 몸을 훌쩍 들어 올려 옆의 테이블로 날려 보냈다. 눈 깜짝할 사이에 벌어진 일이었다. 테이블이 뒤집어지면서 술병과 생수병이 흩어지고, 그 위로 다케시타가 쓰러졌다.

히가시다는 다음에 한자와를 향해 돌진했지만, 술을 마시지 않은 만큼 한자와가 유리했다. 한자와는 히가시다의 팔을 잡아 등으로 비틀더니, 그대로 술집 밖으로 밀어내서 복도에 내동댕이쳤다. 그리고 즉시 일어나서 돌진해오는 히가시다를 피하며 발을 걸어 넘어뜨렸다. 마치 어설픈 투우 같았다. 그런 상황이 두 번쯤 반복됐을까. 히가시다는 결국 찌부러진 개구리처럼 복도에 납작 엎드려 움직이지 않았다.

멀리서 에워싸고 있던 여자들이 히가시다의 비참한 모습을 내려다보았다.

어느 술집에서 음정과 박자가 맞지 않는 구슬픈 노래가 흘러나왔다. 바닥을 기는 듯한 히가시다의 나지막한 울음소리가 그 노래에 섞였다.

한 명, 두 명씩 여자들이 술집으로 들어가고 마지막까지 남아 있던 미키도 술집 안으로 사라졌다. 한자와가 히가시다를 내려다보며 말했다.

"히가시다, 내가 한 말 기억나? 이 세상에는 법보다 중요한 게 있다는 말 말이야. 당신은 그걸 잊어버렸어. 그래서 이렇게 된 거야. 원망하려면 그렇게 살아온 당신 자신을 원망해."

엘리베이터가 다시 새로운 손님을 데려왔다. 엘리베이터에서 내린 사람들은 한순간 눈을 동그랗게 뜨고 복도에 엎드린 히가시다를 힐끗 쳐다보더니 그대로 어느 술집 안으로 사라졌다. 한자와는 다케시타와 같이 그 엘리베이터를 타고 내려가며 아르테미스를 뒤로했다.

"고맙네."

다케시타가 오른손을 내밀었다.

"저야말로 고맙습니다."

한자와는 악수하는 손에 힘을 주었다.

"가끔은 정의도 이긴다!"

다케시타는 그렇게 말하고 호탕하게 웃으면서 셔츠가 젖는 것도 아랑곳하지 않고 빗속을 걷기 시작했다.

"2차 가지 않겠나? 이 근처에 내 단골 가게가 있거든. 내가 한턱 쏘지."

"그거 좋죠. 그런데 괜찮겠습니까?"

한자와가 주머니 사정을 걱정하자 다케시타가 웃음으로 대꾸했다.

"괜찮고말고. 예로부터 센바 장사꾼은 돌부리에 걸려서 넘어져도 그냥 일어나지 않는다고 했어. 뭐라도 이익을 본다는 뜻이지. 나도 센바 장사꾼의 후예라네. 술값 정도는 어떻게 될 거야."

커다란 웃음소리를 날리며 다케시타는 후련한 얼굴로 앞장서서 걷기 시작했다.

에필로그

아버지의 나사

책상을 정리하다가 클립 안에 파묻혀 있던 나사를 발견했다. 3센티미터쯤 될까. 언뜻 보면 아무런 특징도 없는 평범한 나사였다.

"아하, 여기 있었구나."

한자와는 나사를 들어올렸다. 그러자 그해 여름의 한 장면이 떠올랐다. 1987년 8월 말. 가나자와의 본가에서 있었던 일이다.

"그나저나 네가 은행에 들어가다니. 흐음……."

당시 부엌에서 저녁식사를 준비하면서, 어머니는 당신의 아들이 은행에 들어가는 걸 도저히 믿을 수 없는지 몇 번이나 그렇게 말했다. 소고기 스튜 냄새가 떠다니고 있었다. 저녁햇살이 거실을 비스듬히 비추고, 아직 기운을 잃지 않은 강한 햇빛이 정원 끝에 있는 노각나무 열매에 쏟아졌다.

20일 밤에 시작된 취업 전선은 어제 막을 내렸다. 내정된 이후 일주일 정도의 구속기간을 거쳐 어제 겨우 해방시켜준 것이다. 그 덕분에 오늘 느지막이 고향에 내려왔다.

"정말로 일할 수 있을까?"

어머니는 스튜의 간을 보면서 다시 그렇게 말하더니, 냉장고 안에서 샐러드용 채소를 꺼냈다. 아버지의 귀가를 알리는 초인종 소리가 울린 것은 그때였다.

아버지는 거실로 들어와 한자와를 보고 여느 때처럼 무뚝뚝하게 "여어"라고 한마디했을 따름이다. 마치 어제도 그제도 같이 살았던 것처럼 편하게 말하고는 가방의 종이 상자 안에 들어 있는 것을 꺼내 탁자 위에 올려놓았다.

"그건 뭐예요?"

한자와는 관심 있는 눈길로, 종이 상자 안에서 나온 물건을 아버지와 같이 바라보았다.

"나사야."

"그건 보면 알아요. 무슨 나사인데요?"

"그냥 여기저기에 사용하는 나사야. 평범한 나사처럼 보이지? 한번 들어볼래?"

한자와는 아버지가 시키는 대로 탁자 위에 있는 10여 개의 나사 중에서 하나를 들었다. 그리고 위화감에 사로잡혀 즉시 아버지를 보았다.

"굉장히 가벼워요."

쇠로 되어 있는 줄 알았는데 뜻밖에도 수지로 되어 있었던 것이다.

"그렇지? 그것만이 아니야. 이 나사는 말이지, 수지 나사라고는 상상도 할 수 없을 만큼 강력해. 쇠 나사에 비해 무게는 5분의 1밖에 안 되는데 강도는 거의 비슷하거든."

폴리아미드계 수지를 유리 섬유로 강화시킨 복합제 — 비전문가인 한자와에게는 오른쪽 귀로 들어왔다 왼쪽 귀로 빠져나갈 만큼 알아들을 수 없는 말이었지만 아버지는 그렇게 설명하고 나서 "어때?"라는 식으로 가슴을 폈다.

"요컨대 이 나사를 사용하면 제품이 가벼워지고, 부식도 막을 수 있다는 건가요?"

"그래, 그런 거지. 덧붙여서 말하면 가벼우니까 운송비용도 저렴하고."

"한마디로 말해서 한자와수지공업의 전략 상품이군요."

아버지는 자랑스럽게 콧소리를 내면서 말했다.

"은행 같은 건 그만두고 우리 회사에 와서 내 일을 돕지 않을래?"

"이제 겨우 구직 활동이 끝났는데, 또 취직하라고 권하는 거예요?"

"또라니, 너에게 오라고 하는 회사가 있어?"

한자와는 장난스럽게 얼굴을 찡그렸다. 그때 부엌에서 어머니의 목소리가 들렸다.

"아버지는 네가 산쿄전기에 갔으면 하셨거든."

산쿄전기는 주로 수지성형을 하는 회사로, 아버지 회사에게는 가장 큰 거래처다. 아픈 곳을 찔렀다. 거래처인 산쿄전기에서 일을 배워서, 장차 아버지 회사를 물려받았으면 하는 것이 아버지의 속마음이란 사실을 알고 있었기 때문이다.

하지만 아버지는 즉시 부정했다.

"그런 거 아니야. 난 그렇게 쩨쩨한 생각은 안 해."

"과연 그럴까요?"

아버지는 믿을 수 없다는 듯이 쳐다보는 어머니를 향해 "정말이라니까"라고 유난히 진지한 얼굴로 대답하고 소파에 몸을 던졌다.

"앞으로 국내의 제조산업은 힘들어질 거야. 우리도 언제까지 버틸 수 있을지 모르고. 그런 회사를 아들에게 물려받으라고 할 수는 없잖아? 가즈키에게도 물려받으라고 할 생각은 없어."

가즈키는 이 지역의 국립대학에 다니는 한자와의 동생이다.

"세상에. 당신이 그렇게 나약한 줄 몰랐네요."

"나약한 게 아니야. 냉정한 관찰에 근거한 의견이라고 말해주면 좋겠군."

아버지는 넥타이를 풀고 와이셔츠 버튼을 느슨히 하더니 배 위에서 두 손을 깍지 꼈다. 저녁이라고 해도 아직 더위가 기승을 부렸지만 아버지의 방침으로 당시 한자와 집에서는 에어컨을 켜지 않았다. 에어컨 자체는 있었지만 에어컨을 켜는 습관이 없었던 것이다.

"아직 그럭저럭 경기가 좋은 것 같지만, 영세한 중소 제조업은 이미 쇠퇴할 징조가 보여. 산쿄전기 사람에게 들었는데, 대기업에선 국내 하청기업에 맡겼던 부품 제조나 가공을 곧 비용이 저렴한 아시아 각국으로 가져 나간다고 하더군. 그러면 인건비가 일본의 수십 분의 1밖에 안 되거든. 그러면 어떻게 되는지 알아? 우리 같은 중소 하청기업은 순식간에 일이 없어질 거야."

"그렇게 안 되면 좋겠네요."

약간 쓸쓸해 보이는 아버지의 얼굴을 보면서 한자와는 그렇게 말했다.

"여보, 맥주!"

그러자 어머니가 캔맥주를 두 개 가져다주었다. 컵은 없었다. 아버지는 캔맥주 하나를 들고 아무렇게나 고리를 잡아뗐다.

"나오키, 비용은 참 무서운 법이지. 회사의 자금 상황은 점점 나빠져서 지금까지 얼마나 거래를 해왔는지, 인간관계를 어떻게 쌓아왔는지, 그런 건 모두 물로 흘려보낼 거야. 앞으로 영세 중소기업은 모두 비용 경쟁을 하게 되겠지. 많은 기업들이 도태될 거야. 그게 아니라도 실적은 상당히 악화될 거고……. 이건 너하고도 관계가 있어."

한자와는 말없이 아버지를 바라보았다. 한자와의 대답을 기대하는 게 아니라는 점은 얼굴을 보면 알 수 있었다.

"영세 중소기업이 상처를 입는다는 건 그곳에 돈을 빌려준 은행도 고통을 받는다는 뜻이지. 물론 은행은 정부에서 보호해주니까 망할지 안 망할지는 별개지만 말이야. 어쩌면 망하는 은행이 나올지도 모르고……."

한자와는 웃음을 터트렸다. 아버지는 옛날부터 작은 일에도 걱정하는 타입이었지만, 진지한 얼굴로 은행이 망할지도 모른다고 하는 말에는 웃음을 터트릴 수밖에 없었다. 산업중앙은행에서 내정을 받은 날 밤에, 선배에게 이끌려 식사하러 가는 택시 안에서 선배는 장담했다.

"넌 이제 평생 편하게 살 거야."

은행에 취직한다는 것은 본인뿐만 아니라 가족까지 평생 편하게 살 수 있다는 보증서를 받는 것이나 똑같다고 선배는 입에 침이 마르도록 설파했다.

"은행이 망하면 엄청난 일이 벌어지겠지요."

아버지의 이야기에 맞추기 위해 한자와는 마음에도 없는 말을 했다.

"그렇게 되면 지금 내 말이 무슨 뜻인지 이해하겠지."

아버지는 그렇게 말하고 탁자 위에 있는 나사 하나를 한자와에게 던졌다. 한자와는 황급히 나사를 받고, 생김새에서 상상하는 무게와 손끝에 직접 전해지는 무게의 미묘한 차이를 느꼈다. 소재가 단순한 플라스틱이 아닌 것만은 분명하고, 쇠처럼 단단하고 서늘한 느낌이 드는 신비한 물체처럼 여겨졌다.

"그 나사를 개발하는 데 5년이 걸렸어."

"그래요?"

한자와는 신비한 감촉을 느끼며 나사를 물끄러미 쳐다보았다.

"아이디어를 얻은 건 네가 대학에 들어가기 전이야. 그런 나사를 만들 수 없을까 해서 일단 소재를 찾는 일부터 시작했지. 시제품에 시제품을 거듭 만들다가 결국 전용 기계까지 직접 만들어 겨우 완성했어. 너에게는 하찮은 나사일지 모르겠지만 아버지에게는 위대한 첫걸음이야."

"그렇군요."

한자와는 마음속으로 감탄했다.

"작은 나사에 굉장한 영혼이 담겨 있지."

아버지는 개구쟁이처럼 웃더니 이내 진지한 표정으로 덧붙였다.

"나오키, 로봇 같은 은행원은 되지 말거라."

"무슨 말씀이세요?"

"예전에 우리 회사가 위험했을 때가 있었잖아? 그때 은행원의 얼굴은 다들 똑같아 보였지. 우리 회사를 도와준 가나자와상호은행 사람들 말고는 말이야."

가나자와상호은행은 이 지역에 있는 제2 지방은행이다. 한자와는 말없이 맥주를 목으로 흘려보내면서 면접에서 한 거짓말을 떠올렸다. 산업중앙은행의 면접관에게 '지방은행이 버린 회사를 도시은행이 구해주었다'고 한 말이다. 실은 정반대였던 것이다.

"그와 반대로 산업중앙은행은 냉정하기가 이루 말할 수가 없었고, 허겁지겁 대출을 회수했지. 그 자식, 이름이 뭐였더라? 그 염병할 은행원 말이야."

어머니가 부엌에서 대답했다.

"기무라예요. 기무라 뭐더라?"

어머니에게는 '염병할 은행원'이라는 말만으로도 통했다. 한자와에게도.

"그래, 그랬어. 네가 산업중앙은행에 간다는 건 마음에 들지 않지만 일단 받아들이겠어. 하지만 그 자식만은 가만두지 마라. 나중에라도 반드시 뜨거운 맛을 보여줘. 원수를 갚는 건 너에게 맡길게."

"당신도 참."

어머니가 아버지를 살짝 노려보며 쓴웃음을 지었다. 어머니에게 타박을 받으면서도 새 나사를 개발한 아버지는 호쾌하게 웃었다. 즐거운 것 같지만 눈은 결코 웃지 않았다. 몇 년이 지나든, 어디에 있든 절대로 용서치 않겠다! 그런 결의가 숨어 있는 눈이다. 그 눈을 보자 채권자들에게 머리를 조아리면서 어음결제 기일을 연기해달라고 사정하는 아버지의 뒷모습이 떠올랐다. 한자와의 가슴에 분노가 솟구치면서 술기운과 같이 빙글빙글 돌기 시작했다.

"아버지, 그건 저에게 맡기세요. 제가 언젠가 뜨거운 맛을 보여줄게요."

한자와는 진심으로 말했다.

"너도 참. 그 사람이 너보다 적어도 열 살은 많을 거야. 윗사람에게 반항하면 출세 못 하는 거 아니니?"

그런 어머니의 말은 신경 쓰지 않았다. 한 번 한다고 하면 한다. 수많은 은행 중에서 왜 산업중앙은행을 선택했는지, 면접에서는 결코 말하지 않았던 동기가 그곳에 있었다.

그 이후, 산업중앙은행에 들어온 한자와가 '기무라 뭐더라'에 관해서 조사하는 건 어렵지 않았다.

기무라 나오타카. 이것이 당시 가나자와 지점에서 한자와의 아버지 회사를 담당했던 사람의 이름이었다. 아버지에게 신세를 많이 졌으면서도 회사 실적에 불안을 느끼자 손바닥을 뒤집듯 배신한 염병할 은행원이다.

한자와가 입행했을 때 기무라는 본점 융자부의 조사역이었다. 인사 발령이 날 때마다 입행 동기나 친한 사람의 이동을 눈으로 좇는 한편, 기무라의 동향에도 눈빛을 번뜩였다. 산업중앙은행의 행원 수는 1만 7천 명. 한자와가 원하던 접점은 좀처럼 찾아오지 않았다. 기무라가 아키하바라 동부 지점의 지점장이 되어 하필 곤도의 상사가 된 것이 가장 가까운 접점으로, 그것은 결과적으로 한자와의 분노에 기름을 들이붓는 꼴이 되었다. 그로부터 다시 5년을 기다린 끝에, 기무라는 결국 업무통괄부 부장대리라는 직책으로 한자와 앞에 나타났다.

"너보다 몇 살 많겠지만 그런 녀석이 출세하는 곳이라면 산업중앙은행도 끝이야. 나오키, 잘 들어. 은행원이 되기 전에 먼저 사람이 되거라. 이건 아주 중요한 일이야."

"그건 누구 말이에요?"

"누군 누구야, 내 말이지. 그리고 나오키, 어차피 은행에 들어갈 바에야 높이 올라가거라. 높이 올라가지 않으면 그렇게 시시한 조직도 없을 거야. 높이 올라가서 우리 같은 회사를 많이 도와주거라. 부탁한다."

"걱정 마세요 꼭 은행장이 될게요."

아버지는 다시 호쾌하게 웃었다. 이번에는 진심으로 기대하는 웃음이었다.

"그거 좋지. 그럼 그 나사를 네게 주마. 기념할 만한 꿈의 실현 제1호다. 너한테 부적이 될지는 모르겠지만 어쨌든 가지고 있거라."

아버지는 술에 약하면서도 술을 좋아하는 미워할 수 없는 사람이었다. 이런 때에는 두말하지 않고 따르는 편이 좋다는 사실을 알고 있어서, 한자와는 나사를 바지 뒷주머니에 집어넣었다.

"고맙습니다. 잘 간직할게요."

그때…….

"꿈을 계속 꾸는 건 참 어려운 법이지. 그에 비해 꿈을 포기하는 건 얼마나 쉬운지……."

진지한 눈길로 중얼거렸던 아버지의 그 말은 지금도 한자와의 마음 깊은 곳에 남아 있다.

"그렇군요. 기억해둘게요."

한자와는 단숨에 맥주를 목으로 흘려보냈다.

"한자와, 어떻게 된 거야?"

수화기에서 흘러나온 도마리의 목소리에는 당황한 기색이 역력했다.

"어떻게 되긴 뭐가 어떻게 돼?"

도쿄에 있는 도쿄중앙은행 본점 영업부 2층. 한자와는 영업 2부의 차장 의자에 느긋하게 앉아 입행 동기의 당황한 모습을 보며 즐거워했다.

"네가 왜 거기 있냐고 묻는 거야."

"글쎄. 아사노 녀석이 잘못을 회개하고 추천해준 모양이야."

그런 이야기를 믿을 리가 없는 도마리가 물었다.

"무슨 일을 저지른 거지? 출장 간 사이에 네 인사발령이 났다고 해서 완전히 파견이라고 생각했는데 이 자리에 오다니! 도무지 영문을 모르겠군."

"아무렴 어때? 좋은 게 좋은 거지 뭐."

인사발령은 어제 나왔다.

본점 영업 2부 차장. 그것이 한자와의 새로운 직함이었다. 의심할 여지가 없는 영전이다. 그 소식을 듣고 가장 기뻐한 사람은 아내인 하나였다.

지난 한 달 동안 아사노의 행동은 우스꽝스러울 정도였다.

지금까지 입만 열면 입에 침을 튀기며 비난했던 부하직원을 추켜올렸다. 처음에는 떨떠름해하는 사람도 있었지만 서부오사카철강의 대손을 완벽하게 회수한 다음인 만큼, 쑥덕공론은 어디론가 사라졌다.

한자와의 영전이 정해졌을 때 아사노는 실로 복잡한 표정을 지었다. 안도, 조바심, 부러움……. 상반되는 수많은 감정이 뒤섞인 탓에 아사노 자신도 어떻게 반응해야 좋을지 모르는 듯했다.

"부탁하네. 이제 내 통장을 돌려주지 않겠나?"

아사노는 몇 번이나 애원했지만 그때마다 한자와는 "무슨 말씀인지 모르겠군요"라고 상대도 하지 않고 도쿄로 올라왔다.

가장 통쾌했던 것은 어제 업무통괄부로 '염병할 은행원'인 기무라를 찾아갔을 때였다. 관계 부서를 돌아다니며 인사를 하는 김에 얼굴을 내민 것이다. 책상 앞에 앉아 있던 기무라는 한자와의 모습을 본 순간, 낭패한 얼굴로 허둥지둥 자리를 뜨려고 하다가 한자와가 "기무라 부장대리님" 하고 부르자 화들짝 놀라며 걸음을 멈추었다.

현장감사 보고서에서 한자와를 한껏 헐뜯으며 서부오사카철강의 대손은 융자과장의 무능력 때문이라고 결론을 내렸는데, 아사노가 그 사실을 전면 부정하는 이례적인 사태가 발생하면서 상황은 180도로 달라졌다.

한자와가 조건을 내밀었을 때, 아사노가 선택한 것은 어떻게든 형사고발을 피하는 쪽이었다. 그리하여 결국 서부오사카철강에 대한 5억 엔의 융자는 자신의 독단으로 발생한 일이며, 한자와의 개입을 의도적으로 피했음을 인정했다. 그런 과정에서 한자와를 추락시키기 위해 본부 인맥을 동원해 이런저런 압력을 가했다고 자백했다.

본부에서는 아사노를 조만간 오사카 서부 지점장직에서 해임

하고 파견을 대기하는 자리로 보낼 것이라고 한다.

아사노에게 가담한 사실이 밝혀진 기무라에게도 그에 상응하는 내부조사가 이루어질 예정으로, 지금 기무라는 은행원 인생에서 최대 위기를 맞이했음이 틀림없다.

"자, 자네인가……."

기무라는 안절부절못하며 불안한 시선을 좌우로 움직였다. 한자와와 같이 인사를 다니고 있는 영업 2부 부부장이 새로운 부하직원과 고참 차장과의 사이에서 심상치 않은 분위기를 느끼고 얼떨떨한 표정을 지었다.

한자와가 기무라를 똑바로 보면서 말했다.

"제게 할 말이 있지 않습니까?"

대답은 돌아오지 않았다.

업무통괄부의 너저분한 사무실에서 기무라는 선생에게 야단맞는 학생처럼 고개를 숙인 채 입술을 깨물었다.

"약속을 지켜주셔야겠습니다, 지금 당장이요."

기무라는 뺨을 떨면서 간절하게 한자와를 바라보았지만, 한자와는 차가운 눈길로 냉정하게 쳐다볼 뿐이었다.

"저는 당신이 쓴 보고서 때문에 막대한 피해를 입었지요. 약속을 지켜줘야겠습니다. 무릎을 꿇고 머리를 조아리며 사과한다고 하셨죠?"

사정을 알아차린 부부장이 야유하듯이 말했다.

"한자와, 그만 용서해주는 게 어때?"

한자와는 예전에 이 부부장과 같이 일한 적이 있었다. 한자와와 꽤 친한 사이로, 한자와의 실력은 물론이고 성격도 잘 알고 있었다.

“그럴 수는 없습니다. 이대로 결말을 짓지 않고 어정쩡하게 넘어가면 제 자존심이 용납하지 않습니다. 은행 안에서 징계를 받는다고 끝날 문제가 아니니까요. 이건 기무라 부장대리님과 제 문제입니다.”

“하, 한자와 차장, 정말 미안하네. 면목이 없어.”

기무라는 말을 더듬거리며 사과했지만 이내 온몸이 얼어붙었다. 한자와가 “무릎은 안 꿇으실 건가요?”라고 말했기 때문이다.

말소리가 높아지자 주변에 있던 행원들이 일제히 일손을 멈추고 한자와와 기무라의 대화를 멀리서 지켜보았다.

고개 숙인 기무라의 뺨이 움찔거리고 어금니를 깨무는 것을 알 수 있었다. 기무라의 자존심에 가느다란 금이 생기고 서서히 뒤틀리더니 한꺼번에 무너지는 소리가 들리는 듯했다.

기무라의 표정이 일그러졌다. 그는 서서히 자세를 낮추더니, 신발을 신은 채 은행 바닥에 무릎을 꿇었다.

“미안하네. 이렇게 사과하겠네.”

기무라는 머리를 바닥에 대고 나지막이 중얼거렸다. 용서를 구하는 기무라의 흐릿한 목소리가 한자와의 발밑에 흘러넘쳤다. 순간, 주위의 공기가 얼어붙으며 정적이 찾아왔다.

“한자와, 그만 가지.”

부부장이 어깨를 툭 칠 때까지 한자와는 자신이 굴복시킨 적의 머리칼 없는 정수리를 차갑게 내려다보았다. 그리고 그 자리에 있는 모든 행원이 멍하니 입을 벌린 채 지켜보는 가운데 의기양양하게 자리를 떠났다.

은행이라는 곳은 인사가 전부다.

어느 곳에서 어떤 평가를 받든, 그 평가를 측정하는 잣대는 인사다.

하지만 인사가 항상 공정하다곤 할 수 없다. 출세하는 자가 반드시 일을 잘하는 사람이 아니라는 점은 어디나 마찬가지고, 그것은 도쿄중앙은행도 예외는 아니다.

솔직히 말하면 한자와는 은행이라는 조직에 정나미가 떨어진 상태였다. 고색창연한 관료체질. 겉모습만 그럴싸하게 위장할 뿐, 근본적인 개혁은 전혀 없을 만큼 팽배한 무사안일주의. 만연하는 보수적인 체질 탓에 젓가락 드는 자세까지 집착하는 유치원 같은 관리체제. 특색 있는 경영방침을 낼 수 없는 무능한 임원들. 대출에 소극적이라는 말을 들으면서도 세상 사람이 수긍할 수 있게 설명하려고 하지 않는 오만한 체질…….

어디서부터 손을 대야 할지 모르는 한심한 조직이다.

그래서 내가 바꿔주겠다—한자와는 그렇게 생각했다.

영업 2부 차장직은 그러기 위한 발사대로써 더할 나위가 없는 자리다. 수단이 어떻든 간에 출세하지 않으면 이보다 시시한 조직은 없다. 그것이 은행이다.

예전에 산업중앙은행의 입사시험을 봤을 때, 그는 멋진 꿈을 꾸었다. 이 굉장한 조직을 자기 손으로 움직여보고 싶다는 터무니없는 꿈이었다.

그로부터 10여 년이 흘렀다. 거품 경제의 광기가 사라지면서 은행을 아름답게 치장했던 수많은 도금이 하나, 또 하나 벗겨졌다. 그리고 지금 은행은 처참하리만큼 볼품없는 납덩이 성(城)으로 변했다.

은행이 특별한 존재였던 것은 과거의 이야기일 뿐이다. 지금 은행은 세상에 존재하는 수많은 업종 중 하나에 불과하다. 볼품없이 추락한 은행이라는 조직에서 예전의 영광을 떠올리는 것은 아무런 의미가 없지만, 반대로 이 조직을 자신의 손으로 바꿔보고 싶다는 한자와의 생각은 오히려 강해졌다.

전화기 너머에서 도마리가 감탄했다.

"5억 엔을 용케 회수했군. 정말 대단해. 더구나 너의 뻔뻔스러움에는 두 손 들었어. 어차피 새로운 곳에서도 네가 하고 싶은 대로 하겠지? 이 은행에서 상사를 업신여기면서 출세한 사람은 너밖에 없을 거야."

한자와가 웃음을 터트리자 도마리가 다시 덧붙였다.

"곤도 녀석도 이쪽으로 돌아왔으니까 조만간 한잔할까?"

"그거 좋지."

한자와는 수첩을 펼치고 일정을 들여다보았다.

"그나저나 은행에서 가장 불쌍한 사람은 거품 경제 시대에 입행한 세대야."

도마리의 한숨 섞인 말이 수화기에서 새어 나왔다.

"은행에 들어오고 거의 강제로 직원 지주회(持株會)에 들어가서 장려금 받고 주식을 샀지만 엄청난 손해를 봤잖아? 지금도 손실을 메꾸지 못했어. 우리 윗세대까지는 주식을 팔아 집을 짓는 게 보통이었는데 말이야! 뿐만 아니라 밑바닥을 뚫을 기세로 불황이 계속되는 바람에 기대했던 월급도 제대로 못 받고, 윗자리도 줄어서 구조조정의 폭풍우에 시달리고……. 정말이지 좋은 일은 하나도 없다니까."

한자와가 태연하게 말했다.

"도마리, 그렇게 한탄할 것 없어. 조만간 내가 그 몫을 찾아줄 테니까."

도마리가 비아냥거렸다.

"꼴값 떨지 마. 넌 계속 그렇게 꿈을 꾸고 있어. 꿈이라고 생각했던 게 어느 순간에 비참한 현실로 바뀌는 거! 그게 얼마나 가슴이 무너지는 일인지 넌 모를 거야."

한자와는 즉시 부정했다.

"그렇지 않아. 계속 꿈을 계속 꾼다는 건 상상을 초월할 만큼 어려운 일이야. 그게 얼마나 어려운 일인지 아는 사람만이 계속 꿈을 꿀 수 있지. 그렇지 않을까?"

아연한 표정을 짓는지 도마리는 대답을 하지 않고 잠시 공백이 이어졌다. 이윽고 전화기 너머에서 빈 날짜를 말하는 소리가 들리고, 한자와는 술자리로 채워진 일정 중에서 빈 공간을 찾기 시작했다.

옮긴이 **이선희**

부산대학교 일어일문학과를 졸업하고 한국외국어대학교 교육대학원 일본어교육과에서 수학했다. KBS 아카데미에서 일본어 영상번역을 가르치면서, 외화 및 출판 번역작가로 활동하고 있다. 옮긴 책으로는 기시 유스케의 《검은 집》《푸른 불꽃》《신세계에서》와 히가시노 게이고의 《비밀》《방황하는 칼날》《공허한 십자가》, 나쓰카와 소스케의 《책을 지키려는 고양이》, 사와무라 이치의 《보기왕이 온다》 등이 있다.

한자와 나오키 1

당한 만큼 갚아준다

초판 1쇄 발행 2019년 6월 17일
초판 5쇄 발행 2019년 7월 10일

지은이 | 이케이도 준
옮긴이 | 이선희

발행인 | 문태진
본부장 | 서금선
책임편집 | 박은영 편집1팀 | 김혜연 박은영 전은정

기획편집팀 | 이정아 김예원 임지선 오민정 정다이 저작권팀 | 박지영
마케팅팀 | 양근모 김자연 이주형 정세림 정지연 디자인팀 | 윤지예
경영지원팀 | 노강희 윤현성 이보람 유상희
강연팀 | 장진항 조은빛 강유정 신유리
오디오북 기획팀 | 이화진 이희산 이석원 박진아

펴낸곳 | ㈜인플루엔셜
출판신고 | 2012년 5월 18일 제300-2012-1043호
주소 | (06040) 서울특별시 강남구 도산대로 156 제이콘텐트리빌딩 7층
전화 | 02)720-1034(기획편집) 02)720-1024(마케팅) 02)720-1042(강연섭외)
팩스 | 02)720-1043 | 전자우편 books@influential.co.kr
홈페이지 | www.influential.co.kr

ISBN 979-11-89995-09-6 (04830)
ISBN 979-11-89995-08-9 (세트)

* 이 도서의 국립중앙도서관 출판예정도서목록(CIP)은 서지정보유통지원시스템 홈페이지(http://seoji.nl.go.kr)와 국가자료종합목록 구축시스템(http://kolis-net.nl.go.kr)에서 이용하실 수 있습니다. (CIP제어번호 : CIP2019019785)